我的“反派”夫君

萌晞晞
/ 著 /

长江出版社

图书在版编目（CIP）数据

我的“反派”夫君 / 萌晞晞著. -- 武汉 : 长江出版社,
2017.12
ISBN 978-7-5492-5622-8

Ⅰ. ①我… Ⅱ. ①萌… Ⅲ. ①长篇小说－中国－当代
Ⅳ. ①I247.5

中国版本图书馆CIP数据核字(2018)第003618号

我的“反派”夫君 / 萌晞晞 著

出　　版	长江出版社 （武汉市解放大道1863号 邮政编码：430010）
出　　品	漫工厂 （湖北省武汉市洪山区南湖城投瀚城311 邮政编码：430079）
出 版 人	赵　冕
选题策划	漫工厂产品部
市场发行	长江出版社发行部
网　　址	http://www.cjpress.com.cn
责任编辑	钟一丹 江　南
特约编辑	耿　婷
装帧设计	八荒客 米杰罗
印　　刷	武汉立信邦和彩色印刷有限公司
版　　次	2017年12月第1版
印　　次	2018年1月第1次印刷
开　　本	889mm × 1230mm　1/32
印　　张	8.5
字　　数	260千字
书　　号	ISBN 978-7-5492-5622-8
定　　价	32.80元

电话：027-82926557（总编室）027-82926806（市场营销部）

目录

CONTENTS

第一章 毫无人性是反派

“我可怜的反派啊，怎么又悲情地死了！”

叶蓁蓁合上最新畅销的一本言情小说，又开始替她心尖儿上的反派人物长吁短叹起来。作为一个反套路、反萌点的少女，蓁蓁每次看言情小说，总会被反派撩到，然而反派的下场有几个不悲剧的？能四肢健全、五脏皆在就不错了……

这边哀叹一声接着一声，一旁早已司空见惯的舍友小茜只是淡定地朝天翻了个白眼，继续刷着自己的微博。

“叶蓁蓁，看我发现了什么！”突然，她两眼一亮，激动地伸出手，猛地一拍蓁蓁肩膀，目光却还落在电脑屏幕上，抑扬顿挫地读出了游戏安利的内容，“《霸道反派爱上我》是一款古风江湖恋爱类型的乙女文字游戏。游戏的鬼畜之处就在于玩家扮演的角色是个看到反派美男就迈不开腿的奇女子……这简直是为你量身定做的啊！”

“噗——”蓁蓁只觉自己酝酿了半晌的悲伤情绪，瞬间被这奇葩设定给打得烟消云散。

但是，这游戏名成功引起了她的注意！

“快来一发！”果断把刚才还抱着的言情小说扔到一边，蓁蓁已经迫不及待地翻开了手边的笔记本电脑。

小茜向来雷厉风行："我已经把下载地址发给你了，不谢。"

点击链接，开始下载。大约是网速有些慢，蓁蓁盯着进度条好一会儿，也才走过半，不由犯困地打了个呵欠，用手支着脑袋继续等。

等着，等着，眼皮越来越沉，眼前景象也开始变得模糊……

"啾啾——啾啾——"几声清脆的鸟鸣似乎惊扰了紫衣少女的好梦。

少女下意识地蹙眉，抬手挡住从层层树叶间筛落下的点点晨光，缓缓睁开了眼。古树参天，碧空如洗，空气清新。在这一片纯天然无污染的树林里，一切都显得这么美好——如果这个少女不是叶蓁蓁本人的话！

"啊——"

叶蓁蓁的尖叫声惊起一树飞鸟。她一骨碌从地上爬起来，瞪大眼睛环视四周，"自己"是靠着树干睡着的，身边有干粮和水囊，一旁是烧灭的柴火堆。她抬手摸了摸身旁的树干，树皮上还很潮湿，沾着露水，周围的一切事物都是这么真实。

那"自己"呢？蓁蓁低头瞧了瞧，一身绣纹紫裳，衣料貌似不错。再摸摸脸，嗯……皮肤好像比原来要细嫩不少。

"我不就是等下载游戏等睡着了吗？没落水没车祸的，这不符合穿越的套路啊！"蓁蓁抱怨着，犯了难。原主的身上似乎也没有可以证明身份的信物。她来这荒郊野外是要做什么？接下来，她该去哪儿？

人家一穿越，都有个丫环之类的提示提示剧情，可她就一个人，这是玩孤岛生存啊？

这边，蓁蓁正腹诽着，而身后，属于她的"剧情提示"正在急速靠近——

"让开！快让开——"

这大白天的穿一身扎眼夜行衣是不是傻啊？蓁蓁听到喊声转过身看到来人的第一眼，心中只来得及闪过这一个念头。

下一瞬间，这个显然缺根筋的男子就和她撞上了！

尽管双方都已经努力侧扭身子，想要错开，但巨大惯性带出的冲击力还是把蓁蓁抽成了一个陀螺，在与男子"撞肩而过"之后，踉踉跄跄转了好几个圈才稳住身形。

“好晕——”蓁蓁扶着脑袋，想通过低头看地尽快摆脱眩晕感，却发现地上多了个精致的檀木小盒子，“这是……”

她蹲下身，把盒子捡起来，仔细端详片刻后，确定了两件事。第一，这应该是方才那人与自己相撞后不慎掉落的；第二，打开这个盒子，估计就能知道剧情了！

“不知道这里面会是什么？玉佩？金锁？还是……”蓁蓁一边兴致勃勃地猜测着盒中之物，一边缓缓打开了盒盖。

所谓好奇心害死猫，上一刻还兴冲冲的蓁蓁，下一刻已经单手撑着树干，弓着身使劲干呕起来！

鬼知道她刚才经历了什么！

就在盒子打开的刹那，一条肥硕无比的红眼虫子猛地睁眼，仿佛看到猎物一般兴奋地从里头凌空一跃，精准而迅速地——钻进了她的嘴里，直接下肚了！

“呕！呕……”蓁蓁还在死命想要把那恶心的虫子吐出来。可吐着吐着却发现，一双一尘不染的黑色烫金缎面鞋出现在了自己的视线中。

她暂时停止呕吐，抬起头看去，眼前树影温柔地斑驳着，入目却是一名眉目冷峻的男子。鸦青色暗纹锦衣透着沉重与压抑，白色云纹腰带也束不住周身森然的杀气。光是这样一言不发地对面而立，蓁蓁就能感受到他散发出的威压，把她压得喘不过气来。那是一种无孔不入的压迫感，让人忍不住就要转身就跑。

事实上，蓁蓁确实是这么做的。她转过身了，可是她发现自己居然——跑不了？！她迈不开腿！

“游戏的鬼畜之处就在于玩家扮演的角色是个看到反派美男就迈不开腿的奇女子……”

那段被小茜念出声的奇葩游戏设定适时在蓁蓁的脑海中回荡起来。

蓁蓁开始扪心自问：这个男人算美男吗？看起来像是反派吗？毫无疑问，两个问题的回答都是肯定的——她这是穿越到《霸道反派爱上我》这款游戏里了啊！知道真相的她眼泪掉下来……

“怎么不跑了？”锦衣男子仿佛很有耐心，等着她自己转回身来。

于是蓁蓁乖乖地又转回来面对他，干笑：“呵呵。没办法，见了你这种美男子就迈不开腿。”虽然是大实话，但听起来总有那么点冒死撩反派的意思。

对此，锦衣男子面无表情的脸上果然起了一丝别扭而古怪的波澜，顿了片刻，才把目光移向还被蓁蓁握在手中的盒子。

蓁蓁也顺着他的视线往下看，看到盒子的瞬间，一阵恶心感又在胃里叫嚣起来。所以没有丝毫犹豫的，她用一种万分嫌弃之色把盒子猛地塞给男子。

大概没想到她会这么干脆利索地交出东西，锦衣男子先是探究地瞥了她一眼，之后才打开盒子——

空空如也！

空气骤然凝结，只要没瞎，谁都能看出怒气正在锦衣男子的眉心聚集。蓁蓁觉得刺骨寒意顺着脊梁骨一路窜上后脑勺，不禁打了个哆嗦。

“里面的血瞳蛊虫呢？”尽管他仍是语调平平，蓁蓁却听出了致命的危险。

她咽咽口水，嗫嚅着指了指自己的嘴：“我刚才好奇打开来看，然后那个家伙就咻的一下，飞到了我嘴里——没有一丝丝防备，就给……吞下去了……”

“啊！”话音未落，蓁蓁整个人就被锦衣男子单手卡住脖子，抵在了身旁的树干上！粗糙的树皮给后背带来的疼痛却远远敌不过此时此刻即将窒息的痛苦。

“我再给你一次机会。说！蛊虫在哪里？！”

蓁蓁的惊惧全部都写在脸上，就如同男子将自己的怒气与杀意也毫无掩饰地诉诸在掐住她脖颈的力道上。“对不起……我不是……故意吞……”蓁蓁感到他在丧失理智，那丑虫子对他很重要。

“血瞳蛊虫乃剧毒之虫，就算是误食它的唾液也会使人暴毙。”他冷笑，臂上继续使力，往上抬，直到蓁蓁的双脚近乎完全离地，“你现在告诉我，你吞下去了却安然无恙地站在这里？”

视线开始模糊，双手无力地握住他的手腕，蓁蓁艰难地挤出几个字来："咳，我真的……没骗你……"如果说，她死前还能有什么遗言，她只想说——说好的霸道反派爱上我呢？！

"纪然之，住手！"才在心中呐喊完，蓁蓁就听到了解救自己的天籁之声。

几乎是那话音落下的同时，被称为纪然之的锦衣男子便松了手。蓁蓁的脖子得到解脱，整个人顺着树干瘫软在地，大口大口地呼吸并不算久违的空气。直到感觉自己重新活了过来，才想起抬头去看一眼自己的救命恩人是何许人也。

来者青衫白袍、眉目温和，即使此刻面露焦急之色，也难掩翩翩公子的优雅之态。更难得的是，他站在一身肃杀的纪然之身边，竟丝毫不显弱势，自有一番泰然。

"方才属下情急之下冒犯，请阁主见谅。"比如尽管此刻他正在微垂着首请罪，在蓁蓁心目中还是比旁边那个一言不合就掐人的反派要高大得多。

纪然之神色淡淡："我与你之间不必计较这些。只是无洛，你要给我一个理由。"蓁蓁知道，纪然之指的是不杀她的理由。

闻言的无洛点点头，却没有立刻回答他，而是缓缓走到蓁蓁面前，蹲下身，把手指轻搭在她的腕上。

这是在把脉？蓁蓁配合地不动弹，只是近距离打量着他，更觉心跳加速。听他叫纪然之阁主，说明也是在反派阵营的。莫非游戏名里说的，那个爱上她的反派其实是他？但这个无洛怎么看也不霸道啊……

蓁蓁这么想着，盯着无洛的脸出了神，直到他猛地敛眉，薄唇一抿，似在极力忍耐着不爆发出某种情绪。她才惊觉自己这样的长时间注视可能会惹恼人家，于是浑身一抖，急忙埋下头去。

见她这受惊的模样，还有雪白脖颈上格外刺目的五指红印，无洛的面色不由又缓和下来，只轻问了句："敢问姑娘芳龄？"

"啊？"蓁蓁一怔，心想这问题画风突变啊。是要搭讪吗？

"无洛是问，姑娘今年年方几许。"没有不耐的神色，他把问题又换种说法重新问了遍。

这种体贴又温柔的做派，让蓁蓁当场就想要泪流满面，自然是知无不言言无不尽，想都没想就把自己在现实中的年龄给报了出来："我今年十八了。"

"十八……"无洛低语，垂于身侧的左手在宽大的袖中紧攥成拳，"算来也是正好。"

"什么正好？"蓁蓁不明就里。无洛的温和态度，让她还敢大胆追问。

但无洛摇摇头，不准备向她解释，而是站起身，重新走到纪然之对面道："我把脉确认过了，她体内确实有血瞳蛊虫。至于为什么没死……她的体质特殊，应该是药人。"

听到这个回答的纪然之似乎变得更加急躁起来："那更应该杀了她，把蛊虫取出来！然安她随时都会——"

"不可！"无洛提高音调，"杀她，蛊虫也会死。较为高阶的蛊虫都喜寻找宿主，如今看来，它是找上了这位姑娘。宿主不可妄杀。"

纪然之恨极咬牙："那你告诉我，要怎么做？"

"只能把她带回玄影阁从长计议了。属下会想办法把蛊虫从她体内逼出来。"无洛顿了顿，又宽慰道，"事到如今，杀她解恨也无用。阁主遇到然安之事总会失了冷静。她在蛊虫就在，总比蛊虫真被内奸盗得不知去向要好得多。"

闻言，纪然之闭眼，深吸了一口气，重新看向无洛时，眉宇间已经不再杀气腾腾。"便听你的。"

他刚首肯下来，一团黑糊糊的东西就被人用力扔到了蓁蓁眼前的草地上。她先是一吓，接着定睛一瞧，才发现这不就是那个害自己误食蛊虫的家伙吗？！

"影五来迟，阁主恕罪。"扔人的是名一身黑色劲装的男子，长相平平无奇，仿佛看过就能忘记。从打扮、周身气场与自称来看，蓁蓁推测他大概是纪然之的暗卫。

"怎么耽误这么久？"纪然之淡淡地扫了一眼地上昏迷的人，语气有些不满。

影五也不惧，只答道："属下返回时，沿途勘察了一遍，确认附近再无第三人的行踪，以防他还有同伙接应，带走了蛊虫。”

说到蛊虫，蓁蓁感到纪然之那好不容易压抑下来的怒气又开始外泄，不禁缩了缩脑袋。这位大哥真是哪壶不开提哪壶。

倒是无洛及时开口吩咐道：“蛊虫如今已经确认是被这位姑娘误食。影五你把她一并带回阁中。”

“是，长老！”

蓁蓁还来不及感叹无洛在反派中居然地位挺高，就被影五像是提溜小鸡一样提溜了起来。看阵势他是打算左肩扛一个，右手夹一个。按照个头，蓁蓁很显然是那个要被夹在腋下闻汗臭的……

“这位大哥，我……我不会逃跑的！”蓁蓁笑眯眯地试图与其打个商量，“咱们能不能换个有尊严的方式？不要这么……粗暴？”

“可以。”谁知回答她的不是影五，而是始终冷着一张脸的纪然之，“我来带你回去。”

看着他一步步向自己踏来，蓁蓁立刻选择认怂：“哈哈，那个……我想了想，我还是喜欢简单粗暴一点，尊严又不能吃……啊！”

下一刻，纪然之搂着蓁蓁的腰，提气一跃，往玄影阁总坛无间崖施展轻功而去了。

宛如言情的标配情节，男主搂着女主，女主紧紧地抓着男主的衣襟，在半空中一道看尽沿途风景，再浪漫不过了。

然而现实是，蓁蓁整个人正被纪然之倒着搂住，除了紧紧抱住他的大腿以外，蓁蓁找不到任何可以让自己的脑袋在忽上忽下、忽左忽右的急速腾跃中不被甩断的办法！

“啊啊啊！你个该天杀的！为什么要这么对我？！”看着这倒立的世界，蓁蓁不管不顾地破口大骂起来。仿佛唯有这样，晕眩和不适才能稍微缓解。

又是几个急转弯，蓁蓁感到自己脑袋快充血了：“一样都是搂着我就不能好好搂吗？什么怨什么仇啊？！这么做对你有什么好处——”

“你吃了我的蛊虫，就是有仇。这样搂着你，对你把蛊虫吐出来或许有些好处。”

纪然之回答的同时，又玩了几个“速降”，就像是真的想通过这法子把蛊虫从她胃里给弄出来……

“这简直是毫无人……呕！”还没骂完，蓁蓁终于在“纪然之版古代倒吊过山车”的折磨下，光荣吐了某反派阁主一下半身。

然后周遭安静了一霎，接着是纪然之贯注了内力的怒吼把蓁蓁的耳朵震得嗡嗡响。

“你这女人——”

吼声过后，蓁蓁感到身体一轻，短暂的腾空之后，又被人稳稳接住，夹在了腋下。世界总算不再是颠倒的了，脑袋也终于摆脱了充血的状态。

原来是纪然之把自己扔给了影五。

“扔掉”蓁蓁以后，纪然之嫌恶地低头看了一眼衣摆上的秽物，接着咬牙切齿地吩咐了句“带去地牢”后，就脚下发力，以更快的速度踏空而去了。这让蓁蓁看傻了眼，要是这速度，自己还有命在？原来他刚才还是保留了一点实力，哦不，一点人性的啊……

“姑娘真是命不嫌长，连阁主也敢骂。”影五看着纪然之离去的背影，戏谑道。

蓁蓁假装没听出他话中的讽刺：“过奖，过奖。”

对此，一旁的无洛倒有些忍俊不禁：“罢了，影五。阁主先我们一步定是去换衣裳了，莫要耽搁太久，反教他在地牢中等我们。”

“是！”影五听后便收起所有表情，仿佛又扮演起只懂得服从命令听指挥的暗卫角色，跟随无洛继续往阁中方向去了。

地牢中的刑室里，那名内奸已经被吊起，影五似乎又藏匿起来，不见踪影。陪蓁蓁站在牢房中的，除了无洛，还有一名上了年纪的中年男子与一玄影阁弟子。

蓁蓁悄悄打量了一眼那中年男子，高高瘦瘦、面容带笑，一对小眼中透着股精明，右手不住地转着俩铁蛋子，发出清脆的碰撞声。若不是他站在这地牢中，看起来还真是个精打细算的商人。

她的视线稍移，看到的是各色令人胆寒的刑具，上面陈年的暗红色血斑，像是在炫耀着它们曾经让无数人血肉横飞。纪然之应该不会丧心病狂到用这些报复自己吧？蓁蓁不禁咬唇，紧张起来。

“姑娘别太担心。阁主不会轻易为难女人的。”无洛看出她的忐忑，不由出声宽慰。

“呵呵。我感受到了，他确实是想很认真地为难我。”

蓁蓁话音未落，便听得“吱呀”一声，刑室的铁门被打开了。换了身干净衣裳的纪然之步态从容地迈了进来。不知他是不是特地找了一身暗色玄衣，倒和牢房壁上或深或浅、或新或旧的血迹相互呼应着，有些诡异。

除蓁蓁外的三人都垂首见了礼：“阁主——”

“嗯。”纪然之微微颔首后，对那中年男子道，“杜长老，开始吧。”

毫无疑问，是开始严刑拷打。

杜长老冲身边的弟子使了个眼色，那弟子就从一众刑具中熟练地先拣选出一条带着金属倒刺的皮鞭，又在盐水中沾了沾，然后站定，扬鞭，狠狠抽下——

“啊——”原本还昏迷着的内奸立刻浑身打着颤痛醒过来，叫得撕心裂肺。

蓁蓁听得也是一哆嗦，再看他身上一大道又深又长的血痕，不忍直视地低下了头。可某人却偏不让她逃避。

冰冷的手捏住她的下颚，迫使她又重新把头抬了起来。“机会难得，你可要好好看着。”

看就看，又不打在她身上！蓁蓁给身侧的纪然之飞去一个白眼后，就夸张地使劲瞪大眼睛看着鞭子一次次打在内奸身上，皮开肉绽，血溅在墙壁上，把原本已然干涸发黑的血迹再次染红。

大约是她太过顺从，一脸无谓，纪然之反而没了兴趣，撒开手，冷漠地观刑。

直到那内奸被打晕过去，杜长老才叫了停手，接着亲自舀了一瓢水，往内奸脸上一泼。看他醒了，便恭敬地又退回一边，看向纪然之。

纪然之上前两步，阴沉着脸，审视着眼前这个遍体鳞伤的家伙。“你是哪个门派的人？为什么要盗取血瞳蛊虫？”他问得很慢，很轻，却不知为何，字字听来都令人胆战心惊，“不着急，想清楚再说。如果答错了，是要付出代价的。”

“我、我说……”那内奸由于一直在叫喊，嗓音已经完全嘶哑，“我是……是浩气山庄的人。庄主一直、一直在关注魔教余……不，是玄影阁的动向，想方设法安插了一些眼线。”

说到这里，他小心翼翼地观察着纪然之的脸色，毫无变化，才接着往下说：“我只是负责洒扫的普通弟子，始终得不到什么有用的情报。可我一家老小都在他的手里——咳咳，所以，所以我发现无洛长老他总是特别小心地保管那个盒子，就想着里面一定有重要的东西，把它偷回浩气山庄，或许就可以换回一家人的性命——”

“哼，正派做起拿人老小相威胁的事来，果然是轻车熟路。云鹤那老家伙是，郑金丰也是。”纪然之唇边泛起冷笑，接着问，“你说郑金丰派了不少人。你可能指认出来？”

那内奸倒是有眼力，立刻就改了称呼：“庄——郑金丰很狡猾，我们这些眼线彼此都不知道对方的身份……”

“是吗？”纪然之退开几步，用眼神示意一旁的行刑弟子继续拷问。

“我真的不知……啊——”还来不及求饶，几鞭子就又结结实实地打在了血肉上，有的倒刺一拔，连骨头都隐约能瞧见了。

方才还始终在暗暗不断告诫自己这就是游戏，就是逼真了一些的蓁蓁，在看到白骨的瞬间，心理防线彻底瓦解，迅速跑到一旁的角落干呕起来。整个牢房的血腥味让她喘不过气来，每呼吸一次，都倍感恶心。

见状，无洛有些无奈地摇摇头，转而看向纪然之道：“我看他说的未必是假话，不如……”

“无洛，你不想杀人，可以不杀。但不要滥用你的医者父母心。”纪然之打断了他。

“滥用？呵，我确实是滥用了……”无洛轻笑一声，笑意却达不到眼底。

见他如此，纪然之也不与他分辩，用眼神示意行刑弟子停下。那内奸显然已经是有气进没气出了。“你的回答，还保持不变吗？我给你一点提示。”纪然之说着，竟侧身指向了角落的叶蓁蓁，“比如她，为什么会出现在那片林子里？又为什么会‘捡到’你偷出来的盒子？”

蓁蓁的身体一僵，连恶心感都给吓了回去，紧张地抬起头，看向纪然之，也看向他身后那个血淋淋的人。

接着，她听到那个内奸突然叫喊，犹如看到了生的希望：“对！是！就是她——是她指使我偷的那木盒！她、她也是郑金丰的人，负责和我们底下这些眼线联络，布置任务！对……她一定认识其他眼线！”

“哦？你看清楚了？”纪然之看起来很满意这个答案一般，笑着问，“确定是她？”

“是！是她！”

纪然之于是好整以暇地望向蓁蓁，似乎在等待她的解释。

不，蓁蓁从他的眼神中看到了一丝冷酷的戏弄之色，他等的不是自己的解释，而是她惶恐失态甚至吓得瘫软在地的表现。

其实原本蓁蓁也认为自己会吓得当场“五体投地”，然而当她看着纪然之那得逞的目光后，腰板反而挺直了，两腿也倍儿有力气，一点都不打颤！

她在纪然之有些惊讶又充满探究的视线中，一步步从角落走到刑架面前，仔细盯着那内奸的眼睛：“你说你认识我？我是郑金丰的人？”

“是、是啊——”内奸逃避地别开了脸。

蓁蓁用平静的语气，继续问，问得很认真：“嗯。我一直都在无洛长老手下做事，不常露面，你每次都是怎么联系上我，向我汇报情报的？”

“我……我都是在打扫无洛长老的碧水楼时，偷偷找到你……”那内奸想了想，很快就答了出来。

“哦。”蓁蓁闻言，像是赞同地点点头，继续问，“那我是什么时候让你去偷的木盒？我们的计划是怎样的？”

“是在……”内奸咳嗽了两声，说的时候底气明显不足，“是在大前天！大前天我去打扫的时候，你让我偷出来，到那片林子里。你在那里等我，接应我……是你告诉我，无洛长老外出的时间，方便进屋偷……”

谁知这次他还没说完，蓁蓁就突然怒喝一声：“谎话连篇！”

那内奸被她吓住，神色变得慌张起来，眼珠不断转动着，大约是在拼命回想自己哪句话被抓住了把柄。

蓁蓁眯起眼，字字掷地有声：“第一，我根本就不是玄影阁的人，更从来没有跟着无洛做事，我连碧水楼长什么样都不知道！第二，你最初招供说的是，你得不到任何情报，无奈之下自己发现无洛的木盒，起意盗窃，现在却说是我指使，早有预谋？！”

“所以，你是看他长得特傻才敢这么骗的吗？！”蓁蓁义愤填膺地指向旁边的纪然之，像是在为纪然之抱不平，全然不顾后者原本有些笑意的面容瞬间就僵住了。

“嗯，咳咳……”一旁的杜长老急忙低下头，掩饰了面上的笑意，却控制不住微微抖动的肩头。他的阁主哦，何时吃过这样的瘪。

而蓁蓁则是回头，得意地对无洛一挑眉，好似在说：看吧！想为难本姑娘也不是那么容易的！

“阁主大人，他的话你还敢信吗？”接着，大概是一时冲动，蓁蓁又看向纪然之，进行了挑衅。

纪然之冷哼一声，居然耐心地解释了句：“我不过是用你试试他罢了。他既然会乱咬你，那么他的指认对我来说就没有任何价值了。”说完，他的目光越过蓁蓁，落在杜长老处：“杜长老，这个人没用了，把他带下去处理掉吧。”

“是。”厚道的杜长老已经笑完了，又摆出一张公事公办的面孔，迅速应了句，吩咐手下把人解下来，拖出去。

“不！不要杀我啊！我还有用的，求求你们——”

看着那内奸被拖出去时在地上拉出的一道又宽又长的血痕，蓁蓁心中不是滋味，尽管方才这个人在严刑拷打之下胡乱攀咬了自己。死，对他来说或许是最好的解脱。

“不用同情他，下一个就轮到你了。”纪然之开口，打破了牢房中暂时的沉寂。他拿过那条刚刚被摆回原位的倒刺鞭，边将其浸泡到水中清洗，边吐出五个字：“名字和身份。”

终于来了，可蓁蓁对游戏中自己这个角色的设定一无所知。她看得出，纪然之是个刑讯高手。方才，他刻意误导那个内奸，让其以为她也是嫌疑对象，就是为了试探那内奸究竟还有没有继续审问的价值，审问出的东西又有多少可信度。

所以，这名字倒好说，叶蓁蓁三个字叫了这么多年，绝不会出现化名之后别人叫自己没反应过来的尴尬。但短时间内胡乱编造出的身份，难免破绽百出。就算纪然之也确实不认识“自己”，也能从言语的漏洞识破。

“我叫叶蓁蓁……我是，是……”蓁蓁思绪千回百转，无数种说辞冒出来，又被立刻否定。

无洛有些担忧地皱起眉头，正张口欲言，却听得蓁蓁惊天动地的一声鬼叫——

“哇啊！”只见她一屁股坐在了地上，哭喊起来，“我怎么不记得我是谁了？！我最近又没吃错药，肯定是你们的臭虫子把我脑子吃出毛病了！”

看她那一脸无辜又愤慨的神情，无洛不由抿唇一笑。“审人无数”的纪然之竟也被噎住半晌，才找回惯有的嘲讽语调：“嗤，真是恶人先告状。”

“在你面前我不敢当恶人哦。”蓁蓁表示和反派比当恶人，她可不够格。她刚刚试过了，在无洛面前她是能迈开腿的，证明人家虽人在魔教，心却是好的，是正派设定。哪像这纪然之！

“呵，你还不知道我这里是什么地方了，也敢这般撒泼。”纪然之从鼻间逸出一声冷哼，“也罢。等把蛊虫弄出来，这些喝惯了血的家伙有的是时间陪你装疯卖傻。”说着，他反而把那鞭子扔到了一旁。

蓁蓁暗自松了一口气。也对，他现在拷打自己也打不出蛊虫来，应该不会急于下手。只要蛊虫还在她的身上，她就既不会死，也不会受太多皮肉之苦。但蓁蓁想不到的是，她很快就发现，自己大错特错了……

“无洛，想到把蛊虫逼出她体内的方式了吗？”纪然之扭头看向无洛。

闻声，无洛点点头：“嗯，已有了几种想法，方才回阁中时，我已派人去熬药了。这会儿想必该得了。”

这么说来，蓁蓁倒确实想起，在进地牢前，无洛招来了个弟子小声吩咐了好一阵子，应该是在说药方吧。

“那便等着吧。”纪然之说罢，就命人搬了两把椅子来，与无洛一人一边，坐了下来。蓁蓁没地方坐，就还干脆坐在地上不起来。她看得出，他对无洛的态度不能说不亲近，可偶尔两人交锋时的目光和语气，又着实有些奇怪。尤其是无洛。

等了大约半刻钟，随着一股诡异而浓重的药味飘来，三名弟子鱼贯而入，各自手中都捧着一碗颜色并不喜人的中药。

“阁主，无洛长老，药都熬好了。”三人毕恭毕敬地在纪然之和无洛面前站定。仔细一看，三人的药碗颜色各不相同，分别是红、白、黑。

无洛起身将药一一检查了一遍，这才微笑颔首：“没有问题，做得很好。”

“这是弟子们应该的。”原本在纪然之面前表现得有些紧张的三名弟子，听到他的肯定，都如沐春风，神情放松不少。

对此，无洛淡淡地应了声，便转身走向蓁蓁：“我再为叶姑娘把把脉。”

蓁蓁乖乖伸出了手，露出一节纤细皓白的手腕，在黑暗又血腥的刑室中显得格格不入。

“从方才到现在，叶姑娘可有感到不适？”无洛边诊脉，边询。

“没有。”蓁蓁先是不假思索地摇头，随后又迅速瞥了眼纪然之，补充了句，“就是因为一些原因……所以有点犯恶心而已。”

无洛于是收回手，垂眼，并不与蓁蓁对视地说：“嗯，姑娘脉象确实无碍。不过这些逼出蛊虫的药服下后，若有不适，还请姑娘莫要怪罪无洛。”

“哦，没事啊。”蓁蓁想都没想，就应了句。反正在现代打针挂瓶也一样会不舒服。

无洛低叹一声，站起来，转身，走回到椅边，背对着蓁蓁沉声道：“先给她服下红碗中的汤药，若一炷香后蛊虫没有出来，再给她服用白碗汤药。同样一炷香后，再服黑碗中的。”

“是。”说着，端红碗的弟子走上前。

蓁蓁拍拍屁股站起来，爽快道：“我自己来吧。”

那弟子便没动，只等着蓁蓁自己拿过药碗，捏着鼻子仰头全部喝下，再把碗放回到盘中，他才退回原位。规规矩矩的，多一个动作不敢做，可见平日这纪然之管理玄影阁教众有多严厉。

药虽然有点臭，但不苦，甚至还有点酸酸甜甜的，蓁蓁喝下后还砸吧砸吧嘴。但下一瞬，她就笑不出来了，仿佛有什么东西开始在胃里翻江倒海地席卷着，叫嚣着。

“唔——呕！”蓁蓁急忙跑到角落开始大口大口地呕吐，越是呕吐，那股反胃的感觉反而越强烈，怎么都止不住。吐到后边，只剩下胃水，那翻腾感还没有丝毫停止的意思，她甚至想把整个胃都给扯出来！

而更让她绝望的是，把整个胃都吐空了，却还没有蛊虫。

无洛算得很准，一炷香后，蓁蓁果然不吐了。其中一名弟子把白着脸的她从角落搀回来，顺便也检查了一下她的呕吐物，然后对纪然之摇摇头：“阁主，没有。”

“继续下一碗。”纪然之扫了眼身旁始终背对着这一切的无洛，神色淡淡地吩咐。

“我自己来吧……”蓁蓁有气无力地说着，还是自己拿起红碗，喝了下去。她以为，无非再吐一吐，可这次药还没喝完，碗就“啪”一声砸碎在了地上。

“啊——”猝不及防的蓁蓁拿不稳药碗，发出一声惨叫。四肢百骸好似同时被无数细针狠狠扎入，心中更是如同被匕首一下贯穿！

“别让她自尽！”纪然之眉头一皱，厉声道。

自尽？她才没有古人那么爱玩自尽呢！蓁蓁觉得有些好笑，可浑身太疼了，疼得她笑得比哭还难看。

“我才不会——放开！”她挣扎着用力推开搀扶自己的玄影阁弟子，一手紧紧攥着前襟，踉踉跄跄摸到旁边的一面墙，然后后背狠狠砸在墙上，顺着墙面滑坐下来。

呵，原来这就是无洛说的莫要怪罪啊。怪罪又如何，不怪罪又如何？她在他们手中，就只能任由宰割！无洛他，到底为什么要替纪然之做这种事呢？一条臭虫子，真的比人命还重要吗？！那种东西，一看就是用来炼制毒药害人的吧！

整个人蜷缩成一团，浑身因为疼痛剧烈地打着颤，可蓁蓁倔脾气上来了，硬是咬着牙关不肯喊出来。

这一次一炷香的时间，比起上一回，对蓁蓁来说要漫长许多。痛到后来便有些麻木了，甚至连咬牙的力气都没有了，“咚”的一声，侧身倒在了地上，无力地喘着气，等待身上的剧痛渐渐消失。

纪然之的目光始终没有离开过她，眼底光芒深邃，不知在想些什么。

“……蛊虫可有从她身上穴道钻出来？”无洛的声音很低很低，像在压抑着某种情绪。

一名弟子把蓁蓁扶坐起来，仔细查看了她周身与地面，随后回禀：“回长老，还是没有。”

无洛没有再出声，第三碗药很快就被端到了蓁蓁面前。扶着她的那名弟子以为这次蓁蓁肯定没气力了，便要直接代她取碗，却不想手臂被一只小手轻轻一按，制止了。

这一次，蓁蓁说得很艰难：“我……自己来。”手颤颤巍巍地伸过去，刚触到碗身，却见一只大掌先一步把碗端离了盘子。

费力地抬头看去，竟是纪然之。

“去，取一条干净的汗巾来。”纪然之面无表情地交代另外一名弟子。

那名弟子显然不会意，愣了片刻没应也没动。

“没看她嘴唇都咬破了？！再咬了舌头怎么办？！”纪然之不耐烦地又吩咐了遍，“去取条汗巾来，一会儿给她塞着——”

“啊……是！”

那弟子一溜烟就跑了出去，再回来时，手里就多了条正合适用来塞嘴的汗巾，递给纪然之。

纪然之蹲下身，与蓁蓁平视：“有力气喝了吗？”

“没有就能不喝吗？”蓁蓁一扯嘴角，没忘记斗嘴。

"还有力气，那就自己来。"纪然之目光沉沉，说着便将药碗交到她手中。

蓁蓁的手还是有些不受控制地抖动，只能双手捧着碗才能端稳。临喝之前，她看了眼无洛站的方向，从头到尾，他都没有转过身来——是不忍，还是不屑？

"无洛长老，这碗药有什么效果，可以先告诉我吗？我心里也好有个准备。"她低声问。

"第一碗，是为确认蛊虫是否还留在你的腹中。第二碗，是因为蛊虫有可能已经进入你的周身经脉。第三碗，考虑到蛊虫若已入了骨髓……"无洛没有说完。

但在场的人都听懂了，虫入骨髓，那么第三碗药便能让人痛入骨髓。可是没有人露出恻隐的神色，因为在这个刑室中，比蓁蓁要惨得多的人，过去不少，今后也还会有。

"我知道了。"蓁蓁平静地点点头，很快把碗中的药喝得一滴不剩。

才喝完，纪然之就略显笨拙地往她嘴里塞好了汗巾。说是笨拙而非粗暴，是因为虽然弄疼了她咬破的嘴唇，可蓁蓁却从他眼里读出了些专注与仔细的味道来。很难想象，一个刚刚才把人抽得血肉模糊的反派，会考虑到她的感受而改变态度来。

无事献殷勤，非奸即盗。可她似乎也没什么东西值得纪然之费这心思图谋的。或许只是单纯大发善心吧？

就这么有一搭没一搭地想着，蓁蓁逐渐感到从骨头里钻出的痛觉变得清晰，从脊髓，到四肢，像电流在体内乱窜，所到之处，如遭电击。唯一好些的就是，与方才不同，方才全身同时疼，这一次总算每处都有喘息的机会，是间歇性的疼痛。

"呜——呜！"之前她觉得大喊大叫太丢人了，可如今咬着汗巾，倒可以在受不了的时候尽情呜咽几声。不过她真的想说，这游戏也太逼真了吧？支撑她一直坚持下来的信念，无非是"我喝的都是假药"罢了。

纪然之此时已经站起了身，却没有坐回来，而是在蓁蓁面前那点地方来回踱步，显得有些急躁，晃得她眼花。他还时不时扫视她全身一遍，大约是想看蛊虫会不会出来。

蓁蓁靠在那名弟子身上，也没什么力气扑腾，浑身都是冷汗，自己都有些嫌弃。

沉默的一炷香又过去了。纪然之扯开扶着蓁蓁的那名弟子，自个儿蹲下再次仔细把她上上下下都打量了个遍——蛊虫还是没有被逼出来!

“无洛，这是怎么回事?！这半条命都去了怎么还……”

在纪然之怀中晕死过去前，蓁蓁看到无洛终于转了过来。他的眼眶，是红的……

第二章 攻略反派第一步

冰凉的指腹轻柔地按压在自己的手腕上，蓁蓁不用睁眼也知道来人是无洛，况且她也不想睁眼。

“不想见我，所以装睡吗？”她听到床边传来他的轻笑。

是的，她醒来有一段时间了，在无洛进屋之前，她就瞪大眼把四周给瞧了一遍。为什么瞪大眼？因为她本以为自己会被随便扔进哪间牢房里，等待醒来后的下一轮“汤药伺候”，可入目的却是一间尽管布置简单，却干净整洁的小屋子。而她正躺着的，不是干枯的稻草，而是软软的床榻。从窗外的景色来看，还是一间在二楼以上的屋子。

也不知道自己晕了多久，虽然浑身没什么力气，却没什么难受的。本想翻身下床走走，却听见门口有人喊了一声“无洛长老”，蓁蓁便赶忙又把眼睛给闭上了。她不知道要怎么面对无洛。

如果给自己熬制这些汤药的是纪然之，她顶多骂上几句便罢，左右他是反派设定，做什么都在意料之中。可对无洛却不同，她对他有太多不切实际的期待，以为他虽身在魔教，心却是善的，不忍伤害任何一个人。

就在蓁蓁的心思千回百转之间，无洛又开口了：“既然药性如此强烈的汤药都无法强逼蛊虫出来，那么往后我对叶姑娘用其他轻松的法子引导蛊虫，阁主便不会有任何不满。所以你不用怕，前天那样的事不会再发生了。”

前天？她居然昏迷了这么久。想着，蓁蓁缓缓张开眼，对上了无洛温和中带着歉疚的目光。“你是……为了我？”一开口，她才发觉自己的嗓音沙哑得有些吓人。

无洛没有回答，只是转身去取了杯水，将蓁蓁扶起，把茶杯递到她唇边：“喝一点润润。”

其实她可以自己来的，可鬼使神差的，她还是就着无洛递来的杯子，低头抿了几口：“这水？”味道有些怪怪的……

“是泡过药材的，对恢复元气极好。”无洛边把杯子放到一旁，边叮嘱道，“我已让弟子每日给你备了一壶在屋中。你无事时，自己就多喝喝。”

“谢谢……还有，对不起，我错怪你了。”方才无洛那一番话，蓁蓁一听便想通了其中利害。纪然之对蛊虫势在必得，必定会让无洛想尽办法从她体内取出，那便有可能无所不用其极。所以由无洛抢先下手，一开始就用最强硬的法子在纪然之眼皮下让她吃尽苦头，反而是在保她日后无恙。

无洛低叹一声，摇摇头：“不过是对阁主的脾性有几分了解而已。他这人心肠不像表面看着那么硬……只是让你遭了太大的罪。”

“但愿他能放过我吧！”蓁蓁歪着头笑笑，倒也不以为意，转而问道，“不过我吞进去的那个什么……血瞳蛊虫，究竟有什么用？纪然之要用它练什么魔教神功？”

“扑哧。”无洛闻言忍俊不禁，“叶姑娘的想象力真是丰富。自有蛊虫之术以来，用于练功的只在极少数，多半还是用于制药，毒药或者救命的药。”

这么一说，蓁蓁倒是想起之前纪然之掐着自己脖子时说过的话了。“我记得纪然之说，血瞳蛊虫是有剧毒的，所以是炼制毒药用的？”

“是，也不是。”无洛卖了个关子，“在床上躺了两天，叶姑娘可想出去走走？”

蓁蓁用力点头：“求之不得啊！我都还没看过传说中的玄影阁长什么样呢。”

“都是人住的，与寻常门派也无不同。”无洛见她眼里放光，很是兴奋的样子，也有几分诧异，“只是叶姑娘似乎对魔教并不反感。”

“你也说了，就是平常门派，为什么要反感？”蓁蓁反问。

无洛感到自己的双眼仿佛被她天真烂漫的笑容给刺伤了，只得默然起身：“那么，无洛在外边等姑娘。”

说罢便转身出了屋，把屋外守着的人叫了进去：“你进去看看叶姑娘有没有需要帮忙的。”

他话音一落，便有一高挑女子走了进来，二十岁上下，眉目间风情万种。若能再配上一身艳丽衣裳，必能迷倒许多男子。她走到蓁蓁床榻边，似有些好奇地打量着已经双脚落地正在和古代长靴战斗的蓁蓁。

“这位好看的姐姐怎么称呼啊？原来玄影阁中也收美貌女弟子呀？”蓁蓁边穿靴，边抬头与她打招呼，“也不知道我这脸能不能选上……”这女子与影五穿的服装一致，想必都是纪然之的暗卫。就说嘛，他怎么可能没派个人监视自己！

正所谓千穿万穿马屁不穿，那女子听蓁蓁一口气说了一连串话后，不由掩嘴，咯咯笑起来：“叶姑娘这嘴可真甜！我是影七，算不得阁中弟子，是阁主的十二影卫之一。”

“影七姐姐好！能当阁主的暗卫，功夫一定很厉害！”蓁蓁说着，已经穿戴妥当了，又随手绾了个简单的发髻。

影七娇笑：“你现在金贵着呢。阁主重视，才派了我来。”

“你放心吧，我一点武功都不会，也不会跑的。我现在什么都不记得，出去也不知道要做什么……这儿不错，起码还包吃包住呢！”蓁蓁说得很坦然。她是真没打算跑，毕竟再怎么跑，说到底还是在游戏里。

“哎哟，跟在阁主身边这么久，还是第一次听从地牢里出来的人说这儿不错的。”影七眼底满是惊讶，却笑得更欢了，“只要你不乱打主意，姐姐我会帮衬着你的。”

“那蓁蓁就先谢过姐姐啦！”蓁蓁吐吐舌头，心想着卖萌果然有用。

影七笑着点了一下蓁蓁的脑门：“好了好了！嘴皮子放着以后再耍，别让长老等急了。还有啊，以后叫我影七便是。”

于是等在门口的无洛，看到的景象就是一个监视者与一个被监视者像是好姐妹一样，说说笑笑地走出了房门。他一贯云淡风轻的脸上，难得透露出诧异的神色：“影七，你……”

“无洛长老，见了叶姑娘才知道她有多招人喜欢。我可算知道你为什么惦记着她身体，这两日成天往这儿跑来照顾人了。”影七张嘴就调侃了句，倒是听得蓁蓁心猛地一跳。

“影七。”无洛无奈地冲她摇摇头，“莫要乱说。”

“成。我不说了，不打扰你们。想去哪儿去哪儿！有无洛长老看着，我放心。”最后一个字音犹在耳边，影七就不见了踪影。

见状，蓁蓁的小嘴微张：“好厉害……”

“玄影阁的十二影卫便是如此。善于藏匿，也善于追踪。”无洛边领着蓁蓁下楼，边笑道。

蓁蓁觉得影卫这称呼很贴切：“嗯，就像影子一样。藏在人身后，人却怎么也甩不掉它。”

“确实如此。叶姑娘聪慧。”

尽管知道无洛这一句夸奖纯属善意与礼貌使然，蓁蓁还是不争气地脸红了一下。“无洛长老以后还是叫我蓁蓁吧。姑娘姑娘的，总觉得很生分。”

无洛一愣，随即便坦然应下：“也好。蓁蓁也不必总在无洛名后加长老二字了。”

“这可不行！”谁知蓁蓁却连连摆手，极不赞同，“我看你就是太没架子了！你看那些弟子见了纪然之，都和老鼠见了猫似的，对你就不怕！如果我这种被抓来的人都对你直呼其名，那别的弟子听了去，你这长老的威严就没了——适当时候，你也要像纪然之那样，把脸拉长一点，才有长老的气派嘛！”

看她讲得头头是道，苦口婆心，无洛不由失笑，从善如流：“无洛受教了。”

“哎呀，你看起来还是太好说话了……”

两人一路闲谈，下了阁楼，穿过迂回的长廊，来到了一片花园之中。一路上所见之景，与蓁蓁心中预想截然不同。没有森然嶙峋的怪石，也没有造型冷峻的建筑，反倒是水榭阁楼不断，假山花草不绝。玄影阁虽是依无间崖之险而建，山道崎岖，阻碍重重，登阁不易，可这阁内修筑得却只如寻常山庄，看不出半点“魔教”的影子。无洛的碧水楼是如此，纪然之所在的长天楼也是如此，碧瓦飞甍，无甚特别。

果然“都是人住的”，还以为能看到些魔教的“特色建筑”呢。蓁蓁眉目中隐隐透露出失望之色，不住地瘪瘪嘴。

无洛看着，眼底染上笑意，只是这笑意，很快就在远远地看到花丛中正在扑蝶的一个小女孩后，渐渐凝结，失去温度。

“那是……”蓁蓁也看到了那小女孩，粉雕玉琢的，长大后必定是个美人。这孩子还这么小，怎么惹到玄影阁？她不禁皱眉质问：“你们抓这么小的孩子做什么？”

这是无洛第一次在蓁蓁的语气中察觉到抵触与不满，忙语速极快地解释了句：“不。她是阁主的妹妹。”

“啊，他居然有这么可爱的妹妹！”蓁蓁惊讶，但笑颜又回来了。

“嗯，然安很可爱，只可惜……”无洛藏于袖中的手悄然握紧，“你知道她今年几岁了吗？”

蓁蓁略琢磨了下：“看起来五六岁？”

“不，她十四了，只比你小几岁罢了。”

他的答案让蓁蓁倒吸了一口冷气，远处在花丛间玩耍的女孩，绝对不可能已经十四岁了啊！

接收到蓁蓁惊疑的目光，无洛低叹一声后才道：“然安还在母体中时，就因母体中了一种无解之奇毒，而在毒素的伴随中生长。所以生下来时，然安中毒已深。受毒的影响，她从小身体孱弱，长到五六岁便再也不长个儿，心智也一直停留在女童状态。更可怕的是，她开始频繁毒发……”

“那后来呢？”蓁蓁紧张地盯着无洛。

“后来，我来到了玄影阁，用血瞳蛊虫以毒克毒，为她续命。”无洛面色沉重，“血瞳蛊虫的唾液与血液，都带有剧毒，但只要控制得当，就可与然安内体毒素相克，勉强维持她的生命。”

蓁蓁心头一紧，拽住他的衣袖：“那我误食了蛊虫，她岂不是……世上就这一只血瞳蛊虫了吗？！没有别的办法可以救她了吗？”

“不。事实上，为了以防万一，来到阁中之后，我就开始着手培育一只新的血瞳蛊虫。只是越是好的蛊虫，培育所耗费的时间越长，几年甚至几十年都有可能。如今新的蛊虫还差一年才能养成。可然安没有血瞳蛊虫所配的药，熬不了一年。”无洛低头看向她拽紧自己衣袖的手，目光复杂，“至于别的法子……我参悟许久，没有收获。”

衣袖被蓁蓁缓缓松开，她又将目光投到了花丛中那个叫做纪然安的小女孩身上。小女孩跑着、跳着，时不时伸出肉肉的小手在花朵上一抓，想要把蝴蝶留在自己的掌心。天真烂漫的笑容里看不到一丝对死亡的忧虑与恐惧，甚至不知道，她的生命其实也在自己的一跑、一跳、一抓之间，和蝴蝶一样，悄然飞走了，怎么也留不住。

“然安并不知道这么多。阁主骗她说，每个人小时候都会经历这样的事，等长大了，就不痛了……”

可是，她不会长大了啊……蓁蓁听着无洛的话，鼻间一酸。她想起了自己的妹妹，就在这样无忧无虑的年华里，因为一次食物中毒，在绝望的窒息中离开了这个世界。那时候，蓁蓁也还小，以为妹妹只是睡着了，可长大之后，她反而清楚地记起了那日的情形，像是电影的慢镜头一样，历历在目，包括妹妹那双痛苦挣扎的小手和渐渐发紫的嘴唇。

正沉浸在往事的悲痛中，纪然安的身影却在蓁蓁有些模糊的视线中突然矮了下去！

“然安——”无洛的喊声还在耳边，人却已瞬间掠至花丛，抱住了将要跌倒的纪然安。

意识到发生了什么，蓁蓁才快步跑上前去：“没事吧？！摔着没有？！”

“没事。应该只是被石头绊了一下。”无洛动作很快，把然安接得稳稳的。他扶着然安站好后，颇有些不悦地皱起眉：“你怎么一个人在这儿？阿悄没有在附近陪你？你又故意甩开她出来玩？”

这数落的口气让然安的小嘴一嘟，眼底满是委屈：“才没有！她说去给我取药，还没回来……我想自己抓蝴蝶，可怎么都抓不到……”

“小妹妹，你为什么一定要抓住蝴蝶呢？让它自由地飞，每天都在花园里陪你也是一样的啊。”蓁蓁蹲下身，努力拿出了百分百的亲和力来微笑，拉过然安的小手。

“蓁蓁，你先别——”无洛神情突然变得紧张起来，想要阻止蓁蓁亲近然安的动作。可下一瞬，出乎意料的一幕却令他噤了声。

纪然安非但没有因为怕生哭喊着扑到无洛怀里，反而认认真真地对蓁蓁解释了起来：“因为阿悄说，对着自己抓住的蝴蝶许愿，愿望就会实现！然安想让哥哥多笑笑，他好像经常都不开心——”

看着然安提到自己哥哥时一脸依赖眷恋的神情，就知道纪然之平日有多宠爱她。蓁蓁忽然能够理解，当时在林中纪然之那股几乎想要把她直接掐死的冲动了。因为她误食的，是他妹妹生的希望……

这么想着，蓁蓁不由愣了神，反而是然安又开口，脆脆地问：“姐姐，你是谁啊？以前从来没有见过你——”

“我是新来这里做客的叶蓁蓁，可能会留下来很长一段时间哦。”蓁蓁说着，伸手点了点然安的鼻子，“以后阿悄忙的时候，姐姐可以经常来陪然安玩啊！”

然安一听，小手激动地猛拍了几下：“好啊好啊！我不喜欢阿悄，她笑起来好讨厌。我喜欢蓁蓁姐姐——”

“无洛长老……小姐……”这时一个怯生生的女声在蓁蓁身后响起。蓁蓁回头一瞧，一名婢女打扮的女子，端着药碗，正一脸小心翼翼地望着无洛。

“阿悄，你太不小心了。”无洛略一颔首，面上没有多少笑意，“怎能放然安一个人在这儿？”

阿悄急忙认错，诚惶诚恐：“是，是……阿悄知错了！下次一定不会了！阿悄只是怕误了用药的时间，一时又劝不回小姐……”

“先让然安喝药吧。”蓁蓁适时出声，起身把药从阿悄手里接过，目光无意瞥过其指尖的瞬间，蓁蓁眼底闪过一丝异光，“我相信，阿悄姑娘应该是一点都没耽搁绕路，就把药端来了，对吧？辛苦了。”

“是，阿悄不敢有一丝耽误。”阿悄垂下头。

听她这般回答，蓁蓁微微皱眉，但在转身面对然安时，眼里又只剩下盈盈笑意了。“来，然安先喝药。喝完药，回去休息，姐姐答应你，明天就帮你抓住许多许多蝴蝶，好不好？”

然安有些不信：“许多蝴蝶？真的吗？”

“当然是真的。”蓁蓁重新蹲下，先是自己抿了一口药，才递给然安，“一点都不苦，也不烫，然安趁热喝吧。”

与无洛一道哄着然安把药喝过后，目送阿悄领着她回去休息，蓁蓁面上的笑意才渐渐敛了去。

“无洛长老，这个阿悄……在阁中照顾然安很久了吗？”她转头望向无洛，斟酌着措辞，“刚才我发现，她的指甲中沾了些泥土，是新泥土，不像是只去药房取药。可我试探她，她却说自己没有耽搁绕路，不曾去过其他地方，那又怎会沾染上泥土？她在撒谎。”

“蓁蓁竟还如此细心。”无洛先是一讶，进而深深地看了她一眼，“我进玄影阁时，阿悄就已在然安身旁照料，这么多年，倒也无甚错处。听闻她是当初卖身葬父，被阁主买回来的。起先她在阁主身边伺候，阁主见她心细，便派她去照顾然安。毕竟阁中还是男子居多，影七那般的女子也都有任务在身，不方便时时照顾然安。”

闻言，蓁蓁点点头：“那希望是我多心了吧。”嘴里是这么说，眼中的疑虑却并没有少。然安的那一句“她笑起来好讨厌”像是一根针扎在了蓁蓁的心头。孩子的直觉有时很准，可光靠阿悄这一次的扯谎，也说明不了什么。

“对了，你方才让我先别什么？”心知目前多想无益，蓁蓁便转移了话题，“好像很紧张的样子。”

无洛笑答：“你有所不知。然安除了阁主与身边几个时常接触的人外，一旦有旁的生人靠近，都会大为受惊。也正因如此，她的厢房与这一片园子，是不许弟子出入的。我看你突然靠近她，本以为会……没想到，她竟很是喜欢你，实在难得。”

“原来是这样。”蓁蓁先是垂首低声应了句，沉默片刻后，又仰起头对无洛道，“无洛长老，请你一定要把我体内的蛊虫取出来。不管用什么办法，哪怕像在地牢里那样，越快越好！我想救然安——我一定会全力配合你。”

“……我明白了。”对上她坚定的目光，无洛心中一动，随即郑重点头，“你再休息半日。明日，我会再用新方法试试。”

“嗯，好！”蓁蓁用力点点头，又想起什么似的，请求道，“另外，我想要些大张的红纸与剪子……可以吗？”

无洛像是隐约猜到了她的用意，欣然应允：“自无不可。”

就这样，回到房间的蓁蓁一连伏案好几个时辰，连晚膳都是草草吃过。直到一只只栩栩如生、大小不一的蝴蝶，就从她的一双巧手中翩飞而出，换来影七的啧啧称赞，她才长出一口气，露出笑来。见影七跃跃欲试，红纸又有剩余，蓁蓁就怂恿她也试着剪上一只纸蝴蝶，结果剪出来的尽是些断了翅的毛毛虫……

“我不剪了！不剪了！还是舞剑容易——”影七丢剪子投降，两人又笑闹了一阵子才将那些失败的剪纸作品“毁尸灭迹”。

随后蓁蓁就在影七的默许之下“偷溜”出屋，往花园方向去了。她怀揣着一袖的纸蝴蝶，一想到明日一早，纪然安看到满园“蝴蝶”时的惊喜神色，就充满了干劲。

将近子夜时分，室外已是更深露重，借着时明时暗的月光，蓁蓁忙碌地穿梭在花园之中，掸去花瓣上的水珠，然后轻手轻脚地将纸蝴蝶摆好造型放上。一朵、两朵、三朵……一只、两只、三只……停落花上的纸蝴蝶越来越多，袖中的越来越少，直到蓁蓁的额角沁出细汗，衣袂被露水沾湿，计划中的“大工程”才算基本完工。

“哎哟，我的老腰——”蓁蓁扶着僵硬的腰，慢慢从花丛中直起身，龇牙咧嘴，又满脸得意地一瘸一拐离开了。如果她此刻临时起意，再回头检查一眼自己的“杰作”，便会发觉不远处的假山旁不知何时多了名身形颀长的男子，他有着一双即使在暗夜中也能洞悉一切的眸子，正若有所思地注视着自己。

然而，没有如果，她披星戴月，头也不回地走了。全然不曾察觉，自己在这个夜晚，不自知地迈出了攻略某位反派的第一步……

晨曦破晓，蓁蓁伸了个懒腰，发觉窗外的天边是难得的千里朝霞，有如锦缎。

伴着朝霞带来的好心情，蓁蓁用过早膳，便和影七兵分两路：影七去请纪然安，蓁蓁则直奔花园。

昨夜的精心布置在温柔流淌的金色晨光下美得出乎意料，一只只或是振翅欲飞，或是拢翅流连的“蝴蝶”，红得那么艳丽，那么耀眼，偶尔一两颗晨露沾在它们的双翼，晶莹剔透，更添闪亮。微风拂过，花枝微微颤动，花瓣也随之摇曳，于是成百只红色纸蝶也跟着“翩翩起舞”。

这一瞬的所见，让正巧被影七带来的纪然安忘记呼吸，让蓁蓁松口气般欣慰一笑，也在远处树后的某人心中掀起了短暂的波澜。

真与假已不再重要，只有满目的蝶与花，满心的缱绻与柔情。

“这么多蝴蝶，喜欢吗？”蓁蓁快步走到纪然安身边，弯下身，“要抓一只吗？姐姐陪你。”

“嗯！”用力地点头，纪然安主动拽过蓁蓁的手，跑到其中一朵花前，微张着小嘴，满脸好奇地将上边的“蝴蝶”拢了下来。“蝴蝶”安静地躺在纪然安的手心，她也安静地凝视它好一会儿，随即神色郑重地闭上眼，嘴里念念有词。蓁蓁知道，她一定是在对着蝴蝶许愿，希望她哥哥能一直开心。

望着小小脸庞上认真的神色，蓁蓁突然心中一动，也学着纪然安的样子，取下一只纸蝴蝶，拢在双手之间，放在靠近心口的位置，虔诚地闭眼许愿：哪怕只是在游戏里，也请让这个小女孩远离苦难，平安快乐地成长吧……

“蓁蓁姐姐，你也在许愿吗？是什么愿望？”再睁眼，蓁蓁发觉纪然安正好奇地仰头看自己呢。

蓁蓁眯起眼笑：“是啊。不过愿望说出来就不灵了。等实现的那天，姐姐再告诉你，好不好？”

“那我的愿望也是！拉钩！”

“一言为定——”

大手和小手，小指一勾，拇指一按，便成了各自心中的千金一诺。

缘分这东西很奇妙，就像纪然安怕生人，却第一眼便与蓁蓁亲近一样。蓁蓁相信缘分，也相信自己能为然安做点什么。因此她又在花园中陪了然安一会儿，便将她交给阿悄，打算返回屋中等着无洛的新汤药。

倒是影七的态度很古怪，竟不随蓁蓁一道回去，反而让其先行一步。蓁蓁琢磨着，自古魔教秘密多，知道得太多不好，于是也不多问便照做了。

不过这回让影七留下的，还真不是什么值得杀人灭口的事儿。她只是等纪然之在众人离开后现身罢了。

“阁主有何吩咐？”

“这片花园，”纪然之负手而立，眼中藏着一丝不易察觉的笑意，“然安喜欢，就保持原貌吧。什么时候她想许愿了，此处就得有‘蝴蝶’，明白吗？”

“是！属下试过了，学不会剪‘蝴蝶’，但属下会逼其他人学会的。”影七的回答总是风趣幽默。

纪然之倒十分满意她办事的“变通”与“决心”，当即颔首：“走吧，随我去看看她。”

他口中的她，指的自然是叶蓁蓁。

然而，当他和影七一道踏入蓁蓁屋中时，猝不及防入目的便是个被扎成马蜂窝的人形物体。而盘坐一旁的，则是脸上写满“严肃认真”四字，且仍然试图“见缝插针”的无洛。

听到脚步声，蓁蓁艰难地转动眼珠看去，这是目前她全身上下唯一一处能动弹的地方了。

“咳咳咳！嗯……”尽管稍纵即逝，但她确定自己没眼花，纪然之破天荒地笑了。笑完还企图用咳嗽来掩饰。

不就笑笑吗？又不是丢脸的事儿？蓁蓁收回目光，翻个白眼，继续做一枚安静的“马蜂窝”。

又慎重地落下最后一针后，无洛才下榻，冲纪然之稍一欠身：“阁主怎么来了？”

“这就是你想的新办法？”纪然之敛眉，不答反问。

“是。属下寻思，药物内服逼迫既然无用，不如尝试针灸辅以药浴，将蛊虫诱导而出。”虽然蓁蓁方才在心中一度对无洛这种扎针的密度表示了怀疑，可听他这么解释了句，便又觉这法子没准真能成！

纪然之听后也舒展了眉头，大约也以为可行：“你继续吧。”说罢，他一掀袍，好整以暇地坐于一旁。影七就立在他身边，打量蓁蓁的眼中是藏不住的笑意。

说话间，就有两名阁中弟子把大浴桶扛进来，放到屏风后。浴桶中满是黑糊糊的汤药，看着作呕，但味道竟十分清香怡人。

无洛亲自试了试水温，接着便走回床榻边，用一种几乎让蓁蓁想要拍手叫好的绝妙手法替她迅速取下了全身上下几百根金针，只留一根扎在心口处的，不曾取出。相反的，无洛手中不知何时多了一根极细的银色丝线，并将它缠上那唯一一根金针。

“蛊虫若出，必然是从这根针，缘丝线而出。”他见蓁蓁面色疑惑，边解释，边扶她站起。

蓁蓁轻颔首，示意自己没问题后，就踱步转入屏风后，抬足踏入，然后缓缓坐下，找了个舒服的姿势，让整个人自肩膀以下，都浸在浴桶中。

几个动作之间，水声哗哗，暧昧作响，尽管还穿着衣裳，也隔着屏风，可一想到外边还有两个男子正时刻关注着这边，目光还可能是一瞬不瞬的。尤其，自己胸口上金针牵连着的丝线一端，还在无洛手中握着，蓁蓁就控制不住地心如擂鼓。

这时，屏风后传来无洛略显迟疑的询问：“蓁蓁，我手握丝线，可有悬丝诊脉之效……你为何心绪如此不定？此法药浴时，应抱元守一，心神清静。”

“抱、抱歉！就是有些紧张，我会尽快平静下来的！”蓁蓁慌乱地答着，感到自己的少女心在无洛高超的医术面前无处遁形，忙做了几次深呼吸。

也许是温热的药浴起了作用，也许只是氤氲的水汽让她视线模糊，心中的想法也跟着模糊了，蓁蓁感到面上红热褪去，心跳也渐趋平缓，跳动的节奏甚至比平日里还要慢些。

很快，她自然地将脑袋往后靠去，再把双臂往浴桶边缘一搭，感到一阵飘飘然，忍不住闭上眼，连呼吸也变得绵长，以至于心神似乎都集中到了那一根金针之上。如果此刻蛊虫从金针处的穴道钻出，那么蓁蓁定能立刻察觉。

时间在屏风上移动着的日影中滑过，蓁蓁不知道自己在药浴中浸泡了多久，但身体里静悄悄的，蛊虫还是没有要爬出来的迹象。她忍不住蹙眉，从心中涌上来的浮躁感逐渐增强，怎么也压不下去。可脑袋也感到很沉很重，懵懵然，思绪都模糊成一片，就像是黏在身上的衣裳让她极不舒服，却又不能甩掉。

屏风后的无洛用丝线时时探查着她的身体情况："蓁蓁，你已经泡了半个时辰了。施针后气散虚弱，不能再多待了。出来吧。"

蓁蓁花了几次呼吸的时间，才听懂他的话："不，再坚持看看……也许蛊虫就快出来了……"

真不敢相信这绵软无力、略带沙哑的声音会是自己发出的。蓁蓁试图睁开眼，让自己保持清醒，但下一刻，天旋地转，手脚一软，她整个人就不受控制地滑进了汤药之中。

丝线的一端突然沉下去，无洛蹙眉："蓁蓁？"

无人回应。

无洛企图再唤她，身边的纪然之却早已离座，一脚踢开屏风——

原本已闭气晕厥的蓁蓁被"砰"的一声巨响惊回了些许意识，立刻呛水，正要呼救，就被人一把从浴桶中捞了出来，横抱在身前。

"呕——咳咳……"嘴里和鼻息之间全是苦药的味道，蓁蓁像溺水时抓住了救命稻草般，反射性地用双臂牢牢勾住来人的脖颈。她感到那人身体一僵，愣了半晌，才抱着自己开始往外走。

是无洛吗？恍惚之间，她艰难地睁开眼，却发觉那双正倒映着自己狼狈模样的瞳仁，竟是纪然之的！

此刻的纪然之正蹙眉望着蓁蓁，眼底闪过许多复杂的情绪，似不解，又似了然，似关切，又似嘲讽。虽然很难看懂，可毕竟不再只有冷漠的神情。她靠在他宽厚的胸膛，莫名放心地重新合上眼，任由自己再度陷入黑暗……

再醒来时，蓁蓁发现已有人帮自己换了身干净的衣裳，大约是影七。慢动作转头，看到床榻边守着自己的，却只有无洛一人。

“纪然之呢？”这竟是她睁眼后问的第一句话，当真是鬼使神差。

无洛微怔后答道：“你昏迷有一个时辰了。阁主有事，已先行离开。”

“唔，”蓁蓁闻言点点头，下意识往心口金针的位置摸了摸，金针和银线早被取下，“又失败了吗？”

“别担心，我会再想法子。”无洛见她一脸沮丧，也不多提，只扶她起身饮水。

蓁蓁轻抿一口，随即摇摇头：“哪有你反过来安慰我的道理？要不是我误吞了蛊虫，然安也不会面临生命危险。”想到这儿，她又不免要猜测方才纪然之究竟是怀抱着怎样的心情，从浴桶中救出自己的？恨她，却又不得不保她平安……

就在思绪渐渐飘远之际，一名弟子突然破门闯入：“无洛长老！然安小姐毒发，阁主让您速去——”

“什么？！”蓁蓁惊呼，“怎么会这么快？”

失神间，无洛已经起身要走，蓁蓁忙跳下榻拽住他的衣袖，几乎是在央求：“带我一起去吧！我不会添乱的……”

无洛回首，深深看她一眼：“好……”

直到踏进然安的屋子前，蓁蓁都没有真正理解无洛为什么要让她要做好心理准备。如果不是纪然之就守在那个小人儿身边，她完全认不出眼前这个双手与双脚都被他死死压住，满身满脸都是可怖脓疮的孩童，会是那个可爱似瓷娃娃般的然安！

更诡异的是，这些绿色的脓疮在不断溃烂，然后愈合，再长出来，再溃烂，再愈合，周而复始，“叭叭叭”的毒疮破裂声混杂在然安的哭喊声中，听得人撕心裂肺。

千疮百孔，莫过于此！

“无洛，快施针——”纪然之红着眼，冲无洛喊。

他的目光扫过无洛身边的蓁蓁，是刺骨的寒凉。这一记目光，就像铺天盖地的冰雪，转瞬就将她没顶，让她冷到全身的血液都凝固了，手脚发凉。而无洛也无暇顾及她的感受，大步流星抢到床榻边，将几枚金针迅速扎进然安体内。

这金针仿佛更加重了然安的痛苦，她哭得歇斯底里，拼命挣扎，手脚被绑住，便扭曲小小的身躯，渴望逃离。

“过来抱住她身子，别让她乱动！”无洛眉头紧锁，无法落针，立刻回头喝令跪在五步外的阿悄。

“奴、奴婢不敢，那毒疮……”阿悄匐在地上发抖，“奴婢怕做不好……”

不知道哪里来的勇气与力气，蓁蓁飞快跑过去，扑到床边跪下来，一把抱住然安：“然安别怕，姐姐在这里！然安乖乖的不要动，很快就没事了——”

“呜呜呜，真的好痛，我不想长大了！我不想长大了！”然安始终活在纪然之为她编织的谎言中，以为这是成长的磨难。

像是有一只无情地手在拉扯自己的心那么痛，蓁蓁却还是笑了：“怎么能不长大呢？人都要长大的。长大了然安就会变得更漂亮，也能去外边玩了，还能认识很多很多朋友……”

“真、真的吗？可是现在好痛，然安想放弃……现在这样有蓁蓁姐姐，也很好……”然安由于哭得太厉害，整个人都在抑制不住地发抖，说话时也在抽噎，不小心咬破了嘴唇。

但对话使然安暂时从疼痛中分神，无洛得以看准时机下针，并给蓁蓁递去一个鼓励的目光，示意她做得很好，继续保持。

“啊！”可针一刺入毒疮，然安立刻在蓁蓁怀里痛得弓起身子，脑袋同时向后仰，更加使劲地哭闹，“哥哥我不想长大了！我不要！不要，不要——”

“然安……”纪然之的双臂也在颤抖，他自己妹妹很难受，却不能心软放手。

蓁蓁从没想过，他这样的人也会流露出如此悲戚之色。她无法面对他，于是别开视线，泪水无声滑落。

接下来的时间漫长到令人麻木，沙漏调转了不知几回。再回神时，蓁蓁发觉已身处自己的房间，而无洛正托着她的手臂，在给她处理流血的伤口。

那是一排排的小小牙印。

她盯着那些牙印，模糊地想起好像是自己撩起袖子，让然安痛的话就使劲咬。

既然当时逞英雄，那现在就不能变回狗熊。蓁蓁非常有骨气地没吭一声，熬完了整个上药和包扎的过程。

“这几天伤口不要沾水。”无洛交代着，收起药箱，放到一旁，主动提及然安的情况，“然安的毒已经暂时控制下来了。”

“能控制多久？”蓁蓁的嗓音艰涩。

无洛稍一沉吟，低叹着摇摇头，眸中满是悲悯：“很难说。至短一旬，至多两月吧。”

两个月，太短了。她没有勇气再面对一次那样痛苦的然安。缓缓闭上眼，暗自攥紧拳头，沉默良久，蓁蓁才重新睁眼问道：“杀了我，血瞳蛊虫真的会死吗？”

“你——”无洛浑身一震。

没有理会他的震惊，蓁蓁又沉声重复了一次，直直看进他的眼底：“杀了我，血瞳蛊虫真的会死吗？还是说，这只是当初你为救下我而找的借口？”

“你想，一命换一命？”无洛问得很轻，仿佛只是一声叹息。

“对。”这个念头从目睹然安毒发的一刻起，就在蓁蓁心头挥之不去。她反复告诉自己，如果这真只是个游戏，那么她死了，不过是“技术性下线”罢了。

“也许杀了你，也取不出血瞳蛊虫呢？”无洛又问。

蓁蓁不解：“也许？”这就是说，血瞳蛊虫确实并非与她生死相连。但杀了她，也没有完全的把握能取出血瞳蛊虫。那么蛊虫能去哪儿？为何会取不出？

她确信无洛读懂了自己用目光传递出的疑问，可他却眼神一闪，调开视线，看向窗外的暮色。

他在逃避什么？无洛此时面上的神色让蓁蓁捉摸不透，也无从再问。

就这般，两人各怀心事，相对无言，直至夜色低垂，无洛才留下一句“再给我一点时间”便离去。他踏出房门时的那道背影被斜阳拉得很长很长，竟透着浓浓的萧索之意。

再给他一点时间寻找别的办法？还是给他时间下定决心来杀她呢？蓁蓁试图从无洛那意味不明的话语中找到线索，以致夜色入户了，都还无从入眠。

然安的哭喊声犹在耳边，遍体的毒疮历历在目，她在床上辗转反侧着，以为自己会睁着眼睛迎来天明，却在东方既白时昏沉睡去。然而，时光无情，一旦朝阳跃上地平线，就会一刻不停地飞快流逝。朦胧之间，她感到似乎有人站在自己的床边。

“纪然之……”看清来人后，睡意全无，她低唤出声。

他的衣裳没有换过，眼角充血，薄唇紧抿，手里握着出鞘的剑，眼中神色驳杂，无声地审视着她。

是的，审视。蓁蓁敏锐地察觉到，纪然之是在认真地审视，是否该一剑杀了她。

可那又怎样呢？这不正是自己想要的结果吗？蓁蓁冲他勾勾嘴角，然后认命地闭上了眼。她没有自尽的习惯，只能请纪然之代劳了。

剑刃的寒芒映在床头的白墙上，纪然之手起剑落！

没有血溅三尺的惨状，剑锋只是擦着蓁蓁的耳畔，削断一缕鬓发，插进了枕中。

蓁蓁霍地睁开眼，惊疑的目光撞入他深沉幽邃的眸里。

“为什么？”她勉强找回自己颤抖的声音。没有人不怕死，她也不例外。

纪然之眉眼微动，似有话想说，落锁的房门却在这时从外被人破开——

“阁主，剑下留人！我已想到彻底拔除然安体内毒素之法！”一袭青衫上添了不少褶皱，无洛也是彻夜未眠的模样，眼下一片青灰。

“你说什么？”纪然之有些僵硬地转回身，语带犹豫，竟是不敢相信。

“属下昨夜查阅《蛊经》，从关于‘万蛊之水’的相关记载中，意外想到了治愈然安的办法——用蛊虫封住心脉，让人处于假死状态，减少痛苦，然后再在‘万蛊之水’中浸泡七七四十九天，令其经脉得以涤荡，同时辅以心法至阳者运功中和逼毒。”无洛语速极快，同时担忧地扫了一眼还躺在床上，不曾回过神来的蓁蓁。

见她无恙，他仿佛松了一口气，跟着又将“万蛊之水”究竟为何物，对着纪然之娓娓道来。

原来这“万蛊之水”，是水非水，乃“万蛊之宗”的尸水。相传“万蛊之宗”是由万只蛊虫，以秘法培养而成，培育其的蛊术之祖也被其反噬，拆吞入腹。“万蛊之宗”数百年来都在无人的西南蛮荒深处移动，其不会被彻底杀死，元气大伤则化为尸水，满百年才重新聚集形体。也曾有传言，三百年之前有一侠士寻到“万蛊之宗”，获其尸水，功力大增，一统武林。

只是蛮荒多有瘴气毒雾，除爱驱使蛊虫的蛊术家们偶尔涉足以捕捉有用的毒虫外，少有人前往寻找“万蛊之宗”。由于无人真的见过这传得神乎其神的蛊虫先祖，久而久之，也就被江湖中人淡忘，只存留了只言片语在古籍之中。

“这世上，先有‘万蛊之宗’，才有如今这天下蛊师们培育的各类蛊虫。因此，无论是药性还是毒性，血瞳蛊虫的血液与唾液，都无法与‘万蛊之水’媲美。有了‘万蛊之水’，根治不难。”无洛顿了顿，又道，“只是然安体内的毒素与‘万蛊之水’都属至阴，没有内力护体，身子无法承受，故而要同时辅以修为深厚且至阳者在旁替她运功逼毒，中和阴寒，方能不伤身。”

蓁蓁仔仔细细地听下来，虽不通药理，也明白了个八九不离十：“万蛊之水”是包治百病的“神水”，再找个武功高强的人，然安就有救了！

“那还等什么？赶紧派人去找‘万蛊之水’运回阁中啊！”她昨夜是和衣而睡，此刻当着两个大男人的面儿也就不拘小节地从榻上掀开被子，蹦了起来，“西南蛮荒，听起来路途遥远，要多久才能打个来回？”

这话说完，屋内安静了片刻，最先传来的是纪然之的无情嗤笑。接着才是无洛的解答：“虽没见过‘万蛊之水’，但绝非寻常之水，哪是运得回来的？只能我们去。”

“啊哈哈……这样啊。”蓁蓁干笑着转移话题，“那既然要去，更得早点收拾东西，准备动身了！”

说干就干，她兀自翻找出几件可换洗的衣物开始打包。

“你也去？”纪然之挑眉。

蓁蓁也没看他，继续手里的动作，语气理所当然：“当然啊！我看那个阿悄，昨天被吓得头都不敢抬，一路上怎么好好照顾然安？”

“带着她也好。”无洛帮腔蓁蓁，后者冲他俏皮地眨眨眼。

沉默地看着蓁蓁打好包袱，纪然之都没再出声反对，而是转身往门外走去。正当她以为，纪然之会这样头也不回地离开时，那一抹鸦青却停在了无洛的身边。

只见他微微侧过头，探询的目光中藏着些许凉意：“这个根治的法子听来并不难。你，想了多久？”

你，想了多久？

这句话直到纪然之和无洛两人离屋许久，都还不断回荡在蓁蓁的耳边。是啊，无洛来到玄影阁整整六年，为何会始终寻不出这法子？又何谓偏偏是今时今日，突然在一夜之间想到了呢？纪然之更是态度微妙，问完就走，全不等无洛的反应，难道他心中已有了答案？

并不存在的寒意让蓁蓁忍不住缩缩肩膀，抱紧怀中的包袱，感觉自己应该多加件厚实的衣服了……

第三章 一家三口花神节

为寻找“万蛊之水”下落，纪然之一行三人，带着然安一起离开了总坛。说是四人同行，但实则还得加上那些隐藏在暗处跟随，并且轮流驾驶马车的十二影卫。至于玄影阁的内外事务，则交由杜长老代为掌管。蓁蓁听无洛说，杜长老是目前资历最老的一位阁中元老，早在纪然之的父亲纪融在时，就是无间崖这处秘密分舵的主事。后来玄影阁原先的总坛受到重创，幸存者全部撤退到无间崖，这里便成了总坛。杜长老才转而负责刑罚。因此，有他坐镇无间崖，纪然之便没了后顾之忧。

一行人一路南下，旅途波澜不惊，每到一处城镇便稍作歇息停留，补充供给。江湖人日夜兼程并无大碍，只是顾及然安的身体，纪然之不敢把路赶得太急。

“从梅城走不是更近吗？为什么要往祁城走？”蓁蓁在马车内哄然安睡着后，顺带瞧了几眼帘外，发觉走的路不太对劲，便探出头去问。

骑在高头大马上的纪然之难得肯回身赐教：“取道八方门，购买‘万蛊之水’的消息。”

“八方门？买消息？”传说中的神秘情报组织吗？蓁蓁眼中光彩熠熠，显然来了兴趣，“你带够钱买了吗？”

纪然之不满地皱眉：“我劝你装傻充愣也要有个度。”

“喂，你什么意思啊？把话说清楚，我怎么装傻充愣了？”也许是不在阁中，又或者是然安解毒有望，纪然之对她的态度也大为缓和，至少没再动过杀心。故而这一个多月的行程相处下来，原本就不怕纪然之的蓁蓁，与他相处起来更加随意了。

用影七私下调侃的话来说，就叫做“蹬鼻子上脸”……

“八方门，最近六七年迅速崛起的情报组织，取‘眼观六路耳听八方’之名。门主的江湖代号为‘晦’，常年戴一银色面具，无人知晓他的真实身份，脾气阴晴不定。其门下聚集许多能人异士。八方门的情报交易不用钱，而要用同等重要的情报或者付出等价代价。”眼看纪然之就要发作，驾着马车的影五及时出来救场，把八方门的情况给蓁蓁做了简单介绍。

“等价的情报或者代价啊。‘万蛊之水’的情报应该算比较珍贵吧？那我们得拿什么换？”问这话时，蓁蓁非常识趣地看向策马在纪然之右侧的无洛。

无洛轻吟道：“很难说。索要的代价，向来是晦当场决定。事先准备的，他未必感兴趣。”

原来如此。蓁蓁正欲点头，剧痛骤然钻心而来，痛才喊了一半，便眼前发昏，整个人无力地向前扑倒下去——

“蓁蓁！”

“叶蓁蓁！”

无洛和纪然之同时喊了她，但接住她的当然还是就坐在车辕上的影五……的背。这习武之人的脊梁太硬了，蓁蓁觉得自己的鼻梁骨快撞断了，眼泪不断往外冒，心中悲哀地想着在这个游戏里能不被反派男神捅死就不错了，指望英雄救美什么的，是她太傻太天真了……

翻身下马的两人快步走到马车旁。影五在纪然之的眼神示意下，非常开窍地转了个身，把蓁蓁扶在怀里，令她靠着自己的肩头坐稳在车辕上。无洛随即就开始替她诊脉。

听到外边这么大动静，原本睡熟的纪然安也从车厢里钻出来，看到蓁蓁脸色苍白：“蓁蓁姐姐病了吗？！”

“没有，”缓过劲儿来的蓁蓁用另一只手拍拍然安的脑袋，“就是马车太颠簸，有点晕……”

纪然安认真地给她出主意：“哦，然安也有点儿晕，不过我一晕就去睡，就不难受了！”

“好啊。你先回车里睡，姐姐马上也进去陪你。”蓁蓁顺势应下，将纪然安哄回了车厢里。

无洛也在此时停止诊脉，从袖中掏出个瓷瓶，倒出一枚药丸。“并无大碍。可能是前些日子为逼出蛊虫伤的元气还没补回来，就又开始长途跋涉所致。”他将药丸递给蓁蓁，看着她就水服下，又将整瓶药交给她，“若下次还有类似症状，就服食这药丸。”

“谢无洛长老赠药！那我就不客气了！”蓁蓁如获至宝地将瓷瓶收好，一副　瑟样，逗得无洛忍俊不禁。

纪然之却是似笑非笑，目光有意无意落在无洛的脸上：“你还真要谢谢无洛。这药像是一早就专门为你配置好的。”

“应该只是补药吧？哪有什么专门配置……”蓁蓁小声说着，但心中还是燃起了小小期待，两眼却直勾勾盯着无洛。

谁知无洛竟用不紧不慢的笑答碾碎了她的少女心：“确实只是滋补元气的药，不需专门配置。阁主若要，属下这儿还有一些。”说着，他又作势要从袖中掏出一瓶。

“不必了。我不需要，都给她吧——”纪然之用手势制止，瞥了两人一眼，便悻然走开，重新翻身上马，直挺挺地看着前方。

这是无声的命令。该出发了。

“驾——”

车轮滚滚而过，蓁蓁身体抱恙的这段小插曲便如车辙般很快被抛诸脑后。此后的日子，直到抵达祁城前，窒息眩晕感虽时不时造访，但心口绞痛却只有很短暂轻微的一回。蓁蓁只当是劳累的表现，不太在意，只服下过一枚药丸，权做调理。

祁城是一座大城池，街道四通八达，东市西坊，南街北巷，各有各的热闹，码头边的商船络绎不绝，贸易也十分繁华。虽龙蛇混杂，却也意味着来自各方的消息众多，果然是八方门这种情报组织才爱选择的立身之地。

一行人在祁城的一处客栈先落了脚，用过午膳后，纪然之、无洛与蓁蓁三人才出发前往位于城中心区域的八方门。

纪然之的本意，是让蓁蓁留守客栈，照看然安。可敌不过蓁蓁一番死缠烂打，又得了影七愿意现身帮忙看顾然安的承诺，只得允了她跟出来。

大隐隐于市，八方门非常高调地盘踞着城中一块极大的地盘，包括主阁楼与围绕主楼的四处院落与两处亭台。主楼就名为“八方楼”，高达八九丈，进深五六丈，坐北朝南，三层四柱，长而翘的飞檐工艺精湛，顶层的“如意斗拱”更是托举成了如将军头盔般的盔状，曲线优美，不失大气。

跟着一路向自己低声介绍八方门建筑特色的无洛步入其中，蓁蓁更是发现这整座八方楼竟没用一钉一铆，仅靠卯榫加固支撑建成，精巧万分。单从这建筑中，就足够看出八方门的财大气粗了。也不知他们既然不拿情报换钱，哪来的这份财力。

“在下鸩，八方门门主暗卫。门主已等候玄影阁诸位多时了。”

三人穿过前院，便见一浑身包裹黑色纱衣的消瘦女子早早等候在内，面上也蒙了纱巾，看不清面目，只露出一双犹如枯井般毫无生气的眼。

“八方门果然消息灵通。”行踪泄露，纪然之依旧神色泰然，“那就烦请带路了。”

“带路可以，”鸩语调生硬，毫无客气，眼珠转向立于他斜后方的蓁蓁，“但门主只见这个女人，其余人等一概不见。”

被点名的蓁蓁咽咽口水，指着自己：“只见我？”见她能有什么可以等价交换的?

“不错。你跟我上楼。”鸩转身，迈步朝里，“至于阁主与这位长老，请自便。”

接收到蓁蓁略显迷茫无措的眼神，无洛安慰地拍拍她的肩膀：“莫担心。我们就在这儿等你。”

蓁蓁转念一想，自己魔教地牢都走过，还怕什么八方门门主?

“嗯，我一定会打听到‘万蛊之水’的下落！”她小脸上满是郑重的神色，转身就要去追已经走到楼梯旁的鸩。

“等等。”纪然之却冷不丁出声叫住她。

她驻足回眸：“怎么了？”

“若有事应付不了，记得大喊三声‘阁主救命’。”戏耍之语，再配上纪然之那一副看好戏的神情，本是十分恼人的。可此刻却意外逗得蓁蓁眉目舒展，紧张的情绪也烟消云散。

只见她盈盈一笑，装腔作势地拱手抱拳：“那属下就先谢过阁主了！”

说罢，她也不等纪然之反应，就快步小跑，追着鸩上楼去了。

阶梯盘旋而上，爬到八方楼顶层时，蓁蓁已累得有些气喘吁吁，忍不住揪着身前衣襟，缓解过分急促的心跳所带来的轻微眩晕。

鸩往左边的回廊走了几步，在一处敞开的房门前停下，隔着珠帘，恭敬道：“门主，人带到了。”

“那便进来吧。”里头发话的人嗓音喑哑低沉，但却听得出是个年轻男子。

蓁蓁在鸩的搀扶下，撩开珠帘，进了内室。内室里点着熏香，香气绵长而醇厚，闻之顿感舒畅。

听到脚步声已近，原本背对门而立的黑衣男子慢悠悠转过身来，果然戴着银色面具，挡住眼以下唇以上的部位。可不知为何，蓁蓁觉得他很面熟，不禁多打量了几眼。

“这香闻着很舒服？”晦的眼中是若有似无的笑意。

经他一问，蓁蓁才发觉身体确无不适了：“是挺舒服的……”

“这是本座特别调制的一款药香，用于寒凝气滞，对缓解心疾也有奇效。”晦边说，边走到一旁，侧身往香炉中又添了些香。

蓁蓁一时猜不透这个八方门门主究竟想说什么，只得静静等他的下文。

“坐下，伸手。”晦添完香，便回身以一种命令的口吻对蓁蓁吐出四个字，冰冷且不容反驳。

这种态度的转变让蓁蓁蹙眉，却还是不得不依言，坐到一旁的茶几边，冲他的方向，掌心朝下伸出手。

见她显然没有理解自己让她伸手的意思，晦唇角一勾，三指扣上的手腕，稍一用力，将她的掌心翻向上，同时把她的手背按在几上，然后他自己才掀袍坐下。

他这是要给她诊脉？！蓁蓁惊瞠。

“你想要什么情报？”晦边闭目诊脉，边慢条斯理地问她。此刻的他，态度温和，语气类似闲聊家常，和方才命令她时简直判若两人，极好地诠释了什么叫做脾气阴晴无常。

相比之下，蓁蓁还是更喜欢纪然之那一以贯之的冷脸做派。至少知道他接下来会怎么损自己。

“我想要‘万蛊之水’的具体位置。”她尽量保持平静地回答。

晦闻言睁眼，慢悠悠道：“这个情报本座这里恰好有。只是八方门的规矩……”

“我知道。要什么作为交换，你直接提吧！”蓁蓁抢话，不想再多与他周旋。

“呵，好啊，本座要你的命。”晦戏谑一笑，收回手，替自己斟了一杯茶。

这一路登楼，蓁蓁设想过许多刁难人的交换条件，却唯独没想到是这么干净利落的一种……

“呃，你确定是等价交换吗？我的命很值钱吗？还是‘万蛊之水’其实并没有记载中那么神乎其神？”她不解。

“你的反应很有趣。”晦似有些意外地挑眉，“这些年，每个被本座索要性命作为交换的人，要么怒不可遏，要么惊慌失措……各种丑态毕露，无不是认为自己的命比情报珍贵得多。但反过来因为自己的不值钱而怀疑情报价值的，你还是第一个。”

蓁蓁抽抽嘴角：“谢谢，我当做是夸奖了。”

“哈哈哈——”晦快意地仰头笑了几声，接着又猛地止住，喊了一声“鸩！”。后者心神领会，从腰间拔出匕首，走到蓁蓁身前。

“等等！”看这阵势，蓁蓁知道自己是逃不过了，“你先把我杀了，那情报怎么办？我怎么相信，你会把情报交给楼下等着的那两个人？”

晦伸手，从鸩手中接过匕首，一脸莫测：“本座现在又不想杀了你。”

说话间，还不及蓁蓁回味他的言下之意，她便感到腕上一痛——竟是被晦给割了一刀！

“哇，你做什么？！”她吃痛地要收回手，却被晦死死扣住，当下怒道，“不想杀我，你割我腕啊？！”

晦将茶杯推到蓁蓁的伤口之下，接住冒出的血。“你的血很值钱，所以作为交换，本座要你的一杯血。”凝视着血注入茶杯，他的眸中闪着嗜血之光，传递出一种诡异的兴奋。

疯子，这个词跳入蓁蓁的脑海。她强迫自己噤声，生怕惹恼他。

茶杯不大，取血很快就结束了。鸩手脚麻利地为蓁蓁上药包扎，虽说手法简单粗暴了些，但至少及时止了血。

“这样就可以拿到情报了吗？”蓁蓁问晦。

此时的晦正盯着茶杯里的鲜血，若有所思，嘴角还带着一丝嘲讽的笑意，不知是想到什么。他听蓁蓁问起，便随意地摆摆手，颇有些不耐烦：“带她去取地图。”

蓁蓁也早就不想与这变脸比翻书还快的家伙待在一起，立刻起身，快步随鸩出屋，转下楼去到了八方楼的第三层。

第三层的光线昏暗，各个房间被打通为一大间的模样，因为蓁蓁扫视一圈，发觉只有一处有门，而且还是造型特殊的机关门。

“在这里等我。”鸩按下地灯上的机关，门应声而开，又在她进入后迅速关闭。

无心窥探八方门的秘密，蓁蓁只是老实等在门外，数到第一百时，鸩重新回到她眼前，手里还多了一份羊皮卷。

“红色记号为‘万蛊之水’半月之前的所在位置。按照‘万蛊之水’这些年移动的速度来看，等你们抵达蛮荒，应该依旧会在记号所在的方圆一里之内。”鸩难得一口气说了这么多话。

蓁蓁接过羊皮卷展开一看。这是整个蛮荒的大地图，地图中标注了主要的地形地貌，绘制清晰，甚至连通往红色记号所在的线路都已标明。有了这个，寻找“万蛊之水”必定事半功倍。

“谢谢你！”蓁蓁兴奋地把羊皮卷重新卷好抱在身前，“也请你之后帮我谢谢你们门主！”毕竟只是放了点血，完全不等价啊！那个晦看起来神经兮兮的，但还算对她高抬贵手了！

“……好。”鸩愣了一下，用奇怪的眼神瞥她片刻，转身下楼，“走吧，我送你下去。”

回到一层时，蓁蓁发现纪然之与无洛都各自寻了一处座位，闭目养神。

于是她蹑手蹑脚地走到纪然之跟前，双手背在身后，凑到他耳边突然大喊：“我拿到情报啦！”

谁知纪然之竟只是嫌弃地睁眼：“幼稚。”

“哼，幼稚又怎样，有本事交换到消息不就行了？”蓁蓁气鼓鼓地退开，真怀疑他是不是长了一对假耳朵。

两人斗嘴间，无洛已起身走近，她赌气地将地图交给他先看：“这是蛮荒的地图，里头的红色标记就是‘万蛊之水’所在……”她把鸩的话重复了一遍。

“八方门的情报名不虚传，确实详尽。”无洛简单看了眼，不禁感叹道。

纪然之抖抖衣摆，站起身：“你用什么交换来的？”

“想知道？”蓁蓁把下颌一扬，得意洋洋地挑衅，“秘密！”

可纪然之却注意到，她始终将右手背在身后，沉声道：“右手伸出来。”

“你的手怎么了？”无洛也发觉不对劲。

“没什……唉！”蓁蓁还没说完，手臂就被纪然之强行拽过去查看，绷带上不知何时渗出了点儿血来。大约是她方才拿到地图时太激动了，不小心又扯裂了伤口。

纪然之眯起眼，周围气温骤降：“怎么回事？”

这沉重的气氛是怎么回事？蓁蓁试图用调侃的语调来活跃氛围：“就是交换啊。那个门主说，我的血很值钱，可以用来交换情报。我怀疑他今天是不是吃错药了，居然做这种亏本买卖！”

“取了多少？”纪然之继续问。

“就一小个茶杯啦。适当放血有益健康，没事的！”她就当无偿献血了。

人在江湖飘，哪有不挨刀？

纪然之听后，眉间的愠色似抚平不少，放开她的手道："回去让无洛再给你处理一下。再吃些补血的药。我可不想带着个伤患赶路。"

明明是好意关心，非说得这么难听。蓁蓁腹诽着噘噘嘴，不过她还真不明白自己的一小杯血，到底值钱在哪儿。

"对了，无洛长老，我的血有什么特别吗？"她歪着脑袋问无洛。

无洛却只是神色淡淡道："没什么特别。八方门的门主想法异于常人，或许今日只是单纯想见点血罢了。"

想到晦那副盯视鲜血的神经质模样，蓁蓁深以为无洛所言应是正解，便点点头，不再多想。

而她并不知道的是，与此同时，在八方楼的顶层，也有人和自己问了同样的一个问题。

"她的血有什么特别吗？"鸩立在她效忠的门主身后，不明白这次交换的意义何在。

晦没有直接回答她，而是仰头将那杯血一饮而尽，评价道："这混合着血瞳蛊虫与金瞳蛊王粘液的血，堪比最精纯的药人之血，只可惜味道竟也无甚特别之处，真是令人扫兴。"

跟随他多年，鸩知道门主此刻说着扫兴，心情却是不错。

"对了，这些年不是一直有个买主想要云鹤私生女的下落吗？可以给她了。"晦拭去唇角残留的血，笑得意味深长，"还有，准备一下。我们也去蛮荒。"

"是。"鸩肃色领命，可走到门边时，却突然想起什么似的站住脚，回身看着晦，欲言又止的模样。

少见自己的得力部下如此犹豫，晦当即挑眉问："还有何事？"

"是刚才那个女人拿到地图后，让属下替她向您道一句谢。"鸩说完，才顿感自己竟真会来传这一句废话着实荒唐，立刻抱拳垂首，"门主赎罪，属下多嘴！"

"道谢？不，你做得很好，这个笑话很好笑。哈哈哈……"晦兀自抖肩笑过之后，挥退鸩，接着长袖一扬，房门与窗便全都重重关上。

他喜欢这样的不见天日的感觉，起身在屋内踱着步，最后站定在书案前。那是唯一有一缕微茫光线漏进来的地方。

银色面具被修长的手指缓缓摘下，露出的却是玄影阁中人人熟知的一张脸。

“有趣的女人。本座更期待这次蛮荒之旅了……”

顺利得到蛮荒地图后，一行人继续按照原计划南下。也不知是否真的与取血有关，蓁蓁感到自己的身体比之前一路都畅快不少，好几日没有出现过之前的不适症状。然安自小从未出过无间崖，外边花花绿绿、多姿多彩的世界对她来说有着致命的吸引力，总想在大城镇中多逗留几日玩耍，却都被纪然之狠心拒绝。蓁蓁每每都帮其说话，久而久之，小女孩与大女孩就结成了联盟，纪然之这个板着脸的“坏哥哥”反而被排挤在外。

这一日在客栈用晚膳时，然安又不安分地爬坐到哥哥腿上央求：“哥哥，然安不想整天坐马车，住客栈，想出去玩——”

纪然之无动于衷地喝了一勺汤。

“哥哥，我想去嘛……”然安眼巴巴地盯他。

纪然之无动于衷地用了一口饭。

“哥哥，你就答应我一次嘛……”然安冲他笑出八颗还有些歪歪斜斜的小白牙。

纪然之无动于衷地夹了一块肉。

“哥哥，呜……为什么别人家的孩子都可以在街上玩？只有我和他们不一样！哥哥不陪我玩就算了，也不肯蓁蓁姐姐陪我——”然安嘴一瘪，挤出眼泪，对他拼命眨巴，可怜兮兮的。

纪然之手一顿，终于放下碗箸，深深地望了妹妹一眼。“好，哥哥答应你。花朝镇。”他想了想，用指腹拭去她眼角的泪，“等到了那里，我们多留三日。那里是进入蛮荒地带之前的最后一个大城镇，正好也需要多采办些补给。”

“哇！太棒了！”然安欢呼着跳下地，一溜烟又跑回对面的蓁蓁身边，“蓁蓁姐姐，按照你说的做果然没错——”

转眼被卖队友，蓁蓁无奈苦笑："然安……"

"怎么了？可以玩三天，姐姐不开心吗？"然安并没有意识到哪里不妥，咯咯笑着。

自个儿的妹妹一瞬间由哭转笑，纪然之登时便明白自己竟被摆了一道，不由眼神凌厉地一扫蓁蓁："胆子真是越来越大了。"

蓁蓁故作出一副容色怯怯的模样："你平时肯定也没时间带她出来玩，难得一次，我就希望然安能开心……"

这一个个都学会装可怜这套了。纪然之头疼地揉揉太阳穴："罢了。出去玩可以，不过要带上影卫。还有，然安你要乖乖听话，不准玩太疯。"

"放心吧！我一定会照顾好然安的！"

"我会听话的！"

蓁蓁与然安同时承诺，然后默契地击掌，庆贺胜利，完全把对面一脸郁郁的纪然之晾在了一边。

之后几天，花朝镇便成为了然安日日念夜夜盼的地方，吃饭时谈起，睡觉前也要憧憬一番。这念叨着，念叨着，不知不觉，也就到了。

在然安的催促下，一行人才踏入花朝镇，就迅速找了家客栈落脚。纪然之等人去采买行路的补给，蓁蓁则负责向小二打听这镇中有什么值得玩赏的去处。

"客官们可真是来对时候了！明日就是咱们镇子里一年一度的花神节。花神节的晚上可热闹了，会举办庆典，俗称'花市'。'花市'上所有贩卖的玩意儿都会和花有关，有情的男女走上街头，相互为对方买一件与花相关的事物，便算是定了情了！"小二一听是路过游玩的外乡人，就热情地介绍起来，"对了，年轻男女还会放河灯，向花神许个求姻缘的愿，可灵了！在河灯上写下自己的名字，然后在心里默念对方的名字，很快就能美梦成真——"

原来是这个游戏世界里的情人节啊。蓁蓁听着也颇为心动："多谢小二了。不知这花神节有无什么禁忌？我们初来乍到，不懂规矩，怕……"

"没有，没有！都是平头百姓没那么多规矩。"小二摆摆手，憨笑道，

“咱们镇子里不讲究这些，过节也就是图个热闹喜庆。担心这忌讳那忌讳的，多累啊——”

竟是难得的民风淳朴。蓁蓁打听完毕，谢过小二后，又在镇子里简单转了圈，把放河灯与街市的基本方位暗记在心，这才回到客房中把花神节庆典的事儿告诉然安。

然安一听正赶上节日，而且风俗还很有趣，兴奋地在榻上蹦来蹦去，小脸红扑扑的，充满生机，猜测着花市上都会卖些什么，还说也要放一盏河灯。

不过，为了能在明晚玩到子夜时分都不累，接下来的一天半，然安在蓁蓁的哄劝下都乖乖地待在房间里，除了下楼用膳，哪儿也不去，就蒙着被子呼呼大睡。

这些天车马劳顿，在马车上无论如何总是睡不踏实的，别说孩子了，就连蓁蓁也颇感疲惫，时不时又会犯晕，胸口发闷。因此，在花神节当晚出门前，她又服了一枚无洛给的药丸，希望至少这整个夜晚都能保持最好的精神状态来陪然安游玩。

然安让她等在客栈门前，说要和哥哥告个别再去，结果等来等去，竟是她的小手牵着纪然之的大掌，一道从客栈里走了出来。

见纪然之那不情不愿的模样，便知是被然安缠得不行才妥协的。但谁愿意和顶着一张臭脸的人一起逛街啊？蓁蓁掩嘴笑问：“你确定真的要去？用你这张被欠了八百吊钱一样的脸跟我们一起去参加花神节庆典？”

“哥哥，和然安一起出来玩，很不开心吗？”然安嘟嘴，低头，显得满腹委屈，“哥哥不喜欢然安吗？”

“当然不是——”纪然之弯下腰，主动握了握她肉乎乎的小手，少见地慷慨展颜，“只是刚才在想事情而已。哥哥很喜欢陪然安玩。”

此话一出，然安就像是吃到心仪糖果的孩子，立刻抬头，甜甜地笑开来，然后走到两个大人的中间，用另外一只小手牵住蓁蓁。

“这样真好，然安有哥哥，又有了姐姐，就像是一家人！”然安满足地把两条手臂用力晃起来。

童言无忌，可说者无意，听者有心，蓁蓁偷瞥向纪然之的同时，却发觉他的眸中也正映着自己的模样。烟火毫无预兆地在天空炸响，五光十色，纷纷而落，在那个瞬息落进了彼此的眼底，将对方都映照得与往日不同，有如幻梦。

蓁蓁忙抬首望天，装作投入地欣赏烟火，不愿承认自己有那么一刻，竟被他瞧得心慌意乱起来……

“庆典开始了。”密集的烟火过后，纪然之的嗓音响起，语调寻常，自然而然地征询然安与蓁蓁的意见，“你们想先去哪儿？”

然安不假思索地应道：“我要先放河灯！”

“好，那就去放河灯——”蓁蓁细心替她把鬓发理了理，“我们去河边的摊子那儿选河灯吧。”

卖河灯的摊子沿着河岸，绵延了足有半条街市的长度，各种样式，应有尽有，有的手艺人还现场按照客人的需求扎河灯来卖。但最受欢迎的，还是切合花神节氛围的，各类花朵样式的河灯。三人入乡随俗，各挑了一盏，蓁蓁的是兰花灯，纪然之的是梅花灯，而然安的则是向日葵花灯。

其实然安早在这么多灯中挑花了眼，最后还是蓁蓁替她做的选择。蓁蓁希望，然安的生命能如向日葵般只追逐阳光，不再有阴影。

亲笔在河灯上写下名字，点燃河灯，轻轻放入水中，阖眸准备许愿时，蓁蓁这才记起这灯是用来祈求姻缘的。

心里默念对方的名字，很快就能美梦成真……

第一个闪入她脑海的名字是……她忍不住悄悄睁眼，目光穿过灯影重重，看向负手而立，注视远空的纪然之。他手中的河灯已经不见，也不知当他放着河灯时，心中想的是谁？又或许，他根本谁都不想。

思绪纷乱，搅作一团，等蓁蓁想起初衷时，才发觉自己的河灯早已飘远，融入茫茫灯海之中，辨不清了。

这时，衣袖被人轻拽了拽。她扭头，目光下移，原来是然安也已放完河灯，笑嘻嘻地瞧着自己：“蓁蓁姐姐，你刚才想的是谁的名字呀？是我哥哥吗？我哥哥人很好的哦……”

“人小鬼大！再乱说，就不带你去逛花市了！”蓁蓁抿唇，伸出食指一点然安的额头，避而不答，站起身。正巧纪然之也已信步走回两人身边，刚才要不是然安强烈要求，说什么有他在旁边她就不能好好许愿，他也不会走远去对岸。

然安一把牵过他的手，还是夹在两人中间："走啦，走啦，一起去逛花市——"

花市川流不息，大家脸上都是温馨欢乐的笑意。街道两旁灯火璀璨，放眼望去竟是望不到头。蓁蓁一路走马观花，暗叹这花市还真是名不虚传，无论店家卖的是什么，都会和花沾边。卖玉器的，玉器上便有雕花；卖字画的，字画中要么写有"花"字，要么画有花草；就连卖糖画的，都做的是"花糖"……看得出，为准备这一天，店家们都花费了不少心思。

从未见过这么热闹的街市，然安东瞧瞧、西瞅瞅，看什么都新鲜，小脸上的光彩藏都藏不住。纪然之和蓁蓁都不约而同地刻意放慢脚步，来配合她。看到她有爱不释手的，纪然之便会给暗中尾随的影卫使个眼色，等他们走后就付银子买下，带回客栈。

不过小孩子心性使然，然安尤其喜欢的还是各种亮闪闪的小玩意。看到就要抓在手里玩一玩，比如簪子。两人也只好在花簪铺子前驻足，慢慢等她玩完。

谁知两人才站定，铺里的大姐便夸张地叫唤起来："哎哟，这位夫人，您还这么年轻，怎么能只戴个木簪呢？！"

夫人？蓁蓁怔住。

那大姐也不等她反应，脸上堆满笑，又转而对纪然之推荐："公子，给您夫人买根花簪吧？孩子再大，夫妻之间出来过花神节也是要相互赠礼的嘛！我这铺子里，都是特意为花神节做的，什么花都有！看这牡丹花簪就很配夫人，还有金菊花簪也不错——"

她的语速极快，蓁蓁只捕捉到了其中的一些关键词，比如"夫人"和"孩子"……

"啊？我们不是——"

蓁蓁摆手想要解释，却见纪然之面无表情地上前一步，也不否认，只是随手翻弄了几下展示在铺面前的各种花簪，随即皱眉道："都是些花花绿绿的，艳俗。”

说罢，他就从然安手中取走她正在研究的一根朱槿簪，按回铺面，然后牵过她，头也不回地走了。

“喂，不买就不买，怎么——”大姐气得叉腰。

“抱歉啊大姐，男人嘛，每月总有那么几天情绪不太好，见谅，见谅……”蓁蓁忙赔了个礼，也快步离开铺子，再次挤入人群，追赶两人。

人流进行得不快，她一眼就能看到纪然之比其他人都要挺拔的背影。说实话，他在这里，简直可以用鹤立鸡群来形容。

不自觉地抬手摸摸发间的木簪，确实是比不上方才那些银簪亮眼。但就是这玩意，还是她淘遍玄影阁，才从一个女弟子处求来的。她自己戴的那个早不知丢在地牢的哪个角落了。

隔着几步远，蓁蓁不甘心地冲纪然之的后脑勺做了个鬼脸，想着没钱果然受制于人！真后悔怎么没去采买，那样就可以神不知鬼不觉地靠砍价，抠出点钱来傍身了……

她正骂自己怎么没早点想到要赚钱时，赚钱机会就来了！

“哥哥，我要做新衣服！我想和蓁蓁姐姐一起做一套一样的——”蓁蓁听到然安清脆响亮的甜甜嗓音，在一片喧嚣中格外突出。然安说话时，小手正指向街边一家顾客进出颇为频繁的成衣铺。

做新衣？蓁蓁的脑筋飞速转了起来，纪然之肯定不会拒绝然安的要求，那么就会顺带帮她也做一套新衣裳。她只要在离开之前，偷偷把新衣当掉换钱，之后被发现就说是落在花朝镇的客栈忘了带走。

主意在心中成型后，蓁蓁等不及地小跑追上他们：“纪然之，怎么也不等等我？”

“你自己不也追上来了。”纪然之连眼皮都懒得抬的模样着实气人，“走吧，然安要去成衣铺。也该给你做身新衣裳了。”

这是突然良心发现了吗？蓁蓁受宠若惊，以至于反应过来时，人已置身成衣铺中了。

“三位客官，想要身什么样的衣裳？”掌柜的迎上来。

纪然之用下巴指指两人："给她们两个做身同款式的。"

"没问题！咱们店里也是可以订做成衣的。您什么时候要？"掌柜面上的笑容可圈可点，"咱们店里一般是五日后可取。"

"最迟明日傍晚，我派人来取。"纪然之取出一锭沉甸甸的银子，丢给掌柜。

有道是有钱能使鬼推磨，掌柜一掂分量，立刻点头哈腰应下："得了！给客官加急做，明日取——"

收好银子，他让开身，抬手指向店面的一侧墙壁："客官可有中意的料子？这些随意选——"

然安早耐不住，蹦跳着要去选料子，这个摸摸，那个比比，没多久，就拽出来好几匹喜欢的："姐姐这个怎么样？还有这个呢？这个？"

看她挑得起劲儿，虽然挑出来的料子花色都像是媒婆才穿的……但蓁蓁仍只是笑着附和，不忍打击她的积极性："都不错。然安的眼光很好呢。"

纪然之不声不响地走到蓁蓁身边，一一扫视被挑出来的布料，摇摇头，语带无奈："你就睁眼说瞎话惯着她吧！"说罢，他便把然安拉开，让她乖乖待在旁边，自己亲自上前在一墙的布料中挑选起来。

如果他此时愿意把视线从这些布匹上调转回来，就会瞧见蓁蓁满面绯色的窘迫模样。

蓁蓁甚至顾不上去安慰一脸委屈的然安，脑海中只是不断回荡纪然之方才那句平平无奇又太过出奇的话语。说它平平无奇，是因为他爱嘲讽她也不是一天两天了，可出奇也正在于此，她竟从这嘲讽中听出了一丝亲昵之意。

就像一对夫妻，妻子总爱万事顺着孩子，丈夫便会笑着说上一句——你就惯着她吧！

是她想多了吗？又或者是花神节的氛围让一切都变得暧昧起来？只要过了今晚，一切都会打回原形——纪然之还是那个神秘莫测的魔教教主，而她，也还是那个阴差阳错闯入他世界的路人？

蓁蓁把目光黏在纪然之的身上，怔怔地望着，任由自己胡思乱想，直到那个鸦青色身影停步在一匹翡翠色绣金团花锦缎前，才被掌柜的话音惊醒。

“哎呀，这位公子真是好眼光！这料子轻薄舒适，而且这色泽也更能衬托女子肤白之美，再适合两位小姐不过了！”掌柜的常年揽客，眼色自然不比寻常人，心中纪然之是中意了这一款，忙不迭地夸。

“叶蓁蓁，这匹如何？”纪然之不为所动，只是转身询问蓁蓁的意见。

“啊……”蓁蓁没料到他会特意问自己，只是机械地点点头，下意识答着，“然安喜欢就好。”

然安很给面子地喊道：“我喜欢！”

“那便用这匹吧。”

掌柜见纪然之拿下主意了，便给等候在一旁的裁缝使了个眼色：“那就劳烦二位女客官随裁缝去一趟后堂，方便量体裁衣。”

目视二人与裁缝掀帘进了后堂，纪然之沉吟片刻，转身走到铺门前，撮起嘴唇，发出一道独特的哨音。

哨声未落，原本隐在暗处的影六与影七立刻现身：“阁主。”

“你们进去守着，我去去就来。”

“是！”

安排好人手，纪然之才离铺，沿着原路折返，目光在两旁的摊位间来回扫视，看起来是在寻找着什么。只是每经过一家卖花簪的，他的步速便会减慢，稍作停留后，再次加快。

路过第五家花簪铺子时，纪然之终于走到铺前，取出银子放到台面上，道：“左边角落里那根簪子。”

大约是从没见过这么买东西的，店家瞟了他好几眼，才慢吞吞转身去取下那根不起眼的狗尾巴草簪子，还道：“公子，这根簪子要不了这么多钱！我都以为在这花神节要卖不出去了——我这就给你找钱……”

纪然之不语，接过银簪打量：整根簪子都仿照狗尾巴草的模样打造，淡绿色的小穗儿俏丽又不失清新，款式简约又不失精致。是花，又不是花，却正可衬着翡翠绿，正是他要找的。

于是当店家找完钱，转回身时，纪然之早已满意地拿着银簪走远了。

“真是个怪人……”

店家口中的“怪人”在往回走的途中，已将银簪收入袖里。他本以为，会在成衣铺门口看到等候已久的然安与蓁蓁，却并未看到人影。

纪然之眼底隐藏的笑容凝住，踏入铺中，见两名影卫都还候在里头：“人还没出来？”

“没有。”影六答得干脆利落。

“中途也没有出来过？”纪然之眉头皱得更紧了。

“糟了！量体裁衣根本不需要这么久！”话还没说完，影七人已闯入后堂，随即传来惊呼，“阁主，人不见了！”

“公子！后堂是女宾才能进的……您不能——”

纪然之哪里顾得上掌柜阻拦，身形一晃，闪过他，进了后堂。

“啊！”掌柜赶忙追进去，却被倒在血泊中的裁缝吓得一屁股跌坐在地，“他、他怎么了？！”

影六蹲下身，检查裁缝的死状。他先是探查了遍尸身周围，再打量其背部，最后才小心地把裁缝翻过来，使其面部朝上察看。

“从面色来看，此人咽气半炷香有余。身上只有一处致命伤，一剑封喉，窒息而死，没有呼救的机会，也没有挣扎的痕迹，应是被人从身后偷袭。”影六从所有可以察觉的细节中抽丝剥茧，“周围的脚印凌乱，除去小姐的、叶姑娘的，裁缝的，还多出两个人。看鞋印大小，应该都是女子。这两个鞋印先浅后深，说明均是负重离开。在这两人的脚印加深后，小姐与叶姑娘的鞋印随之消失。由此推测不可能是叶姑娘挟持、带走小姐的，而是她们两人分别被来者背离。”

影七耐心听他说完，立刻接道：“阁主，要不要属下与其他影卫去追？”

“半炷香的时间足够来人隐匿踪迹潜逃，再追只是徒劳。”纪然之猛地攥拳，深吸一口气，周身迸发出刻骨的冷意，“他们无非是冲我和玄影阁来的。没想到十四年过去，这些正派还是一样卑鄙！立刻传令在各派中的暗桩，让他们不惜一切代价探查线索——”

第四章 终极任务反套路

后颈酸痛不已，脑袋也昏昏沉沉，太阳穴突突地发胀，令蓁蓁无法完全看清四周的情形。只是模模糊糊的，她看到几步外两名身穿水蓝色纱衣的女子正对面而立，应该是在交谈。

其中一人不屑的冷哼率先传来：“贱人的女儿果然也是一样，没听说过聘娶，竟和一个男人带着孩子上街。”

和一个男人带着孩子上街？这怎么这么符合她的情况？蓁蓁迷糊地想着。

“你准备怎么做？”另外一名女子的嗓音清冷而沉着。

“关着。他最近发现宝贝女儿失踪了，正偷偷派人找呢。他恐怕万万想不到，自己的女儿就在水月宫里，就在他的脚下！”最先开口的女子带着报复的快意应了句，接着是短暂的停顿，才又放软语气补充道，“我知道，我已出嫁，本是没有资格再借姐姐的水月宫关人了……不过姐姐放心，云儿此番做事干净利落，没有留下任何痕迹，绝不会打扰了后日外甥的大婚之礼。”

被她称为姐姐的女子低叹一声：“无论出嫁与否，你永远姓水，我水雨永远是你的姐姐，水月宫也永远是你的靠山。只是当年，我不是不曾劝过你，你却……如今这好歹也是两条人命……”

“是我当初瞎了眼！所以我不好过，也不会让他好过！”水云咬牙切齿，语意中透着决绝的恨意，“姐姐，你难道要看着那个贱人有一天带着她的女儿和我住在同一个屋檐下吗？！我不亲手杀掉这个贱种，已是最大的忍耐！”

水雨不再相劝，只是郑重嘱咐：“罢了。随你吧。如今各派都来赴我儿的婚宴，人多眼杂，既然打算悄悄处理，就令她们自生自灭，莫要再一时意起，节外生枝了，明白吗？”

“云儿明白……”

话音不再，取而代之的是渐远的脚步声。蓁蓁努力把眼睛瞪大，用尚且模糊的视线大致看出她们拾级而上，待最后的一角浅蓝衣袂消失，机关响动，头顶上的方形出口便被牢牢封上，整个地下室陷入了无边的黑暗。

但黑暗反而令蓁蓁能够冷静下来，整理思路。等到双眼完全适应这一片漆黑，能够视物时，她的手脚也找回了力气，便起身来到躺在角落的然安身边，将那小小的身躯抱到怀里。

“然安？然安？”蓁蓁抚摸她的小脸，试图唤醒她。

“唔？蓁蓁姐姐……”然安含糊地应着，睁开眼，“咦，我怎么睡着了？天黑了？不是在做新衣服吗？”

一时语塞，蓁蓁不知如何对然安解释现状。恐惧是消磨人体力与意志的可怕力量，或许在找出逃离这里的办法之前，自己不该告诉然安实情。

“是啊，裁缝量了很久，量着量着，然安就睡着了。”思及此，蓁蓁收起忧色，扯出笑容，“不过现在时辰还早，然安还可以再睡很久……等该起床了，姐姐再喊你。”

“嗯……那好，姐姐晚安……”然安显然困倦得紧，打了个呵欠，转眼又呼吸平稳地睡去了。

抱着睡熟的然安，蓁蓁脸上的笑意逐渐褪去，听之前那水姓姐妹的意思，就是要让她们在这里自生自灭。没有食物，也没有水，至多坚持七日。这七日之中，若侥幸被人发现自是得救，否则便只能埋骨于此。至于主动设法从这儿脱身，目下她手无寸铁，可能性几乎为零……更要命的是，她不知道这个地下室的封闭程度，万一连空气都透不进来，那么她和然安很快就会被活活闷死！

左思右想，都是无路可走的死局。

蓁蓁强迫自己不要急躁，轻手轻脚地放下然安，解下外衣把她包裹得严严实实，然后起身探索这个空间。

前后可走十步，左右能移动四五步，关押两个人，不算逼仄。她一路摸索着四壁，清一色打磨光滑的石砖，大部分地方都拼接得很严密，只有每逢转角处才会因工艺所限，略有缝隙，但也仅仅够蓁蓁把薄薄的指甲挤进去。

“看来真的没有机关……”蓁蓁努力回想着在各类影视剧与小说中见过的布置机关的法子，一一试过，皆无所获，心又狠狠地沉下去几分。

忙活了半晌，腹中不由传来饥饿感，蓁蓁忙缩回原地，看了然安一眼，发现她还睡得香甜，暂时松了口气。

时间缓慢流逝着，蓁蓁试图大致判断时辰，却发觉困兽之感让她无法把握时间究竟过去了多久。每一次呼吸都成了煎熬，除去听觉，似乎其他感官都被这令人绝望的黑暗给封闭了起来。

她在努力听，听头顶是否会有脚步声，如果有，她喊破喉咙也要叫对方察觉。

可是头顶很静，相反的，脚底却断断续续传来不寻常的响动。

蓁蓁忙趴下去，耳朵紧贴地面的石砖，贯注全部心神仔细倾听——

滴答……滴答……滴答……

是水的声音！

她精神一振，把身子压得更低些，屏息再听——是淙淙的流水声！

为求稳妥，她又分别趴在四面的壁上静听，并无水声。这说明，水流并非包围密室，而是在密室之下。这些水不会永远在地下流淌，比如注入水月宫内的某处池塘，甚至是与水月宫外的某处潭水相通也未可知。如果她们能顺着水，游出去……

“蓁蓁姐姐……”

这时身旁传来然安的呼唤，蓁蓁爬起来，面向她跪坐下来，尽量保持笑容：“怎么了？”

“然安好饿，怎么天还没亮啊？”然安揉揉眼睛。

蓁蓁搜肠刮肚地找理由：“嗯……可能是昨天玩得太疯了，所以才容易饿。继续睡吧，没事。”

“可是为什么客栈的床这么硬啊？”然安撑起身，身上属于蓁蓁的外衣滑落到腰间，“这不是姐姐的衣服吗？被子呢？”

要瞒不下去了……深深的无力感袭向蓁蓁，她张嘴，却如鲠在喉。

“姐姐，我们把灯点起来吧？这是哪儿呀？这不是客栈……”然安的声音开始慌了，“哥哥呢？哥哥——”

“然安！”蓁蓁一把紧紧抱住她，闭上眼，眼里淌出泪来，“对不起，对不起……”

然安一愣，然后抬起小手拍拍蓁蓁的后背，疑惑地问：“姐姐怎么了？”

“我们被水月宫的人绑来了。她们想杀的是我，却连累了你……”明知道然安根本听不懂，蓁蓁却还是忍不住想说出来，“是我莫名其妙出现在那片林子里，是我阴差阳错吞下了血瞳蛊虫，是我非要带你过花神节，是我身份不明还有仇家，是我……”说到最后，她已泣不成声。

如果不是她，然安现在还是玄影阁中那个无忧无虑的小女孩，是被纪然之捧在掌心的明珠，有血瞳蛊虫和无洛在，虽不能彻底拔除毒素，却也不必受毒疮之苦，更不至于在这里与她一起等死！

“蓁蓁姐姐，你在说什么呢？不是然安想出去玩的吗？”然安似懂非懂地依偎在她怀里，笨拙地安慰她，“姐姐别哭……姐姐要是不喜欢然安出去玩，我以后就乖乖的不玩了……”

“可然安现在有危险！”蓁蓁将她拉开，握住她的小手，情绪还是很激动，“我害你有危险！”

“危险？”这回然安歪着脑袋，仔细想了想，似乎理解了这个词的意思，才笑道，“没关系！哥哥会来救我们的！”

纪然之……蓁蓁的眼前随之浮现他那双深幽不见底的眸子，突然平静下来了。

“然安说得对。他会来的，会来的……”

但在那之前，她也还是要努力创造出更多生存下来的机会。哪怕底下水道的情况不如预想中能够令人通过，至少获得水源，也能让二人多坚持一段时间。

“然安，你听姐姐说，姐姐现在很无聊，就在这地上挖个洞玩玩，你就在旁边看姐姐玩，好不好？”蓁蓁摸摸然安的脸颊，然后取下她发间的银簪，“要是看累了，那就闭眼睡一会儿……也许睡醒的时候，你哥哥就来了。”

“好！”然安乖巧地捡起滑落的外衣，重新把自己包起来，靠墙角抱膝坐好。

“真乖。”蓁蓁使劲把快要滴落的泪水又眨回眼里，急急地背过身，在接近左边石壁处，找了一处砖缝不是很严密的地方，蹲下。

这石砖坚硬，从中打洞是不可能的，只能试试看能不能撬开其中一块。她此刻发间只有一根木簪与一根银簪，便盘算着，先将自己发间的木簪拔下，试着插进砖与砖的缝隙之中，然后用力左右撬动，想将这缝隙撬得更大些。她用力的时候很小心，不想太快就使木簪折断，这两根簪子，是她目前仅剩的工具了，必须用在刀刃上。

蓁蓁不知道自己蹲了多久，又撬了多久，双腿已经麻木，两臂酸痛，衣裳汗湿了一遍又一遍，才将砖缝扩大了大约两个指甲盖的宽度。她在心里猜测，也许已经过去一天半了。所以她一刻都不敢停歇，甚至没有回头望一眼然安，只是埋头奋力撬着。木簪终于不慎折断，她便用折断的木簪与手指一起抠。时不时的，她还会用尖利的银簪顺着缝下凿。

当砖缝的宽度足以容纳整根银簪凿入时，一个位于两块石砖之间的、微乎其微的小孔被钻了出来！透过小孔，她亲眼看到了水流！

欣喜若狂！那一瞬间，看到生之希望的蓁蓁，向后瘫坐在地，大口大口地喘着气。

须臾，她又顾不得狼狈，跑回然安身边，将她抱过来，语带振奋：“然安，你看——姐姐成功了！有了这个小孔，再给姐姐些时间，就能把石砖撬开一块！”

“姐姐……我好累，睁不开眼……”然安的呼吸很乱，声音微弱，“我还好渴，难受……”

所有的欢喜都被这一刻击打得烟消云散。蓁蓁抬手覆上然安的额头，才发觉烫得吓人！是她太疏忽了，根本不知道然安从什么时候开始发烧！

强压下心头的恐惧，蓁蓁换了个姿势，把她的脑袋枕在自己腿上，轻声哄着："然安，天亮了，睁开眼和姐姐聊聊天……"

闻言的然安只是轻轻哼了声，情况不容乐观。

挖开石砖还不知道需要多久，可然安若再不进食饮水，蓁蓁怕她坚持不到那一刻了。可是，又能上哪儿去弄食物和水呢……

绝望几乎再次和黑暗一样将蓁蓁灭顶。

她举起拳头狠狠砸向石砖，却在看到手腕上那道浅浅伤疤时怔住了。她忆起那个八方门门主晦曾说过，她的血很值钱，他只要了她一小杯血，就交换出了那么宝贵的情报。

血！她的血！哪怕没有晦说的那么宝贵，至少能解一解然安的口渴啊！

蓁蓁像是抓住了救命稻草，急切地在地上摸索滚落在一旁的银簪，右手握簪，左手举到面前，一咬牙，就要割下去——

"阿嚏！"

这绝对不是割破手掌取血该发出的声音。是的，只是有一只小飞虫突然钻进了蓁蓁的鼻子里，惹得她打了个大喷嚏，手一滑，就割了个空。

蓁蓁气恼地凭直觉朝飞虫飞走的方向，就要呼出一巴掌，却意外发觉自己动不了了！

"谁？！谁点了我的穴？！"蓁蓁大喊。

"是我。不过可不是点穴，我只是让整个游戏暂停，再赋予你可以进行部分行为的权限而已，比如说话。"说话声近在咫尺，或者更准确地说，就是那只小飞虫发出的！

蓁蓁简直怀疑自己饿晕头，产生幻觉了，一只会说人话的小飞虫？

"不要怀疑，我就是这个游戏中，无所不知、无处不在的系统君。我每次与你对话，都会暂停游戏，确保游戏进程不会出错。别人是听不到我们对话的哦。"系统君在她的面前边飞边说，似乎在炫耀目前整个游戏世界里只有它能动弹。

她的眼珠随着它转："所以，系统就是一只……小飞虫？"

“错！”系统君飞落到蓁蓁脑门正中，“本系统可以借游戏世界里的任何活物开口说话。你今天看到我是一只小飞虫，明天说不定就是某位经过你身边的翩翩少年郎哦！”

“哦，我期待那一天。”蓁蓁的内心毫无波动，甚至还想笑。

像是没听出她毫不掩饰敷衍的态度，系统君只是清了清嗓子，继续道：“好了。说回正题，我现身见你的目的，就是为了告诉你这个游戏的主线任务，同时也是你结束游戏返回现实的方式。”

“我知道，”蓁蓁不屑地翻了个白眼，“不就是攻略反派，成为魔教教主夫人，并帮助纪然之走上‘千秋万代，一统江湖’的人生巅峰吗？”

“又错！”系统君飞离她额头，又落在她鼻尖，“你的任务是——让反派团灭！”

“什么？！”蓁蓁倒吸一口冷气，“你确定你是《霸道反派爱上我》这款游戏的系统？没有跑错游戏吧？”

系统君在她鼻尖上跳了跳：“哎呀，那些无良的标题党作者们是什么套路，你应该懂得的啊。一个游戏题目而已，不要太认真啦。”

“反正这游戏的终极任务是够反套路的。”她嘀咕着，思量起现实世界中的情况，便转而问道，“对了，既然你是系统，应该知道游戏与现实的关系？我现在在游戏里,那现实中的我呢？我的家人和朋友们现在怎么样了？”

谈到这个问题，某系统显得特别骄傲：“莫慌莫慌。咱们这个游戏它是很人性化的，你在现实中时，时空就是平行的。一旦你进入到游戏中后，两个时空就会产生时间差，游戏中一生的长度不过是你在现实中打个瞌睡的时间而已。所以其他人完全不会发现你哪里不对劲的！”

“这么好？”蓁蓁窃喜，这么说她就可以放心待在游戏里，不怕现实生活中的亲友会着急担心了。

“哎呀，别岔开话题。总之，我是特地来提醒你。如果现在不救纪然安，让她自生自灭，你过后不久就会被在这个游戏中的亲生父亲发现、救走。纪然之会因纪然安的死沉不住气,提前向正派发起报复,玄影阁就将全军覆没。”系统君却不知她的心思，重新飞到半空中，用小小的虫眼与蓁蓁对视，一心助她离开游戏，“这样，距离任务完成就近了一大步。”

“你的意思是，这个游戏里还有别的反派存在？”蓁蓁对自己抓重点的能力非常佩服。

“当然有，”系统君不满地提高了音量，“但这不是重点！重点是你现在明白该怎么做了吗？”

“明白。”她答得很干脆。

“这就对了。那我这就让游戏继续进行——”系统君扇扇翅膀，静止的时空再次流转。

与此同时，蓁蓁的手就能动了，然后她毫不犹豫地选择把这一巴掌进行到底！

“啊！叶蓁蓁你疯了！你竟敢伤害本系统！”

看着墙壁上被拍扁的小飞虫，蓁蓁把手掌对拍了拍，一脸无所谓：“这又不是你本尊。”

“但还是会痛的，嘤嘤嘤……”系统君的声音渐弱，“我还会再回来的……”

一个操着男子声音的系统发出“嘤嘤嘤”，蓁蓁一阵恶寒，接着又莫名扑哧一笑。不得不说，系统君的突然搅局，解救了她原本快要绷断的神经。

真没想到《霸道反派爱上我》竟然是这样的游戏。她趴下来，把脸贴在然安的心口，听着那里头的心跳，扑通扑通，那是真实的生命在跃动。这让蓁蓁感到自己真实地活在这片江湖，它与自己曾经生活了二十年的现实世界无异。她想念自己的世界，但如果要她见死不救，尤其对象还是她早已视作亲妹的然安，她做不到。

她不要以这种方式来完成所谓的主线任务。

于是，下一刻，簪子划破掌心，蓁蓁将左手握拳，让血汇成一条线，对准然安的嘴，滋润了她的唇。

“然安，张嘴，有水了……”

然安舔了舔嘴唇，然后下意识地张开嘴，血就滴了进去。蓁蓁看到她有正在吞咽的动作，心安不少，用力攥拳，让更多的血流出来。

“姐姐，这水好难喝，”咽下好几口后，然安不肯喝了，“好腥……”

还知道难喝便是好的。蓁蓁轻笑，正好血似乎越滴越慢了，便收回手，摊开掌心一瞧，短短的时间内，自己的伤口竟已呈现出结痂的趋势。仔细想来，上次被晦取血，回去后伤口也好得很快，快到不太正常……

不过蓁蓁无暇在这个档口细思此事，从衣上撕下一截布条，简单把伤口一扎，她就继续撬石砖的工程了。此后的很长一段时间，蓁蓁都凿一会儿砖，给纪然安喂一次血，偶然间怀里的瓷瓶滑落，那是无洛赠的补药，这让她大喜过望。她就开始不断嗑药，再取血，保证自己不至于因饥饿或者失血而晕倒。

绑来她们的水云曾说过，三日后水月宫就会举行一场大婚典礼，可这么久过去了，蓁蓁没有听到任何动静。可见这个地下室所在的地方必定十分偏僻，所以她已经完全放弃被路过者发现的侥幸心理，一心撬砖。

然而，也许是体力渐渐不支，那个小孔分明已足够塞进她的小拇指，她却仍然无法撼动两边的石砖。

双掌上的痂纵横交错，十指布满细细的血口子，药丸也已用尽，蓁蓁几近绝望地在黑暗中凝视自己的掌心，再无处可下手。

就算有，又如何？再拖延半日，还是一日？徒劳无功罢了。

她死死盯着地上的那一小孔，心中突然萌生出一个疯狂的想法。

破釜沉舟，赌上性命，蓁蓁这一次割开的是手腕！血涌而出，蓁蓁对准小孔，让鲜血尽量全部通过它，淌入下边的水里。她不知道这水会流向哪里，又会不会有人察觉水中有血的异样，察觉后又能不能找到这里，可这是她现在唯一能想到的办法。

血溶进水里，很快就会被稀释，要想达到足够扎眼的效果，就需要很多很多的血。多到她眼前开始发花，发暗，却还在咬牙继续。蓁蓁默默祈祷着，随便是谁来都好，她不挑脸的，比纪然之差一点的都能接受……

地下室之上的水月宫，新婚夫妇的大礼已成，各派宾客大多畅饮至醉，早早回房歇下了，只有一袭幽蓝道袍在月下缓行，于拱桥之上停留，欣赏着池塘中宿蕊斗攒之景。

那道士以雕花白玉束发，眉目清俊，一派平和气质，若不是眼底还沾染着些许红尘之气，当真会被误认为谪仙。

“蔺九道长真是好兴致。”水雨莲步轻移，不知何时已来到他身侧三步远处，眼波流转之间，依稀可见年轻时的貌美模样。

蔺九自然察觉有人接近，如今对方出声，他便转身见礼：“不过是闲来走走，被这玉池美景吸引驻足，让宫主见笑了。”

“道长客气了。早听闻归心观掌门的关门弟子是难得一见的青年才俊，习得一身道骨与道术，更是精通卜卦。”水雨感慨着，“今日一见，果然名不虚传。我儿若能有道长一半风姿，我也便心满意足了。”

“宫主谬赞。令郎乃人中龙凤，蔺九已是方外之人，并无可比。”蔺九淡笑。

水雨的笑意有片刻凝固，这个后辈言语中的疏远令她感到不快。水月宫与归心观两派同在遥城，本应该比别派亲厚，可这些年来的关系却也是不咸不淡。归心观可以方外之名，在这江湖纷扰中独善其身，可水月宫的情形却不同，长期孤立无援，就只能在各大派系中落了下风。今夜她有意试探，但看蔺九反应，便知暂时没有拉拢的可能，多留无益。

“良辰美景难得，我就不打扰道长了。”水雨微微颔首，与蔺九擦肩而过。

蔺九礼数做足：“宫主慢走。”

人影渐远，融入夜色，蔺九几不可闻地发出一声低叹，将目光重新落在荷塘中时，长眉却猛地一敛——

这池中水，怎会有血色？

心觉有异，蔺九片刻不敢耽误，抬手起卦，潜心推算。

东南方向两百步，地下三尺，恐有血光。

归心观已有将近百年岁月，不曾出过一人能如蔺九这般做到占往察来言无不验，尽在一掌之中。

蔺九匆匆走下拱桥，往东南方疾步而去。行至两百步时，一处看似废置的偏僻院落出现在回廊的拐角之后。之所以说是看似，是因为院落门前有水月宫人看守，再往里院貌似也有人在巡逻。

以蔺九的身手与卜卦之术，躲过这些耳目绰绰有余，轻而易举便潜入了内院。他边前行边推算，最终在其中一处厢房前站定，谨慎地推门而入。

自进门起，他的神色更为凝重，掐指的速度愈快，先左踏三步，再向右踏出四步，最终踩下的那块石砖如预料中一样凹陷下去，随即通往地下的机关石自动打开，浓重的血腥气顷刻涌出。

朗目中滑过一丝悲悯，蔺九快步走下阶梯，进入密室，率先入目的是一名血色沾衣的女子，她倒在地上，手腕处的鲜血还流着，但十分缓慢。

蔺九断定她还有气息，急忙上前为其点穴止血，简单包扎，同时低唤："姑娘！姑娘！姑娘不可沉睡——"

其实蓁蓁并没有完全昏迷，除了身体完全脱力，她还能感受到周遭的情况。听到有人叫自己，她没由来在心里头打了个激灵，扯回些意识，霍地睁开眼，硬是克服强烈的晕眩，一把揪住来人衣襟："求你！救、救……我妹妹——"

蔺九一惊，还来不及反应，怀中的人就脑袋一歪，彻底晕了过去。他这才发现，角落里还躺着个四五岁模样的小女孩，被一件女子外裳包裹得严严实实，周身和唇上有些许血迹，但看起来并非她自己的。

顾不得她们为何被关在此处，蔺九先将蓁蓁负在背上，接着单手把然安抱在身前，以最快地速度离开地下室，带她们从院落神不知鬼不觉地脱身后，来到自己师父的房门前。

"叩叩叩！"

叩门声低而急促，但归心观的掌门蔺归正在打坐，还不曾睡去，立刻就听出了这敲门声中的不寻常。

"何人？"他起身来到门边。

"师父，是弟子。"

听是蔺九，蔺归立刻开门，却见自己最为得意的徒弟背着一名昏迷的女子，手里还抱着个同样不省人事的女童，大为诧异。

"先进来再说！"蔺归神色凝重，让他带人入内，自己出屋左右扫视一遍，确认无人察觉，这才闭门回身。

蔺九已手脚麻利地将两人都安置在了榻上，然后直身而跪："师父，弟子知道此番惹了麻烦，但实在无法见死不救……"

"先起来。救人要紧。"蔺归边说边为二人诊脉，白眉时而舒展，时而紧皱，半晌后才从袖中取出两枚丹药，分别给她们服下。

"师父，情况如何？"入屋之后，蔺九才借着烛火看清蓁蓁双掌上伤疤满布，嘴唇干裂，面容惨白。倒是那女童看来除了略显虚弱外，并无大碍。

蔺归捋着他的长须，面露思索："脉象很混乱，女童身上似乎有打娘胎中就带出来的毒，至于这位姑娘似乎体质有异于常人……更是不好说。为师不过粗通医术，不敢轻易施法救治，唯恐适得其反。如今唯有先用护心丹护住二人心脉，将她们连夜带回观中，让蔺生师弟好生诊治。"

"恐怕不能光明正大将她们带离。"蔺九将自己是如何发现两人的前因后果简单诉说了一遍，"能在水月宫的地下密室里藏人，还有弟子层层把守……这个人在水月宫中的地位，至少得是长老。"

见师父没有马上回应，蔺九再次垂首跪下，言辞恳切："师父，弟子深知这人若是救了，他日水月宫察觉，必会与归心观生了嫌隙。这位姑娘并无武功，生死关头最后一句话是求弟子救她的妹妹。弟子不相信她能是什么作恶之徒……何况，何事能将一女童牵累至此？！救人是弟子的心愿，日后果真惹上祸事，弟子愿一力承当！"

"傻徒儿……"蔺归低笑，将他扶起，"为师何时说不救了？为师知你心性，你却不信为师的道心？"

蔺九慌道："弟子不是——"

"唉，咱们师徒，许多话不必说。"蔺归打断他，慈爱地拍拍他的肩头，"当年无涯斋惨遭灭顶之灾，为师发现了你，将你带回收为关门弟子时，便知与你有极深的师徒之缘。这些年，你也没叫为师失望，不曾让仇恨蒙蔽了双眼，养成了这宽和为善的性子。"

"一念为善，一念为恶，不分正魔，只分人心。弟子从不敢忘记师父的教诲。"蔺九正色。这些年，他从未放弃查出当年无涯斋惨祸的内奸，却也时时刻刻提醒自己，复仇不是他行走世间的唯一目的。让更多的人不再遭受与自己一样失去亲人、同门的痛苦，才是他习得这一身本领的真正意义。

蔺归欣慰地点点头，谈回救人之事："你速去寻两套道服来，给她们披上，就说奉为师之命，连夜带这两名突然病重的'弟子'回观治疗。为师会在此留到明日，如常向水雨宫主辞行。"

"多谢师父！弟子这就去——"

谨慎起见，蔺九退出师父房门后，先回了自己的屋里将身上染血的道袍换下，才去找随行同门借了两套换洗的袍服。这成人的道服给然安穿显然不合身，只能套个头出来。他就改为一手扶着蓁蓁，转而把然安背在身后，在月下光线昏暗，道袍拖地，便不会有人注意其身量大小有问题。

从师父厢房出来，一路上难免遇见夜间当值的水月宫宫人，或是颔首示意，或是简单相询，蔺九都小心应对。也许是不凡的风姿让他生来就容易被人相信，尤其是对女子来说，更难拒绝这样一位年轻英俊的道长的请求。于是他顺利通行，不多时便带人出了水月宫宫门，就连离开时驾的马车，都是水月宫弟子帮忙牵来。

"驾——"

漏夜驾车疾驰的蔺九，如果能在这时抽空为自己算上一卦，便会发现师父常说的"善缘"已至。因为此刻马车里的两人，正是他来日揭开十四年前真相的一个重要契机……

转日的午后，阳光正好，从半开的窗牖中倾泻入屋，流连在床榻边不去。

蓁蓁呻吟一声，感到自己置身的似乎不再是那可怕的地下密室，略带犹豫地张开眸子——好刺眼！

这时，一层薄纱轻柔而及时地覆盖上她的双眼，光线变得柔和起来。

"师叔嘱托，姑娘在黑暗中待了好几日，不宜立刻接触太强的亮光，要慢慢适应。"

男子清朗如玉的嗓音在耳畔响起，蓁蓁扭头，透过薄纱瞧他，他的轮廓和在地下室中因失血过多，视线模糊时看到的那个救命恩人的，是一样的。

"是你……救了我？你叫什么名字？"她本以为自己会嗓音沙哑难听，

却不料喉间感受十分清爽。虽然貌似还无法用力大声说话，可依旧比她想象的好多了。

“蔺九。”他话音带笑，却不同于无洛的柔，而是极为明朗的。

蓁蓁又问：“那然……我妹妹呢？”

“她很好，就在隔壁由师姐照看着。她比你早醒两个时辰，进食些白粥后又睡下了。师叔交代，你若醒来，不妨也用些。”蔺九说话间将蓁蓁扶起，取了床榻边小几上的温热白粥，舀起一勺之后，动作却突然顿住了，“这……不如我去叫师妹来照顾你吧。”

蓁蓁此时感到自己已逐渐适应正常的光线，便揭下薄纱，一时惊艳——这位蔺九道长一看就是一身正气、乾坤朗朗、不近女色的禁欲系美男设定！所谓“大难不死，必有艳福”，这乙女游戏的大三定律之一，诚不欺她啊！

“不用！”她想都没想就蹦出俩字，伸手抢过粥碗，喝了一勺，“你看！我自己就能行。不用麻烦你师妹了！”腹中空空，她趁着喝粥的时间赶紧开动脑筋，找出了与美男之间的共同话题：“对了，你刚才说你师叔？”

“嗯。他是归心观的医上人。”

“那他医术一定很高。”蓁蓁点点头，又接着问，“你也是上人吗？”

蔺九失笑：“当然不是。蔺九辈分尚浅，只是掌门弟子。”

“掌门弟子听起来也很厉害啊。”她笑嘻嘻地瞅着蔺九，心里想着他这形象，要是做成手游立绘里的那种战斗爆衣图会是个什么模样。

正脑补着，蓁蓁听到蔺九竟然主动问了句：“姑娘还有什么想问的吗？”

“这个……”她歪着脑袋，认真思索片刻，才道，“暂时没有了。”

“那好。那么蔺九也有几个问题，想问问姑娘——”蔺九还在笑，可眼底的东西不一样了。

心头咯噔一下，蓁蓁直觉接下来的问题不好答，但还是应道：“请说。”

“姑娘是何人？为何会被关在水月宫的地下密室？是谁将你们姐妹关起来的？”

果然是要盘问来龙去脉。蓁蓁虽没有听过归心观，但琢磨着多半也是个正派，在他们面前，万万不能泄露了然安的真实身份，否则难保不是才出虎口，又入狼窝。然而，面对救命恩人，她亦不愿扯谎相骗。

挣扎半晌，她垂下眸子："很抱歉，我不能说。"

蔺九面上笑意不改，磊磊落落："姑娘不愿说，那便不说吧。"

"就这样不问了？"蓁蓁错愕地抬头。

"不然，姑娘希望蔺九再追问吗？"他点漆的星目中是毫不掩饰的自信，"蔺九观人，不会错。姑娘虽身世复杂，但却心思纯粹，不是作恶之人。那么蔺九此番多管水月宫的闲事，就没管错。"

"啊……对啊，你是道士，会看相？还会算命？"蓁蓁猛地意识到这一点，"我自己都不知道自己身世。"

听到后半句，蔺九不禁皱眉，张口欲言，眼角余光也瞥见房门从外被守门弟子打开，自己的师父正踏入屋内，忙起身相迎。

"师父，您回来了。"他略显忧心，"水月宫那边……"

"徒儿放心，她们并无觉察。时日久了，也就追查不到咱们归心观头上了。"蓁蓁觉得这身披鹤氅、仙风道骨的老头儿此时笑得像只狐狸一样狡猾。

蔺九闻言安心不少："是徒儿劳累师父了。"

"无妨。"蔺归一扫拂尘，转向榻上的蓁蓁，"姑娘现下感觉如何？"

"已经好多了。"蓁蓁冲他欠身，郑重道，"多谢掌门、蔺九道长与医上人肯出手相救我们姐妹。只是我担心亲人见我二人走散，必然心急如焚，故而想着便不再打扰贵派，尽快就启程去寻他们。"

尽管蔺九的态度明确，不会追根究底，可这归心观里其他人如何想，又怎能预料？待在这里始终有危险，蓁蓁打算尽早辞行。

"姑娘才刚转醒，如今天色也不早了，再急也不急于一时。姑娘可能有所不知，归心观与水月宫同在一城，你贸然出行露面恐怕不妥。"蔺九提议道，"不妨歇息一晚，明日再做打算。"

"这……"蓁蓁没料到两派居然相隔如此近，一时之间拿不准主意了。

屋内三人一时无言，屋外却传来一阵喧闹，像是有人要硬闯内院。

"啊——"蔺九还来不及出去查看情况，一名归心观弟子便被来者以掌风震飞，连人带门，砸进屋来！

而随后闯入的，竟是纪然之！

“纪——”蓁蓁大喜过望，掀被下床，就要过去，可才一站起，便一阵天旋地转，幸亏蔺九就站在一旁，将她拦腰扶住。

纪然之见此情形，目光陡然一寒，二话不说就冲蔺九挑剑刺去！

电光火石之间，一把拂尘横扫，半路杀出，以柔克刚，稳稳接下纪然之这一剑，并将其剑身缠住。

是蔺归出手了！

老头儿的眼底迸发出精光，手腕用力，将拂尘向右挥去，硬是带着纪然之的剑转了方向，偏离蔺九所在。后者也不甘示弱，暴喝一声，以内力贯注长剑，将缠绕其上的拂尘震开的同时，猛挑剑花，寒光疾闪，一口气削断十数根银丝，纷纷落地。

蔺归见势，收回拂尘，行步撩衣，腾身一跃，于半空中以拂尘直劈纪然之头顶。纪然之不躲反攻，一个翻身向后，脚踏上拂尘手柄，将其踢飞，随即上身落地，单掌一拍地面，朝前贴着地飞出，再迅速旋身站起，剑指此时失了武器的老道。老道也不慌乱，一招“回身云尘”，以太极推手错身避开剑锋，再腾身踏剑而上，将尚在空中正要落下的拂尘牢牢握住一转，向下直击对手门面……

“喂，你们别打了——”见两人缠斗，不分上下，蓁蓁急得跳脚，“蔺九，你倒是快去把他们分开啊。”

“不急。”蔺九收回扶住她的手，掐指一算，了然笑道，“他们只是切磋，无事。”

切磋？！纪然之明明是一张想要杀人的脸，好吗？就算是救命恩人，蓁蓁也控制不住地要翻白眼：“那你怎么不算算他们谁会赢？”

“卦只能算吉凶，不能辨胜负。”蔺九居然还一本正经地回答了她。

“算了……”蓁蓁扶额，就信他一次吧。她只想到，弟子在师父打架时还气定神闲站着与旁人聊天，实在没良心。殊不知，在纪然之眼里，她和蔺九在一旁有说有笑，那才是“其心可诛”！

气闷至极的纪然之撤剑，决定不打了，蔺归也收了手。两人的状态看起来确实只是进行了一场无伤大雅的切磋。

蔺九还真神了！蓁蓁不敢置信。

“阁下年纪轻轻，却在贫道手中过了百招，仍然留有余地，当真后生可畏啊。”蔺归感慨着，将拂尘搭回臂弯间一施礼，“不知师从何派？”

纪然之冷笑：“玄影阁，纪然之。看在归心观并未参加十四年前那场大战的份儿上，今日你那些拦路的弟子，我都留了一命。”

“玄影阁……”蔺归重复着，白眉微敛，“原来阁下便是纪融阁主之子。虽不知十四年前，令尊为何向无涯斋发难。但在那之前，玄影阁虽素有魔教之名，但也不过是由着行事作风不受世俗羁绊，才不容于各派。令尊当年为人洒脱磊落，乃性情中人，老道亦是钦佩。还请阁下莫要忘了乃父之风，当真走上了歧途。”

困惑只是在纪然之的眼中一闪而过，便被傲气所取代：“我如何行事，不需你们这些所谓正道来费心。今日闯你归心观，只是来要回我的人。”

不知何时，已悄悄挪到他身侧的蓁蓁听到“要回我的人”时，心不争气地跳漏了一拍，忙伸手攥住自己的衣襟。他指的可能只有然安吧？他的妹妹也算他的人，对……

“不舒服？”纪然之注意她的动作，一把揽住她，低头问，“哪里伤到了？”

“没、没有。你别和他们打了，是他们救了我和然安……”蓁蓁踮起脚，小声凑到他耳边，三言两语解释了一番。接着她又冲蔺归师徒两人歉意一笑：“不好意思，都是误会，都是误会，我代他陪个……”

话说到一半，感到扶着自己肩膀的手一用力，蓁蓁讶异地扭头，却见纪然之冷着脸，冲蔺归微微弯腰垂首，生硬道：“方才多有得罪。多谢蔺掌门师徒出手相救。我不喜欠人情，他日有机会，必定回报。”

“举手之劳，纪阁主不必挂怀。”蔺归颔首回礼。

痴痴凝望着纪然之的侧脸，蓁蓁百感交集。那个倨傲、不可一世又爱面子的家伙，竟会阻止自己代他道歉，选择自己来。这还是纪然之吗？

但下一瞬，纪然之立刻用惯常的霸道，证明了他还是他：“我还我的情，你们要不要与我无关。”

“纪然之……”蓁蓁无奈苦笑。

好在影七适时抱着还在熟睡中的然安进屋，打破了尴尬：“阁主，小姐接到了。”

纪然之面色转瞬柔和，松开扶着蓁蓁的手，怜爱地摸了摸然安的脸颊。

肩头上的温热骤然消失，蓁蓁没由来一阵失落，可还等不到她细细品味这情绪中包裹着的究竟是什么，那只大掌又落回了原处。心中那一处空落落的地方，仿佛瞬间又被填满，暖暖的，很窝心。

“走吧。”纪然之神色淡淡，拥着她往外走。

“蔺九送送诸位。”蔺九主动上前领路。

对此，纪然之没有反对，毕竟刚才是一路打进来的，就这么直接出去，恐怕还会被赶来支援的其他弟子包围。

但蔺九并没有把他们往道观正门领，而是带他们去到了平时少有人行走的后门山道口处。“抱歉，归心观毕竟是正道，若公然将你们送出山道正门，被人瞧了去，恐徒增是非……”蔺九就是有这个本领，清亮的目光不躲不避，让人无法怀疑他言语中的诚意。

纪然之却只是挑眉冷哼：“蔺九，我记得你就是那个被归心观收留的，当年无涯斋一役唯一的幸存者吧？我很好奇，你的眼里为什么没有恨意？你难道不想杀了我报仇？”

“你是你，你父亲是你父亲，况且当年所有的参与者，都已付出了生命的代价。蔺九如今想求的只是一个真相。”蔺九神色坦然，“当年究竟是谁出卖了无涯斋，以及……鏖战到后来时，来的那一批不论正道魔教，遇人就杀的杀手，究竟是何人指使。”

“你说什么？还有另外一批杀手？”纪然之拧眉，断然道，“我玄影阁人绝不会自相残杀，父亲更不可能暗中下达这种命令！”

蔺九补充道：“那些黑衣杀手的武功路数确实很奇怪，不属于任何一派，领头者善于以乐声驱使蛊虫。”

“那人岁数如何？”纪然之这次似乎联想到了谁，追问得极快。

“现在若还活着，当年近不惑了。”蔺九的答案显然否定了纪然之心中的猜想，后者原本冷峻的神色，稍稍缓和。

蓁蓁在一旁听着，不敢插话，目光紧张地在两人之间不断打转。毕竟听起来，蔺九和纪然之应该是有深仇大恨才对，这种心平气和的谈话谁知能维持多久？

但她的担心无疑是多余的。纪然之最终也只是神色淡淡地点点头：“我知道了。这件事，以你的身份不便探查。我会调动玄影阁的情报网调查，算做是还你一个人情。”

“如此，多谢了。”蔺九似也不意外能得纪然之许诺，转而从袖中取出个小瓷瓶来，递给蓁蓁，“对了，师叔给姑娘配了些药丸，身体不适时可服用试试。”

同一个世界，同一个瓷瓶。

“嗯……替我谢谢你师叔。”蓁蓁接过，不禁怀疑这位上人和无洛，是不是在同一家店里批发的药瓶……

“那么，有缘再会。”

“有缘再见——对了，我叫叶蓁……唉！蓁——”最后一个字，蓁蓁是用喊的，因为她才打算报上姓名，就被纪然之强行拽出老远一段路。

再回首，蔺九已经成了视线中模糊的一点。蓁蓁收回目光，手握药瓶，突感心酸。别人家女主收什么礼物的没有？为什么到了自己这儿，一个两个的都送药丸！难道是在暗示她要完？

“怎么？很失落？现在就睹物思人的话，回头还来得及，留在道观做个道姑——”沉默了一路的纪然之难得开次金口，却阴阳怪气的。

“什么啊。我是在想，什么时候能有人送我点药瓶子以外的东西！”她把瓷瓶拿举到眼前晃了晃，重重一叹，“我又不是病秧子……”

结果话音甫落，便觉发间突然多出一物。蓁蓁惊讶地扭头看纪然之，想从他的面瘫脸上察觉蛛丝马迹。

“花神节陪然安上街的奖励。”他眼微抬，像是在看天色。

蓁蓁抬手一摸，摸不出是什么花儿来，取下一看才知是根狗尾巴草银簪。

这簪子虽不比其他花簪艳丽，却越看越雅致，且还很配那匹翡翠色的锦缎。思及此，她心情大好，脑袋一歪，笑看他：“就这点奖励啊？”

“还想要什么？”

她搓了搓手指：“当然是钱啊！这簪子好看是好看，又不能当饭吃……”

“没有。有本事自己去把簪子当掉。”纪然之脸色一沉。

“哎呀！魔教大教主送我的簪子我怎么敢当？我开玩笑的——”蓁蓁见好就收，将簪子重新簪回鬓间，冲他摇摇脑袋，“你看，我戴这簪子好看不？”

“……可能还是当掉比较好。”

“纪、然、之！”

山路漫漫，斗斗嘴才显得不那么无聊。

“对了，我问你啊，你为什么选狗尾巴草的样式？”顿了顿，蓁蓁又想起来问了句。

“因为和你很像。随处可见，生命力顽强。”

“……你确定你不是在形容蟑螂？”

“可狗尾巴草再多，能跟在身边的，却只此一株。”

“这、这样啊……那听起来，还不错！”

夕阳下给淡绿色的狗尾巴草簪子染上了金灿灿的边儿，在蓁蓁的发间时明时暗地反射出银芒。她不愿去想系统君说过的反派团灭任务，尽管她知道，不去想，不代表不存在……

第五章 一入江湖深似海

“嗝！”

这是站在蛮荒入口处，看着绵延千里的重重浮岚时，蓁蓁发出的第一声“赞叹”。是的，她原本想要发出的是“哇”，可“哇”到嘴边，却成了一个响亮的饱嗝，惹得一旁骑在纪然之肩上的然安咯咯笑个不停。

狠狠瞪了一眼然安，蓁蓁不禁想起自己之所以会顿顿吃撑，饱嗝不断的前因。

那时，纪然之由于担心拖延了这些时日，还不到蛮荒，然安的毒就会再次发作，一下山道就绕回正山门前与无洛汇合，让无洛替其诊脉。无洛发现，然安的身体情况相较离开玄影阁中时居然大有好转，短期内不会发作。这让纪然之腾出了心思，开始关切蓁蓁的情况。顶不住纪然之冷眼相逼，蓁蓁只好让无洛把脉。这掌心一摊，腕上的袖子一撩，那些深深浅浅、大大小小的伤疤哪里还能藏得住？

蓁蓁到现在还记得看到这些疤痕的瞬间，纪然之面上的极怒，他以为是水月宫人所为。可后来睡醒的然安却告诉他：“然安很渴，姐姐就用自己的血喂我……是然安不对，现在才想起来，以前不小心咬破舌头流了血，尝到的就是那种腥味！然安再渴也不该喝姐姐的血……”

之后，是良久的沉默，不是在沉默中爆发，就是在沉默中灭亡。纪然之在当天晚上，就制定出了一个灭亡蓁蓁窈窕身材的计划——食补，且必须大补！

于是从那之后，在某人的淫威下，蓁蓁的每一餐，就都得吃到嗓子眼，才准爬下桌……

回忆结束。她摸了摸自己的胃，又抹了一把辛酸泪，感慨着终于要进蛮荒了。进蛮荒后，众人只能用带入的口粮充饥，怎么也不可能像平时在客栈中那样，被不断加菜，然后吃撑。

“这香囊，大家佩戴在身上，可免受毒虫、毒雾之害。”这边蓁蓁还在庆幸，那边无洛已如变戏法般，变出了十来个香囊，分发给众人。

蛮荒之中，常年无人涉足，瘴气久聚不散，毒物众多，隐藏在草皮下的沼泽不知吞食过多少生命。但有了无洛的香囊护身，又有八方门提供的地图，一切都显得很顺利。一行人沿着地图标注的路线进行，停停走走，抵达红色记号所在地，又以此为中心，四散开来，排查了两日，果然就在西南方向一里地左右，发现了传说中的“万蛊之水”。

那是一片位于小坡上的偌大池子。蓁蓁本以为，蛊虫的尸水会很恶心，却不料竟是清澈见底，波光粼粼，和普通的碧波潭水并无二致。

“这便是‘万蛊之水’？”纪然之看向无洛。

“试试便知。‘万蛊之宗’乃所有蛊虫的先祖，蛊虫遇其必会惧怕、退避，那么它们对尸水应也是同样的反应。”无洛说着，便蹲下身，从袖中取出一支细窄竹筒，拔下塞子，几只形态各异、或大或小的蛊虫鱼贯而出，缓慢向前爬行。但爬着爬着，快要接近“万蛊之水”时，这些蛊虫不约而同地停下，蓁蓁甚至发现它们的身体开始颤抖，最终原路折返，又钻回了竹筒中。

把塞子重新塞回，无洛起身笑道：“看来这确实是‘万蛊之水’。这一片的毒雾与毒虫都少之又少，多半也和‘万蛊之水’就在此处有关。我们不妨就在这附近安营扎寨，也能省去不少困扰。”

“也好。”纪然之颔首，冲影一使了个眼色。其余影卫也同时会意散开，寻找合适的高地撑起简易帐篷。

“那什么时候能开始？”

然安就被蓁蓁抱在怀中。对于此次出行，几人对然安的统一说辞是纪然之来蛮荒有要事要办，不放心留然安在阁中，便将她一起带出。因此蓁蓁问得很含糊。

无洛也明白她的用意，同样不明说："天色尚早，一会儿帐篷搭好，我们便到里边先进行第一步。"

影卫的办事效率很高，三下五除二，几顶帐篷便大功告成了。纪然之的主帐最大，便于行事，在主帐两旁的，分别是无洛与蓁蓁的帐篷，大小次之。其余小顶帐篷用于影卫栖身，呈拱卫状，围绕在这三顶帐篷周围。

主帐里头颇为宽敞，床榻也已布置完毕。蓁蓁让然安躺在榻上，像往常一样把她慢慢哄入睡，然后起身，压低声音道："开始吧。"

无声地冲她一点头，无洛在床榻边跪坐下来，将需要用到的金针、药水、清水与装蛊虫的竹筒一一排开摆好。他微眯起眼，取出其中一根金针，在药水中一沾，然后右手捻针，左手两指在然安的额上摸索，缓慢地移向眉心，以食指指尖定出穴位，就要下针——

始终神色冷峻的纪然之，抬手按上了他的右肩，用力握住。

这一握，是嘱托，亦是警告。

肩上仿佛千斤般沉重的力道眨眼便又卸去，无洛眼底闪过一丝复杂之色，随即阖眸，深吸一口气，再睁眼时，便稳稳地落下了第一针。接着，他打开竹筒，捉出一只极小极细的蛊虫，将其轻放于金针末端。蛊虫就像是被金针上的药水所吸引，迅速缠绕着金针，一路往下爬，最终破开皮肤，从细小的针眼中挤了进去，消失不见。

此后每下一针，无洛都会取出一只蛊虫，引导其顺着金针钻入然安的体内。

蓁蓁双手不断绞着衣摆，心中忐忑又紧张，大气都不敢喘一下。反观纪然之，面上看不出丝毫情绪，只是一瞬不瞬地盯视着榻上的小人儿，不知在想些什么。

床榻边的金针越来越少，竹筒中的蛊虫也使用殆尽。直到最后一只蛊虫成功从然安的心口处进入身体，无洛才长长地舒了一口气，依次将她身上的金针取下，在清水中过了一遍，才重新收回针囊中。

“很顺利。现在然安已经进入假死状态，完全感受不到外界，身体冰凉，呼吸也会变得十分缓慢微弱。”无洛站起来，转向身后，对两人道，“我方才植入的蛊虫，既能封住心脉，又足够供应这七七四十九天内，她身体所需要的养分。接下来，就要看阁主的了。”

闻言，纪然之面色一松：“有劳了。”蓁蓁这才发现，原来方才他一直浑身紧绷，一点儿都不比自己淡定。

“过了今夜，蛊虫在她体内稳定下来，明日便可开始浸泡。第一日浸泡三个时辰，之后每旬递增两个时辰。最后一日再回到三个时辰。然安身上会和毒发时一样，不断破出毒疮，因此运功之时，不可操之过急……”无洛又将需要注意的事项一一叮嘱过去。

纪然之极为认真地听着，上身甚至微微有些前倾：“我记下了。”

这些话，蓁蓁也暗自记在心中，琢磨着这人在蛮荒之中，容易不知岁月，时间一定得记牢。

一时无话，三人又静静地守着然安，简单吃过午膳。一个时辰过去，然安很平静地“睡”着，并无任何不适反应。无洛又替她把了脉，确认妥当后，便暂时离开了帐篷。说是这蛮荒中的稀罕物不少，有助于他培养蛊虫，想去四处转转。

无洛出去后不多时，蓁蓁也耐不住性子了，瞥眼偷瞧盘坐在床榻边闭目吐纳的纪然之，冲他做了个鬼脸，见其没有反应，便蹑手蹑脚地也掀帘出去了。

帐篷外，影卫们正在“万蛊之水”的周围忙活着，他们想借助四下的树木作为支撑，把布拼接到足够大块后，往上一搭，在水池四面稍做视线上的遮挡，方便纪然之在里面为然安运功逼毒。

经过这一路，蓁蓁早已和多数影卫都打成了一片，除了不苟言笑的影一与只有兴趣和尸体“对话”的影六外，几乎都能聊上几句了。因此她没迟疑地就跑上前，加入他们，帮忙出谋划策。

一炷香后，长一丈六尺的幕帐就把“万蛊之水”与外界完全阻隔了，效果不错。就是，嗯……有那么一点儿像公共澡堂是怎么回事……

蓁蓁拒绝了自己准备打开的脑洞，转而记起出帐篷来的主要目的——记日子！

她找了棵躯干足够粗的大树，向影七借了把匕首，在上边重重地刻下一横。今天是来蛮荒的第一天，当这树干上刻有十个“正”字时，就是然安痊愈的日子了。这样每一天都令人充满期待。

美滋滋地端详了几眼，蓁蓁才收起匕首，正巧望见无洛回来，便招手喊他：“无洛长老——”

不知是不是有心事，无洛的反应有些慢，她喊到第三声，他才转头看去，也不走近，只问道：“何事？”

“呃……没、没什么事。”蓁蓁一怔，立刻小跑靠近，笑问，“你找到对培养蛊虫有帮助的东西了吗？”

无洛与她对视，意味不明地勾唇，给出的答案模棱两可：“呵，或许吧。”

“或许？”蓁蓁不解，还想再说什么，却见无洛一反常态，不打招呼地抬步就走。

对着他的背影启唇，蓁蓁眼前晃过他适才那略显陌生的神色，于是话到嘴边，便犹豫着又咽了回去，只嘀咕了句：“怎么感觉怪怪的？”

也许是治愈然安的压力太大，无洛才会表现得比平日里冷淡吧……

诸事顺遂，一切按照原先的治疗计划有条不紊地进行着。蓁蓁在树干上刻下的笔画越来越多，纪然安身上破出的毒疮却是一日日变少了，也不再那么可怖。就算是外行人，也能察觉，她体内的毒素正在减少。只是每天替然安运功逼毒的纪然之看起来十分疲惫，到了三十日后，每天能出“万蛊之水”安稳睡一觉的时间已不足一个时辰。

蓁蓁看在眼里，却又帮不上忙，只是主动把操持一行人琐事的担子挑了起来。尤其在伙食一事上，她每日必定亲手准备给纪然之的食物，尽量用有限的食材做出新花样，还常常驱使着影卫去附近猎点野味回来。没有“叫花鸡”，她就做“叫花鸟”、“叫花兔”，烤得香喷喷的，等纪然之“出浴”，再从泥土里挖出热乎乎的一只，献宝似的捧到他面前。带来的小米也没浪费，做饭团、做锅贴，都装在密封的罐里，帐篷里摆一罐，万蛊之水的帷幕中也摆一罐，供纪然之饿时能随时垫垫肚子。再到后来，蓁蓁甚至能把又冷又硬的干粮加工成香气四溢的肉夹馍了！

当然了，厨艺并非一天就可以练成的。为了能让纪然之吃上味道最好的食物，他的影卫们在开头的十来天，被迫尝尽了各种各样的怪味鸟、怪味兔以及怪味饭团……

唯一逃过蓁蓁魔爪的，只有在角落安静地做美男子的无洛。

自从那一日替然安施针后的短暂离开，再归队的无洛确实变得异常沉默。哪怕每天忙完的蓁蓁坐到他身边，想找其聊聊天，多半也是一个人说，一个人听。从前那个唇边总是挂着淡淡笑意、时不时捧场回应她的好脾气长老不见了，取而代之的，是一个沉默寡言、眼底隐隐聚着阴霾的陌生人。

蓁蓁有好几次都忍不住要问出口，他究竟是怎么了，可话到嘴边，又变成了无关痛痒的笑话。她想，或许等然安痊愈的那一日，无洛也能卸下担子，恢复如初。

直到她子时给纪然之送完宵夜，跑出来在树干上刻下第四十九笔的那个夤夜，无洛才第一次主动与她搭话。

大概习武之人走路都是悄无声息的，当他的手从身后轻轻搭上蓁蓁肩头时，着实是把她吓了一跳。蓁蓁转身看到熟悉的面容，夸张地拍拍心口，取笑道："你这不声不响的，索性也去当影卫得了！"

"是个好提议。"无洛随意地耸耸肩。

蓁蓁从没见他做过这个动作，犹如变成了另外一个人。可她擦了擦眼，眼前站着的，不还是那个立如芝兰玉树，笑似朗月入怀的无洛吗？

"唔，这么晚了，你怎么不睡？"为掩饰心中奇怪的疑惑，她又开口问道。

"你不也是吗？"无洛伸手，越过她的肩头，抚摸上她身后树干上的那些"正"字，慨叹起来，"时间过得可真快啊。明天，一切就都结束了……"

结束？也对，然安被毒疮折磨的日子是要结束了！蓁蓁用力点点头，附和道："是啊！原本以为四十九天会很难熬，没想到一转眼也过去了。"

"她是就快要痊愈了，但也意味着你体内的血瞳蛊虫，和你，都已经没有了任何利用价值。”皎月被缓慢飘来的厚厚云层遮住，使人看不清彼此的神情，蓁蓁只能听到无洛发出的轻笑如霜凉薄，“所以你，还不走吗？”

有如当头一棒，蓁蓁愣在当场。是啊，然安的毒解了，她就不需要自己体内的血瞳蛊虫续命了。取不取出蛊虫，就不再重要了。自己与玄影阁，与纪然之兄妹之间的唯一关系，就要断了……可在这一刻前，蓁蓁竟从未想过这个问题。

“你还有什么理由，留下来呢？嗯？”无洛的呢喃化为尖锥，刺痛着她，“纪然之会挽留你吗？”

他还在一遍遍地追问，咄咄逼人，蓁蓁下意识地想要后退，却发现背后就是树，而他的右臂撑在树干上，衣料就摩擦着她的耳畔。

心慌意乱，她不想面对这个问题，后退不得，便打算迈步从左侧逃离。

然而直到云破月出，银晖再次筛落树影，蓁蓁都还立在原地——试了不下三次，身体还是不听使唤，她根本迈不开腿！震惊取代了慌乱，之前明明只有对纪然之才有这种设定的限制！如今为什么会对无洛也……

还来不及细思，却见无洛突然收回右手，转而替她轻掸去鬓边露珠，语意柔和，一如初见：“更深露重，蓁蓁还是早点回去休息吧。睡一觉，便不那么烦恼了……”

她不清楚无洛是何时离开的，走之前还说了些什么，只是过了良久，才惊觉四下静悄悄的，只剩下自己一人了。用来刻“正”字的匕首掉落在地，昭示着其主人方才内心中掀起了怎样的惊涛骇浪。蓁蓁魂不守舍地回到自己的帐篷中，残烛将灭，不成型的火光照不亮也驱不散她心中的重重雾霭。

那一晚，她辗转反侧，直到曙河低、斜月淡，才迷迷糊糊陷入沉梦。导致当蓁蓁顶着浓重黑眼圈冲出帐篷时，才发现没赶上目送纪然之进蛊池，少不得焦心地在池帘外从上午守到黄昏，坐坐走走，来回踱步，被影七嘲笑沉不住气。至于沉得住气的是何人，自然要数无洛了。

一样是守在外头，无洛从头到尾都只是负手而立，纹丝不动，目光不离帷幕，就像能透过幕布看到里头似的。

日头又向西移过一刻，三个时辰到了。

蓁蓁一个激灵站起身，双手合十，翘首以盼——

幕帘被掀开，纪然之用外裳包裹着然安，双手将其横抱在身前，只着白色中衣，一步一步，神色凝重地走到蓁蓁的跟前。

“成功了吗？”她不敢大声。

下一瞬，犹如长路永夜中刺破混沌的炽热光芒，笑容在纪然之的面上荡开来。他的眸色粲然，像星河流淌，蓁蓁看呆了。

“你吓我！”泪水氤氲视线，蓁蓁嗔笑着，用力锤打男子宽厚的肩膀，第一次体味喜极而泣的滋味。

纪然之只是静静地注视着她，任其发泄够了，才转向无洛：“要麻烦你替然安取出蛊虫。”

“嗯，我已准备妥当。先进帐吧。”无洛显得不喜不悲，依旧沉着。

或许是最后一步尚未完成的缘故，这两个男人都不曾表露出过多的情绪。纪然之在那一笑过后，再次恢复一脸肃色，抱着然安同无洛一道进了帐篷。

找回理智的蓁蓁像往常每日一样，火速回自己帐篷中取了套然安的换洗衣服，这才掀帘进了主帐。发现无洛已在动手拔取蛊虫，她干脆站在帐门边不动，生怕上前会打扰了他。

和放蛊虫时一样，也需要用沾了特殊药水的金针相导。只是这一回无洛的动作极快，起针落针，蛊虫一只只被丢进竹筒之中，没有片刻的停顿，与当初封住然安心脉时的那份谨慎截然相反。他面上那无谓的表情，使蓁蓁感到每一针落下去都心惊肉跳。

纪然之在旁也不禁敛眉，却没有出声制止，在这个节骨眼，除了全心信赖，没有更好的办法。

最后一只蛊虫离开了纪然安的身体，竹筒随之封住，被无洛收入怀中：“可以了。”他嘴角上扬，终于不再是面无表情，只是太过激动跑上前来查看然安情况的蓁蓁并没能注意到，这笑意并未直达眼底。

“然安？”蓁蓁小心抚摸她的额头。

少倾，小女孩的睫毛开始颤动，紧接着如琉璃珠子般清澈透亮的双眼幽幽睁开，起先还是没有聚焦的，在听到纪然之也唤了她一声后，才倒映出两人焦急的面容。

“哥哥……蓁蓁姐姐……”然安奇怪地眨眨眼，“你们怎么了？为什么这么看着然安？是然安睡太久了吗？”

“没有。”纪然之最先反应过来，手指不着痕迹地搭上她的脉，宠溺地笑笑，“然安醒来得正好，再等不久就能吃上晚膳了。你蓁蓁姐姐的手艺很不错，说要露一手。”

然安一听，眼睛就亮了：“真的吗？太好了！”说完，她兴奋地一骨碌爬起来，才察觉自己浑身上下的衣服都是湿的，不由面露疑惑。

还没等她开口问，倒是蓁蓁先捧过衣裳来道：“刚才下雨，帐篷顶漏水了，不小心淋到了然安。我们先换身干净的衣服，好不好？”

“这样啊……”然安偏着头，一副总觉得这个理由有哪里不对可又说不上来的模样，最终只是点了点小脑袋，“好吧。”

要更衣，两个男人自然不方便再留在帐篷内。纪然之又深深地望了然安一眼，方才起身，拍拍无洛的肩头，与他一道出去了。

“姐姐，你发什么呆？”

“没什么……换衣服吧，姐姐看你穿好，就去做饭。”

衣袖被然安拽着摇晃了两下，蓁蓁才将目光从帐门处收回。她知道自己没有看错，纪然之的眼眶红了，尽管他是那么快的起身，又那么快的离开。无论平日里再怎么孤傲冷峻，今时今日都不过是个一心盼着妹妹能够从此健康快乐的普通兄长罢了。

黄昏时瘴气最浓，但“万蛊之水”附近却是一块净土，将这些瘴雾阻挡在外。

蓁蓁边哼着歌，边搭起了两堆篝火，一堆用来烤肉，一处用来起灶煮粥，打算做一顿进入蛮荒以来，最丰盛的晚餐来庆祝然安痊愈。为了这一天，她早早就让影卫们多猎了不少野味回来囤着腌渍，烧烤起来才会更香。各色野味烤肉，再配上一碗热乎乎的、粘稠正合适的清粥，对大部分时候只能吃生冷干粮的宿营者来说，着实难得。

肉香四溢，锅中的粥也逐渐开始冒热气。但影卫们还是照例四下巡逻，不到开饭时间不见踪影，无洛倒是头一回提前出了帐篷，跪坐到她身边，有一搭没一搭地帮她添柴递碗。

“很开心？”

见他一副若无其事，全然忘记昨晚那段对话的样子，蓁蓁也不便再介怀，爽利道：“当然了。然安以后就能和别的孩子一样了，想想就高兴——”

“你很容易为别人牵动情绪。”无洛用陈述的语气说着，又递上一只碗。

那是纪然之的专用碗，比别人的都大一号。这显然不可能是纪然之自己主动要求的，而是蓁蓁认为他运功逼毒消耗的体力多，理应多吃些。从她开始操持这些日常琐事起，便规定了这只大碗的主人非他不可。开始几日，纪然之进蛊池的时间还不长，严正勒令过好几次换碗之事，到了后来，实在无暇他顾，便造成了“山中无老虎，猴子称大王”的局面……

“不是别人啊。在这里，我除了你们，谁都不认识。”蓁蓁舀了几大勺，才装满那碗，想到纪然之一会儿的脸会有多黑，就忍俊不禁，“所以你们不是别人，对我来说很重要。”

无洛添柴火的动作一顿，火光映着他清朗如玉的面容，模糊了眉眼：“因为很重要，所以就像在八方门一样，不管用什么交换都愿意吗？”

“嗯？我不就是用一杯血交换的吗？很值得啊。”蓁蓁欢喜之中更不觉丝毫有异，将烤兔腿翻了个面，随口聊着，“其实无洛长老也很让我敬佩啊。为了救然安，在玄影阁一留就是六七年的时间。对了，留在玄影阁做长老之前，你都在哪儿？做什么？教你蛊术的人是不是很厉害？”

“在那之前，没什么目的地四处游历而已。至于教我蛊术的人……”无洛回答得很慢，也没有继续说下去。

蓁蓁没有看到他握着柴火的手背上青筋因用力而突起，只道他是勾起了对过往的回忆，沉浸其中，就也不再搭话，专心手中的活儿。

不多时，野味都已烤得外焦里嫩，诱人的香气直往人鼻子里钻，热粥也都一一盛好。蓁蓁拍拍衣衫上的灰土站起来，一手拿勺，一手提锅，锵锵锵地敲了起来，边敲还边吆喝：

"阁主喊你们回家吃饭喽——"

拿纪然之的名头就是好糊弄人，这回灵机一动，蓁蓁发现召回影卫们吃饭的速度比平日里快了不止一倍。唉，果然她这个煮饭的还是没有地位。

正感叹着，然安从帐篷里一溜烟钻了出来，朝这边奔来，尾随而出的是纪然之。他大步流星地来到某女面前，睨她一眼："谁在假传阁主令？"

"小的只是稍微揣测了一下阁主的心意。"蓁蓁回身把那只比她脸还大的碗给捧到阁主大人的眼前，装出万分恭敬的模样，"阁主请用膳。"

"叶、蓁、蓁！我说过多少遍？！把这个碗给我砸了，不要让我再看见它——"纪然之顿时脸色铁青。

蓁蓁笑得不知死活："小的想着，阁主大人您大人有大量，自然得用大碗。若是给您换个了小碗，就显得小的在骂您是个锱铢必较的小人似的！毕竟有些话在心里骂骂也就算了，说出来气氛多尴尬啊——"

"扑哧。"集合在一起的影卫中有一人率先破功，接下来便有第二人，第三人……最终只剩下默默力挺纪然之的影一与影六坚持没笑出声来。

纪然之凌厉的目光扫过一遍影卫，最后落到蓁蓁满是狡黠笑意的小脸上，不怒反笑："很好，胆子是真肥了。"

话毕，他伸手接过她捧着的碗，撩袍坐到了旁边的一块大石上，把然安抱到腿上后，才没好气地对那一排影卫道："还愣着做什么？笑都笑过了，还不敢吃了？"

"是！"十二人立刻作鸟兽散，各捧一碗粥，取了烤架上的肉，坐定位置，一板一眼地吃起来。训练有素的影卫，哪怕在这种时候，也不会忘记将效忠的主子围在中间，在东西南北四个方向分开戍卫。

至于从谈起往事就陷入沉默的无洛，则是一早就寻了处不起眼的角落，低着头，默默吃上了。

见无洛没有邀请自己过去作伴的意思，刚摸过老虎屁股的蓁蓁，只得另找了块距离某人十步外的石块准备坐下，谁知她刚拢拢衣裙，脚边的石块就被纪然之一个掌风震到了百步之外！

她噘嘴，打算忍了这一次，又寻摸了一块大小合适的走过去。结果这回脚尖都还没碰到石块呢，石块就被某人先一步又给震飞了！

“喂，你什么意思啊？”她转身，叉腰怒瞪过去。难不成还要罚她站着吃饭？

“让你坐到我身边的意思。”纪然之慵懒地抬眼看她。

冷酷毒舌设定的反派美男子用这种并不怎么浪漫的方式邀请自己同坐，实在不解风情。蓁蓁还能怎么办呢？当然是选择原谅他啊！

从火冒三丈到红霞扑面只需要几步路的距离，蓁蓁扭扭捏捏地挨着他坐下，暗自设想该主动说点什么带动氛围。

“哥哥，然安想去和影七姐姐一起吃。”然安罕见地没有黏上蓁蓁，反而拉拉纪然之的衣襟，指向斜后方的影七。

这令蓁蓁猝不及防，她方才想到的所有话题都是以然安为切入点的！

“去吧，别乱跑。”纪然之拍拍她的头顶，就将她从腿上放下地，目视她安全跑到影七怀里，还回头冲二人又眨眼又吐舌头的，才放心将视线调转回来。

小丫头不会是有意给他们制造独处的机会吧？蓁蓁打算先闷头喝上半碗粥，压压惊。

“怎么现在又装起闷葫芦来了？”才喝了几口，就听到纪然之低缓的话音从身侧传来，带着几分调侃的意味。

上下嘴皮子碰了碰，蓁蓁还是没能找出话来。几个月前，她完全不能想象，自己有一天会像现在这样，与纪然之肩挨着肩而坐，手肘时不时便会碰到一块，还面对着同一簇篝火，喝着同一锅里熬出来的粥……

“这些日子我难以分心，对你疏忽了。”纪然之也不恼她的沉默，关切的话语用他的嗓音道出，如陈酿般醉人，“身子可还有不适？”

“没、没有了！”心跳不断加速，蓁蓁捧着碗，只敢盯着里头的米粒挨个数数，半分不敢瞧身边的男人。却不料，温热的指腹毫无预兆地搭上腕来，害得她险些手一抖把粥碗砸落在地。

纪然之边把脉，边蹙眉：“你的脉象还是很乱。”

“但是我身体底子真的不错啊。”不管是在玄影阁地牢那次，还是在水月宫密室那回，蓁蓁每一次都认定自己去掉了半条命，可转天醒来，便又像满血复活。包括手上的那些伤疤也是，自愈极快。

见她如此肯定，纪然之收回手，没有再继续这个话题，转而说了句："然安的毒解了，我不会再逼你取出体内的血瞳蛊虫。"

"哦。"蓁蓁点点头，这不明摆着的事吗？

"所以你自由了。"

血色迅速从蓁蓁的脸上褪去，她猛地扭头直视他，艰难地问："你……说什么？"

"你自由了，可以选择离开了。"纪然之仿佛很冷静地在陈述一个事实。

确实，这才是事实，她早该面对的事实。而方才那昙花一现的温存关怀，才是抓不住的梦幻泡影。

"离开？"她轻声重复着。离开这里，她要去哪里呢？

"你没有武功，这个江湖不适合你。如果不离开，或许少不了在水月宫中那样的九死一生。"纪然之抿唇，"不要以为，每一次你都能交到好运，出现一个蔺九。"

蓁蓁如同把心扔进了无底洞，不断下沉："你希望我留下，还是离开？"

"没有了蛊虫，也无关然安。我有什么理由让你留下？"纪然之寒潭般的眸子锁视着她，不放过她面上任何一丝情绪。

如果蓁蓁此刻还有勇气与他对视，就会察觉那双星目中藏着一丝压抑的期待。他是认真在问，问她心中所想，而她却把这句话当做了充满讥讽的反问。

"对！我是没有理由留下来了！所以你就这么急着赶我走吗？！"她弹起来，难以控制地吼出来，"但总得出了蛮荒再分道扬镳吧！"

是羞愤，是恼怒，抑或是失望透顶，蓁蓁无意去分辨心头不断涌出来的情绪，把粥碗狠狠砸在纪然之脚边，悻然而去。

动静闹得这么大，影卫们自是齐刷刷看过去，眼中的感慨可谓一目了然——蓁蓁姑娘甩帘进帐的背影当真是高大伟岸。敢这么对着阁主大吼大叫，还当着面故意把碗摔在其脚边，弄脏他衣袂的，也只有她了！

由影七带头，有几名影卫又忍不住抖肩笑了笑，不过没笑出声。

“今晚笑过两次的人，进来领罚！”纪然之起身，面无表情地丢下一句，率先回了主帐。

影卫们彼此对视一眼，眼底皆闪过一丝不寻常的光芒。紧接着，其中六人自觉地离开原处，先后进了主帐“领罚”，连抱着然安的影七都不能幸免。

主帐内，纪然之已换掉被粥沾污的衣裳，着一身墨色织锦劲装，威严之中又透露出几分肃杀之气。

他背对着几人，抚摸着兵器架上的佩剑，沉声问：“都准备好了吗？”

“定不辱命！誓死保护小姐！”六人齐声应道。

影七怀中的然安不明白他们在说什么，显得有些不安，低声说了句：“我想找蓁蓁姐姐……”

“然安。哥哥和你蓁蓁姐姐还有些事要留在这里做完。你先去新家住一段，我们很快也会去。”纪然之转身，快步走到然安面前，捧着她的小脸，柔声安抚，“去新家的这一路，要听影七的话，知道吗？”

“新家？”然安亮晶晶的瞳仁里满是憧憬，“然安知道了！然安会乖乖的，等你们来——”

俯身亲吻妹妹的额头后，纪然之手一挥：“走吧。”

“是！”

六名影卫鱼贯而出，影七抱着然安，走在最后，被纪然之出声叫住。“阁主还有什么吩咐？”她诧异地回身。

“依你看，叶蓁蓁她刚才……到底是想留下，还是想离开的意思？”一向杀伐果断的纪然之此时面露茫然，征询着这里除蓁蓁外的唯一一个女人的看法。尽管这个女人是他的下属。

影七憋着笑：“阁主让属下说真话还是假话？”

“都说说看。”纪然之挑眉。

“假话是，阁主如此仪表堂堂，除非蓁蓁姑娘瞎了眼才会想离开。真话是，除非是瞎子，否则谁都能看出蓁蓁姑娘一直都很想留下——”影七一口气说完，趁着纪然之还没拔剑削下她半个脑袋，立刻脚底抹油，跑了！

在她身后，风鼓起帐门的帘子，窥见纪然之的神色。他非但没有恼怒之意，反而仰起头，笑得嚣张又快意。

“阁主怎么了？”影六拉住正收拾柴火堆的影五。

影五思考片刻，才指着脑袋，严肃认真地给了同伴一个中肯的答案：“前几日闲聊，蓁蓁姑娘和我提起过，说是恋爱中的人，这里都会有点问题。”

“能治吗？”

“……很难说。”

第六章 从来最毒反派心

“可恶！这家伙居然还在笑——”

蓁蓁在自个儿的帐篷中听到纪然之笑得那么 瑟，更是气得直跳脚，恨恨地把头上的银簪拔下来扔到地上，准备当做某人的替身踩上两脚解恨。

可脚才抬起来，回忆便如走马灯似的在眼前一一晃过，便怎么也下不去这狠脚了。像泄了气的皮球，她蹲下去，重新捡起簪子，吹去上边的灰，略一犹豫后，只是收到袖中，不曾再戴着。

“叶蓁蓁，有骨气点！出了蛮荒就和他各走各的，花朝镇就不错，可以定居……有空再去归心观找蔺九学两手算卦，当个半仙混口饭吃……”几乎只是起身的那一点儿时间里，她就把未来都规划好了，看起来很可行，唯一舍不下的就是然安。

心念一起，便压不下去。蓁蓁掀开帐帘，出去寻找然安，但转了一圈，连晚饭时还抱着她的影七都不见了踪影。

“影一，然安呢？”她跑到影一瞭望远处时常选的那一棵树下，抬头扬声问。

“不久前小姐被阁主找去，影七领她过去的，现下应该还在阁主帐中。”影一是十二影卫的统领，掌握着所有影卫的去向。故而他说的话，蓁蓁不疑有他。

“这样啊。”再让她主动去主帐是不可能了，蓁蓁吐出一口浊气道，“能不能麻烦你，如果然安出来了，就让她来我帐篷中？就说我想和她说说话。”

影一颔首：“可以。”

“多谢了……”

谢过影一，蓁蓁重新回到自己帐中，心里头觉得空落落的。适才找然安时，经过无洛的帐篷外，本想找他闲聊抒怀，却发觉里边烛火居然已经灭了，更是没由来一阵失落。怎么好像一夕之间，这里的人都变得离自己好远好远……

不愿再多想，她甩甩头，合衣躺下，侧身，面向着帐门方向，希望能等到然安那小小的身影从帘子底下钻进来。

等啊等，等得久了，眼皮就开始发沉。帐篷外的火光彻底灭了，蓁蓁意识到大家应该都睡下了，然安不会来了，才双目轻阖陷入梦境。

梦境混乱，蓁蓁睡得很不踏实，想要睁开眼，却是从一个噩梦中醒来，又陷入另外一个噩梦之中。她梦到自己与玄影阁众人形同陌路，梦到蔺九一剑刺穿纪然之的胸口，梦到系统君所说的反派团灭的结局……直到外边金戈声与喊杀声并起，火光冲天，她才骤然从榻上惊坐而起！

蓁蓁瞪大了眼睛，捂着胸口大口大口地喘着气，冷汗浸湿了中衣，让她在这将要入秋的夜里很快感到了几分凉意。

发怔片刻，她慢慢意识到梦里的厮杀很可能正在帐篷外上演，连忙穿鞋下榻，拢拢衣襟，把影七给的匕首插在腰间，冲出帐去——

看月头，正是更阑时候，大约相隔着十步远的距离外，站着将近两百人，手持火把，照亮了“万蛊之水”在内的方圆十丈。这些人身着各派服饰，略数过去来了将近十个门派的人，包括水月宫与归心观。不过那些水月宫人都是年轻一辈，当日囚禁她与然安的水雨与水云都不在其列。

双方就这么对峙着。挡在纪然之身前的影卫们剑刃上都沾了血，显然已在对方偷袭时，就简单交手过一轮了。

奇怪，影卫怎么只剩下半数？剩下的难道仍留在暗处吗？可这阵势，对方上百人，连蔺九都在，看来是各派精英齐聚，光靠人数有限的影卫，能挡得住吗？

心中担忧不已，蓁蓁顾不得之前还在赌气，提着裙摆，跑到纪然之身边：“纪然之！你没事吧？然安呢？”

“放心，我早已让影卫护送然安离开，此时必然是出蛮荒了。”纪然之目光沉稳，似乎全不意外。

“那就好……”蓁蓁诧异之余，心下稍安，想来纪然之早听到了正派围攻的风声，有所准备。

两人说话间，无洛也已经从一侧的帐篷中施施然走出。他并不打算走过来，只是在三五步的距离外，中间隔着纪然之，冲蓁蓁一笑后，转而扫视对面的正派，最终把目光锁定在其中一人身上。

蓁蓁好奇地跟着瞧过去，见被无洛留意到的是名年愈不惑的中年男子，身衣赭色锦衣，腰佩犀角带，彰显其身份不凡。一张端方的脸上仿佛正气凛然。

视线莫名在空中相接，蓁蓁见对方脸色大变，似要上前一步，却又身形一顿，强自调整容色，冲她喊话：“对面的那位姑娘，云某乃是云华派掌门。云华线人说你是被玄影阁绑至此处，并非魔教中人。刀剑无眼，为免伤及无辜，不妨到云某身后来——”

她眨眨眼，对此人有几分莫名熟悉之感，可细细想来，又完全没有印象究竟在哪里见过，甚至连他的名字都不知道。于是她很快回神，退后一步，挨近纪然之的同时，冲对方摇了摇头。

“云鹤那老贼不过是个道貌岸然的伪君子，想当着这么多正派的面儿体现他有多么宽厚仁义罢了。”纪然之侧首看她，“你若要过去，不可跟他。去蔺九那边，归心观那帮道士尚算有些良知。”

“谁说我要过去了？！”蓁蓁鼓起腮帮子，这种生死关头，她绝不会丢下他，“我记得见你第一面的时候，我就说过了，我看到你就迈不开腿，过不去……唔！”

唇上一片温热，纪然之的俊脸在眼前无限放大，蓁蓁感到自己的睫毛扇动，便能扫到他。她下意识想退开，却被他长臂一伸，一把箍住腰身，禁锢在身前。潮水般的吻一次次掠夺呼吸，以叹相讫，缱绻不已。

“那便不过去……”心神动荡之间，蓁蓁听到纪然之的呢喃，“留在我身边。”

此言一出，她终于乖乖闭上眼，如溺水者一样，情不自禁地双手圈住他的脖颈，祈求救赎。

然而无可救赎，爱上他，便是万劫不复。

两人当众拥吻，旁若无人，惹得一干正派人士都忘了该如何反应。直到他们分开，才有人回过味来骂了一句“不知廉耻”。

纪然之目光骤寒，依旧拥着蓁蓁，从她腰间抽出匕首，右手一挥，利刃飞出——

“你——”那出言者一点点低下头，不可置信地盯着完全没入自己心口的匕首，来不及再多说一字。便直挺挺地向后栽倒下去！

“我纪然之的女人，”纪然之眯起眼，转向正派诸人，神色轻蔑，字字掷地有声，“岂容旁人出言不逊！”

“如今你已被我们包围，还敢如此嚣张？！”

“斩草岂能不除根。当年魔教早该覆灭，今日便要你们有来无回——”

“我们要为无涯斋与蛊王谷的同道报仇雪恨！”

各派仗着人多势众，一人一句，声讨得那是津津有味，乐此不疲。而蓁蓁则是全程傻笑地看着他们单方面打了一轮又一轮的嘴炮，左耳朵进，右耳朵出，是半句都没听进去，满心都是方才那个吻，上扬的嘴角怎么也抿不回去。

纪然之也同样一副不把众人放在眼里的模样，扭头笑问她：“怕不怕？”

“没在水月宫的密室里可怕。”因为有你在身边。这后半句话，蓁蓁没有说出来，可她知道纪然之用心听见了。

他俯下身，热气喷洒在她耳畔，惹得怕痒的她肩头一缩：“知道我为什么没有把你和然安一道送走吗？”

蓁蓁老实地摇摇头。

“因为我想让你亲眼看看，你爱上的男人，是怎么让这群乌合之众有来无回的。”欣赏罢飞上她脸颊的彤霞，纪然之才退开身，气定神闲地一手将蓁蓁揽在怀中，抬手缓缓举到半空，打了个响指。

这急促而清凉的响声，在这空旷的蛮荒之中显得微不足道，转瞬即逝。

什么都没发生。

许多正派人士接连发笑，可笑声戛然而止，只因身后“同门”拔出的利刃刺穿了他们的身体。

“怎么回事?！郑庄主，你们浩气山庄怎么杀我水月宫人?！”

“你们——云华派的人疯了吗?！”

人群开始骚动，有人被偷袭了个措手不及，有人甚至没有看清是谁冲自己下的手，就断了呼吸。越来越多的“正派弟子”纷纷拔剑，以迅雷不及掩耳之势将身旁的同道利落砍杀，毫不留情。

“他们怎么……”对面一片混乱，蓁蓁看得目瞪口呆。真是一场好戏。

“那些都是我玄影阁的精英弟子。”纪然之睥睨众人，成竹在胸，“从八方门换取情报，则我们此行目的地必在八方门掌握中。八方门做的是情报生意，这些年，有多少人盯着想买我玄影阁的情报，只要代价合适，我们的行踪早晚会被交换出去。既然如此，我便来个将计就计，派影卫秘密传令分散在各派附近的精英弟子尾随这帮人进入蛮荒，再趁着普通弟子落单时，逐一替换，混入队伍，并且随时向我回报正派的动向。”

“所以，他们打算什么时候围攻，怎么围攻，各派的掌门是否前来，又有多少精英弟子随从……我都了如指掌。”纪然之眼底的风云变幻莫测。直到这一刻，蓁蓁才真切地意识到，和自己相处数月的，是这个游戏中的魔教头子，是个很可能让江湖变天的大反派。

发现她怔怔地望着自己，纪然之眸光一闪，稍显迟疑：“你……在想什么？”

“我在想——你长这么好看，做什么都对。”蓁蓁扬起小脸，笑得明媚。

“别骗我。”纪然之显然不信她的鬼话。

闻言的蓁蓁踮起脚，飞快在他唇边啄了一下，语笑嫣然：“我说的全是肺腑之言！我支持你千秋万代、一统江湖！以你为荣——”

正派中也有如水云姐妹般漠视人命、连孩子都不放过的心狠手辣之辈，魔教中也不乏外冷内热、行侠仗义之人。正派与魔教，从来都只是派别之分，无关善恶，无关人心。没有哪个江湖不流血，但手中剑之所指，总该无愧于心。无论此前的玄影阁在他父亲手中，做过什么事，冤有头债有主。从相识到今日，她从没见过纪然之嚣张跋扈、滥杀无辜，更见他素有容人之量，对下属们是，对蔺九是，对归心观众道是，对曾经素未谋面却误食救命蛊虫的她亦是。

何谓魔教，何谓魔，欲执则成魔，水云助纣为虐是魔，水雨则心已成魔，纪然之却没有。每个人都会有喜怒哀乐，爱恨情仇，这些在刀口舔血的江湖人更是倾向于抽刀拔剑，快意恩仇。但在玄影阁中的那个清晨，纪然之对着她的那一剑，最终刺向的是枕头，就是对他心中善念的最好诠释。蓁蓁突然能够明白无洛对纪然之的评价，他的心肠远非表面看起来那般冰冷僵硬……

蓁蓁的宣言才说完，对面人群中就传来云鹤的振臂一呼："大家不要慌！定是奸细作祟！各派弟子马上各自分开，和自己认识的师兄弟站在一起——"

一语惊醒梦中人，这一阵兵荒马乱过后，正派中已经三分之一的人倒在血泊之中，再加上被替换掉的弟子，等于折去大半。

那些从震惊中清醒过来的其余人，终于在云鹤的指挥下找到了主心骨，慌忙祭出自己的武器，不再挤作一堆，四散开来，各自为伍，与真正的同伴背对着背，和混入的玄影阁教众厮杀起来。

然而暂时稳住阵脚，并不足以让正道中人扭转劣势，特别是随着纪然之一声令下，六名影卫也迅速加入拼杀。这些影卫训练有素，武艺高超且各有所长，立刻就牵制住了各派的精英弟子与掌门人。

或许是眼看这么鏖战下去不是办法，云鹤一掌震飞一名玄影阁弟子，身负铁枪，一路飞踏几人刀剑，借力跃出人群，攻向正沉着观战的纪然之。

"魔教狂徒，拿命来！"

长枪突刺，矛头直指。纪然之侧身一避，一手将蓁蓁推向一边，一手扣住枪身与尖矛的衔接处，贯注内力，向下一压！宝枪自然没有这么容易折断，云鹤见状便借着拱出半弧的枪身弹至半空，面朝上，以身为兵刃，双脚下劈，击向纪然之头顶。后者举起一臂挡之，身形向右晃出，重新护到蓁蓁身前，腰间长剑出鞘，与长枪相错，擦出点点火光！

又是高手过招，这次却没有蔺九为其算上一卦吉凶。蓁蓁只能干着急。

云鹤的一柄长枪耍得出神入化，纪然之的剑法亦是大开大合、炉火纯青，两人拆了接近两百招都不分胜负。蓁蓁既紧张，又兴奋，如果说上回她还认为是归心观的掌门手下留情，才使得纪然之看起来游刃有余。可今日殊死搏斗，他依旧能不落下风，当真是一身武艺卓绝，不输江湖老一辈了！

“功夫不错，可惜练得太晚了！”云鹤斜刺一枪，冷笑道，“当初你要这么能耐，我看玄影阁还能在你父亲手里兴盛个好几年——”

纪然之抿唇，对其怒目而视，剑锋横扫，力道渐猛，气贯长虹。

“记得当年还要多谢你偷跑出玄影阁的总坛，我才能把你和你母亲一起抓住！”云鹤的音量控制得恰到好处，只有纪然之与就在近旁的蓁蓁、无洛能够听到，“我倒是很好奇，你母亲后来活了多久才被毒疮折磨死？”

“云鹤！我要你这老贼偿、命！”纪然之目眦欲裂，急切之下全不防守，剑花挑动，招招攻其命门。

知他被旧事激怒，急躁之间恐露了破绽。蓁蓁气急，跳起来咬牙大骂云鹤：“喂，你这人怎么这么卑鄙？！要打架就好好打架，你不说话没人把你当哑巴！”

她这一骂，对正在过招的两人都影响极大。纪然之自感怒气泄去一半，甚至还有些想笑。云鹤却是浑身一震，似乎不敢置信地望向蓁蓁，回枪招架的动作慢了半拍，反而被纪然之一掌正中胸口，退了五步才勉强以枪撑地，稳住身形的同时嘴角溢出血来！

“云掌门！”

“师父！”

就在他近旁的正派弟子连忙围过去护住云鹤。只是谁都不曾料到，正道中的中流砥柱，所有门派马首是瞻的云华派掌门云鹤，竟会被一个晚辈重伤至此！连他都不敌纪然之，在场又有何人能够抗衡？这场对魔教的围剿，岂不成了笑话？！

“纪然之，有没有伤到哪里？”胜负只在一招，蓁蓁回过神，赶忙上前，把纪然之上上下下、前前后后打量了一遍。

“没事。”纪然之的眉眼皆是愉悦的笑意，“多亏你骂得好。那老贼大概许多年没被人这么骂过了，居然一时分了心。”

难得被他夸奖，蓁蓁来了劲，冲他俏皮地眨眨眼：“那我再帮你动动嘴皮子——”

话毕，她将双手括在唇边，提高音调，冲着对面大喊起来：“喂——你们的云掌门已经被魔教教主打得重伤呕血、不能自理了！你们还不快放下屠刀，立地投降？”

“降者不杀。我只要云鹤的项上人头。”纪然之很配合地补充，因着内力的关系，一字一句都清清楚楚地传入了每个人的耳中。

“锵……”

第一个浩气山庄弟子手中的武器落地了。

“留得青山在不愁没柴烧，与其死在这里，倒不如归顺了玄影阁……”他这话击中了许多普通弟子的心思。他们武功平平，在自己的门派中不太可能有什么大作为，终其一生也不过碌碌无为。此番跟随前来本以为是瓮中捉鳖，轻松得很，不至于丢了性命，或许还能立点小功。却不想是场“请君入瓮”的恶战，因此早已萌生了退意。

于是那弟子的话音一落，有一云华弟子马上跟着投降，把武器一丢，说：“就是，在哪儿当弟子不是当？”

有一就有二，有二就有三，越来越多正道的普通弟子为求保命，放下了武器。一时间，仅余各派精英与长老、掌门身份者近二十人仍不畏战，兵戈相向之间毫不退让。

蓁蓁目之所及，见归心观蔺九等人摆了个阵法，只守不攻，在混乱战局中独守一隅，倒也与玄影阁诸人“相安无事”，不由舒了一口气，但又有些纳闷。

“这些正派弟子都这么容易投降的啊？”

闻言的纪然之勾唇：“一开始投降的那两人，也是我的人。”

那些心生动摇的正派弟子，受门派约束多年，说到底，谁也不敢轻易做那第一个投降者。若不煽动情绪，怂恿投降，恐怕不能如此见效！蓁蓁恍然大悟，忍不住在心中给他竖起大拇指。

时间在喋血中流逝，以影卫为首的玄影阁精英弟子，逐渐对除归心观众人外的正道人士形成了包围圈。正道之人身上多多少少都挂了彩，狠狠地用目光剜着如王者般立于不败之地的纪然之。

形势一片大好，纪然之正想再次出言劝降，却猛地一皱眉，几番压抑不住，吐出一大口黑血："呕——"

"纪然之？！"蓁蓁大惊，伸手扶住他，"你怎么了？"

纪然之反握住她的手："别怕……"

"那魔教头子中毒了！这是天要亡他！我们杀啊——"也不知是谁喊了一声，原本已放下武器投降的正派弟子们纷纷奋起反抗，再次加入厮杀！

中毒？蓁蓁第一反应就找无洛解毒。她放开纪然之，准备跑过去找始终置身事外的无洛求助，却被纪然之横臂拦下。

"不用过去了。"对上她诧异的目光，纪然之摇摇头，"他能站在一旁冷静地旁观这么久。他不是无洛。"

相处多年，没有人比纪然之更熟悉独属于无洛眼中的那份悲天悯人。面对尸横遍地，这个无动于衷的人，绝非无洛！

"你说什么？！他不是无洛？！"蓁蓁倒吸一口冷气，难以置信。

正当时，好似心有若感，又或者是听到有人在议论"自己"，从头到尾都不曾将目光从前方惨烈的拼杀中移开视线的"无洛"，转身，缓步踱来。

一模一样的面容，分毫不差。蓁蓁再一次确信自己的眼睛没有欺骗自己。难道是人皮面具？

察觉到危险的气息，蓁蓁扭头看向火光中的人群，所有人都在歇斯底里地搏杀着，无暇他顾，就连影卫都被几派长老联合绊住了手脚，无人赶来帮忙。

假无洛还在靠近，她挡到纪然之身前："别过来！"

原本一步步逼近的"无洛"竟当真停住了步子："好。"

"你是谁？！你想做什么——"蓁蓁戒备地注视对方。

"我嘛。我是洛昭明——哦，也就是你们口中的无洛——的孪生弟弟，洛昭晦。"洛昭晦似笑非笑，眸光阴沉，"至于想做什么，当然是来体验一下，我哥哥这些年过得如何。"

这神情似乎在哪里见过……他是……

“你——你是八方门的门主？！”灵光稍纵即逝，却被蓁蓁抓住了。怪不得她在八方楼时第一眼便觉得他面熟！想到这里，她只觉心惊肉跳，他是从什么时候开始……

“眼力不错。”洛昭晦颔首承认，提到兄长时言语中满是不屑，“不过，眼睛往往是会骗人的。纪然之总在闭关也就罢了，你和本座相处月余，却没能察觉端倪。”

只是月余？那就是进入蛮荒之后！蓁蓁蹙眉，那些曾经被自己忽略掉的不对劲的细节一股脑地冒了出来。“帮然安施针封住心脉后，无洛出去转了转，再回来的时候……”她这才恍然大悟，“那时候回来的是你！”

“现在才明白，怕是晚了点。”洛昭晦用目光审判着她的愚不可及，“啧，居然自作聪明地认为本座只是担忧那个小丫头的毒能否拔除才在性情上不同以往，每日每日说些愚蠢的话，真是可笑！”

如果从那时起，无洛便被眼前这个嗜血的疯子替换……

“那然安——”蓁蓁下意识地喊出来。

仿佛猜到她心中所虑，洛昭晦慵懒地掸去指尖的灰，笑意森然：“放心，本座可没兴趣对一个长不大的女童下手。本座杀人，讲究一个乐趣。”

蓁蓁与洛昭晦的对话，给纪然之争取了片刻喘息的时间。他果断地封住周身几处重要穴位减缓毒素蔓延，简单调息之后，便将蓁蓁拉到自己身后回护：“只是为了体验兄长的人生，似乎不足以让你千里迢迢，跟到这蛮荒中来吧？”

“不错。说过了，本座图的便是杀人的乐趣，自然来此更重要的目的还是杀人。只是没想到你竟然化整为零，让玄影阁弟子渗透了进来。这几日，本座四处探查倒真没发现你的小动作。只可惜，英雄难过美人关，这毒的滋味不好受吧？要不是你对叶蓁蓁毫不防备，本座又怎能得手？就差一步，杀死这里所有人的就是你，不是本座了。啧啧。”洛昭晦面露惋惜之色，就像真是在为其遗憾。

“是碗！你在碗里下了毒？！”蓁蓁只恨自己沉浸在然安痊愈的欣喜中，

竟不曾深想他一反常态主动帮手递碗的背后，潜藏着怎样的阴谋。

洛昭晦露出孺子可教的神情："这回聪明了些。"顿了顿，他又阴沉一笑，向她伸出手："叶蓁蓁，本座突然觉得你不该和这些人一起葬身于此。你很有趣，或许足以填补本座不能杀人时的乐趣。不如，跟本座回八方门吧？"

"你好好做你的情报生意不行吗？"蓁蓁盯着他伸出的手，指节分明修长，怎么看都应是翩翩君子的手。

"还真不行。"洛昭晦像是对她更感兴趣了，状似认真地回答，"与本座十一岁那年立下的志向不符。"

蓁蓁的喉咙发紧："什么志向……"

"杀光所有人。"夜色浸透洛昭晦的眉眼，他说话的语气，就像其志向只是吃遍天下美食一样理所当然。短短五个字，令蓁蓁直感到心底生寒，不由瑟缩了下。

用力一握她纤弱的手腕，纪然之没有回头，直视洛昭晦，沉声问："洛昭明现下如何？"此刻他的脊背已完全挺直，看来毒素对他的影响在慢慢削弱。

显然也意识到这一点的洛昭晦目光一厉，袖中陡然滑落一柄短匕，掀袍错步向前，直取纪然之眉心："你还是下了地府再问吧！"

真是一言不合就动手。纪然之以剑鞘稍作抵挡，随即拔剑与之过招。两人的兵刃一长一短，本是纪然之的长剑更占优势，可毕竟是中了毒，调动内力大为受限，行动也不如之前敏捷，只能且战且退，渐渐被逼至角落。

刀剑无眼，蓁蓁不敢上前，怕惹得纪然之分心，可什么都不做又不是她的作风。只能死马当做活马医了！

看准一个空档，她百米冲刺，对准洛昭晦，狠狠撞过去将他扑倒，同时大喊："哎哟！刚才那个姓云的大叔——这里有人滥杀无辜了！扎心了！好痛啊！救命啊——随便来个正道大侠也行啊！"

这喊声令正被弟子护法下盘坐调息的云鹤猛地睁眼，握起长枪就要冲过去，却见蔺九比自己更快一步，施展轻功，飞身跃过众人头顶。

至于角落这头，蓁蓁的这招"碰瓷"用得洛昭晦是措手不及。要不是他武艺诚不如纪然之，须得全心应对，怎么也不会被这么拙劣的手法“偷袭”。

“你这家伙找死——”看着分明安然无恙骑在自己身上，却还在鬼哭狼嚎、装腔作势的蓁蓁，他就气不打一处来。手腕翻转之间，短匕已现出寒光，可才递出一尺又堪堪顿住，最终只是大袖一挥，将她掀翻出去。

“叶蓁蓁！”纪然之弃了剑鞘，飞身前扑，牢牢圈住她的腰身落下，怒吼，“你疯了！谁要你胡来？！”

“哪里胡来？我是很认真地来！”蓁蓁义正辞严。

“你——”

这一落一接的斗嘴功夫，提剑前来解围的蔺九已与洛昭晦交上手，同时不忘扭头关切两人：“叶姑娘，你们没事吧？”

“没事！别分心！你一定要把这疯子打趴下给我们出气！”蓁蓁举起拳头给他加油助威。边上的纪然之见状冷哼一声，表示不满。

蔺九的剑法与纪然之的截然不同，一个凌厉，一个和缓，一个刚劲有力，一个以柔克刚。如果说纪然之的剑招如火山喷发，洪水肆虐，那么蔺九的一招一式便是流淌不息的醴泉，生生不灭，以持久克敌，用出了些拂尘的意思。

“喂，他能赢吗？”化身吃瓜群众的蓁蓁拽拽纪然之的衣袖，看得起劲。

见她那一脸看打架不嫌事大的神色，纪然之嘴角一抽，但还是用心地回答了她：“洛昭晦的功夫一般，属刺杀之道，出招快则快矣，却只能速战速决，久战必落下风。况且他内力修为也远远不及我与蔺九。”

“所以蔺九肯定能赢？”想到洛昭晦要被揍，蓁蓁就心中暗爽。

“所以，适才你若不插手，我与他再过十几招，便能制住他了。”纪然之面露嫌弃地抿唇，言下之意就是她多管闲事。

“嘁，谁知道是不是事后吹牛皮……”蓁蓁不甘心地嘟囔一句，打算不理身边的家伙，重新把目光投向战局。

确如纪然之所言，洛昭晦的败势渐显，蔺九好几剑都划破了他的衣裳，还重伤了他肩头一掌。洛昭晦见事不可成，当机立断，嘬唇一啸，音调古怪的哨声刺入耳膜，听得人极为不适。

蓁蓁低头，捂住耳朵，却瞧见地上各种周身色泽诡异的毒虫、毒蛇正迅速朝自己聚拢而来，“啊”的一声跳起，攀在纪然之身上：“毒虫！怎么突然这么多？”

纪然之稳稳地托住她，跃上帐篷顶，俯视下边的情况：“应该是洛昭晦用特殊的哨声让这些毒物疯狂起来，攻击除他以外的所有人。”

果然，除了他们这一处，正魔双方交战之地也被毒物侵袭，毫无防备之下，许多人不慎着道。密集的毒物夺人性命，比刀剑更快，转瞬间便死伤惨重！

而洛昭晦则趁着蔺九分神斩杀毒虫、毒蛇的功夫，脱身而去：“就让这些小东西陪你们玩玩吧！本座就不奉陪了！哈哈哈——”

“可恶！”蓁蓁只能气恨地看着他的身影隐没在蛮荒的茂密林中。

中毒后的惨叫声不绝于耳，地上爬行的毒蛇都还好对付，那些会飞的毒虫却是防不胜防，钻入口鼻或是耳道，立刻七窍流血而亡。众人在拼杀时都挤作一团，此刻完全腾不出空间来躲避或是斩杀这些毒物。有机灵的，便学着纪然之的样子，就近跃上高高的树顶，却仍需与隐藏并缠绕在树枝上的毒蛇纠缠，一招不慎，便也中毒摔落，顷刻间毙了命。

就连纪然之也是面色凝重，把剑舞得密不透风，将毒物挡在一步开外。被他护得严实的蓁蓁俯瞰地面上一干人等的情形，忧心不已，六名影卫也是左右掣肘，难以支撑的模样。

怎么办？这些人不能就这么死去！脑筋飞快转动，目光扫来扫去，触到了她与影卫合力为“万蛊之水”搭建的幕帘！

“影五！‘万蛊之水’！这些毒物都怕‘万蛊之水’——”找到法子的激动让她拔高三个音。

影卫们闻声，反应最快，立刻踩着几人头顶，蹬蹬蹬便冲向不远处的“万蛊之水”，剑锋一划，割开帘子，跳进池中！

其余人也先后回神，争着想要跳进“万蛊之水”。然而池水不足以容纳下这幸存的近百人，他们你拖我拽，相互阻拦，谁都不肯落了后，谁也无法在池中待上太久，就被人拉了出来。为争一条活路，哪怕是同门之间也开始兵戈相向，你死我活。这些不久前口口声声要讨伐魔教，讨伐恶徒，伸张正义的正派人士，在死亡的面前变得卑鄙至极。人性的丑陋在这一刻暴露无遗。

“明明可以相互帮忙的……挤一挤，位置肯定有的啊。”蓁蓁不忍地收回目光，依偎进纪然之怀中。

“也并非所有人都如此。”知她心善，纪然之搂紧她，又泄出一股内力，将毒物震开，“你看，我玄影阁中人就不会，蔺九带来的那帮归心观小道士也不错。”

“嗯……”蓁蓁没有再看，只是双手环住他的腰。睁眼便是肮脏的血污，只有纪然之的怀抱为她留了一方净土。

同室操戈的局面并没有维持太久，也许是由于身为控制者的洛昭晦已然离开一段时间，被哨声刺激、驱使的毒物没了目标，开始失去斗志，再加之对“万蛊之水”的天生畏惧，便开始朝四面退散。可鏖战并未就此休止，没了毒物，正派与玄影阁等人复又对上，从“万蛊之水”的池中一路打到池外。

纪然之带着蓁蓁从帐篷顶上落回地面，为了驱散毒物，他调动太多内力，又是一阵气血翻涌，血沿着唇边还来不及拭去的血线再次滴落。

“你还好吗？”蓁蓁不敢声张，压低声音挡在他面前，以防有正道中人关注过来，发现他的毒其实还未得解。

“无事……”纪然之摆摆手，咽下口中的血腥，“但今日恐怕是无法将这些人全部收服了。得尽快找个法子抽身离开。”

谁知他话音才落，一抹寒光就刺了过去！

居然是蔺九！

蓁蓁被纪然之推到一旁，眼见着蔺九出乎意料地主动杀向纪然之，心中大急：“蔺九，你这是做什么？！”

“他们在觊觎‘万蛊之水’。”蔺九不理蓁蓁，反而在与纪然之剑招的你来我往中，用只有三人能听到的音量快速说着，“方才我在打斗间，听几派的人都在猜测你之所以能击败云鹤，会不会是因为多日占据在‘万蛊之水’中修炼。眼下他们所剩无几，多半也不愿再战，不过是碍于面子，无法停手。你不妨给他们一个停手的理由——”

“哼，都是些小人。”纪然之反手拿剑一挡，拉近与他的距离，“你想到什么理由了？”

蔺九与纪然之左手对掌片刻，却是神不知鬼不觉地将一枚药丸递给了他：“先吃下去。缓解毒性。”说罢，一掌拍在纪然之胸口，替他将瘀滞之血打出。

“呕！”纪然之吐出一口血的同时，以剑撑地，低头迅速将药丸服下，随即挑剑再次攻上前去。

“你挟持我。”蔺九近身，与他装模作样地比划了几下，两人剑锋对撞之间，蔺九手中的道家七星宝剑便脱手而出。

蓁蓁在旁听着看着，一颗心七上八下，也不知蔺九这计划能不能成。

“万一你高看了自己，那些人不顾你死活，恐怕真得命丧我手了。”纪然之顺势将蔺九的右手反剪在后，长剑架上他的脖子。

蔺九只是低笑：“今夜出门前蔺九就为自己算了一卦，卦象不错。”

“那就好。”纪然之挑眉，不再与他低语，用目光示意蓁蓁去到自己身后，这才扬声冲一干正派喊话，“归心观的蔺九已经成了我的手下败将！是杀是放，就看你们了——”

“九师兄！”归心观的小道士们想上前营救，却在看到蔺九脖颈间立刻被划出一道血痕后收住脚，“纪然之，你想做什么？！放了师兄！”

纪然之沉声：“我无意取他性命。只要你们同意就留在这里，让我们玄影阁先行离开蛮荒。等我们出了蛮荒，自然会把他放回来。”顿了顿，他把挑衅的目光投向云鹤：“怎么样？云掌门义薄云天，想来是不会置正道晚辈的生死于不顾吧？”

“咳咳……纪然之，你若敢乱来，我定取你性命！”云鹤先是放了句狠话，转而才对蔺九道，“贤侄莫慌，今日蔺生老兄未至，我自然是要代他保你周全——”说罢，他回身与同来的各派掌事人低声商议起来。

他们把声音压得很低，蓁蓁根本听不清他们在说什么，却眼尖地发觉这几人边说，边频频用眼睛瞄着“万蛊之水”的方向。看来真如蔺九所料，这些人巴不得留在这里，企图用“万蛊之水”修炼神功，日进千里呢。

“纪然之，你不要伤他性命，我们放你们走便是——”几人商量完毕后，还是由云鹤代为喊话，“此处到蛮荒边界，你们轻功疾驰，最多只需半个时辰。再加上蔺九贤侄折返的时间，若一个时辰后他没有安全返回，我等必定追击！”

“呵，我若发觉有人尾随，就只能把蔺九的人头还给你们的！”纪然之也回敬一句。与此同时，玄影阁人与六名影卫已退至他身侧，将他与蓁蓁护在中间。

“走！”纪然之把蔺九一点穴，扔给影五，自己则揽过蓁蓁腰身，回身一踏，振袖而去。影卫与精英弟子也追随其纷纷跃起，扎入林子。

早已将蛮荒的地图烂熟于心，纪然之在林中急速穿梭，让蓁蓁不由想起初遇他那回，也是这般被他搂着以轻功疾行，唯一不同的是，当日她是个头朝下的倒霉蛋，今天却成了被他紧紧护在臂弯里的掌心宝。

人事变化，真是难以预料。

“笑什么？”听到怀中的人儿轻笑出声，纪然之严峻的面色稍松，目视前方问着。

“我不是笑，是气！想起某人当初把我倒吊着虐待！”蓁蓁嗔怒，使坏地在他腰间用力掐了一把。

纪然之吃痛，笑意却染上眉梢，吓唬道：“听起来果然令人怀念。要不要再试试？”

“不要了，不要了……”蓁蓁急忙改掐为摸，想给某人顺毛。

可才摸了两三下，就被纪然之腾出一手，死死按住。只听他咬牙低语，仿佛压抑着什么：“叶蓁蓁，你再乱摸，我不敢保证接下来会发生什么——”

心猛地一悸，听出他话中之意，瞧见他眼底的炽热，她抽回手，僵在他怀里，丁点不敢动了。

看她也知道害怕了，纪然之满意一笑，足下发力，重新专注前路。

蛮荒这一战，从夜阑时分始，搏杀不止，僵持不下，耗时漫长，因此待到纪然之一行抵达蛮荒境外时，启明星竟已缓缓升起。

林道边，还只是蒙蒙亮。纪然之替蔺九解开穴道，顺带瞥了眼他脖子上的剑伤：“刚才对不住了。算我又欠你一个人情。”

“一点小伤。不过你若愿意还人情，蔺九乐意之至。”蔺九满不在乎地抬手拭去颈间血迹，“当下便有个机会让你还。”

“哦？”纪然之略显意外。

蔺九稍敛笑意，沉吟道：“我方才与袭击你们那人交手，发觉他的武功路数十分熟悉，正是当年出现在无涯斋内的那批黑衣杀手的招式。而且，他以哨驱使毒物之法,与那个蒙面的领头人以乐声操纵蛊虫之法,也极其类似。”

“那个人是八方门的门主洛昭晦啊。”蓁蓁忍不住插话，“你怀疑那些杀手是八方门的人？”

“这不太可能。八方门是近十年内才崛起的组织，而无涯斋一役发生在十四年前。”蔺九摇摇头，“我只是认为，这洛昭晦或许是条线索，可以一查。”

纪然之冷哼：“此人就算你不说，我也是要去查的。如今看来，这八方门绝非情报组织这么简单！”

“对啊，那个疯子还说要杀光所有人。今天我们也算是都被他给算计了！”蓁蓁心有余悸地点头附和。

“螳螂捕蝉黄雀在后，让正魔两道皆是有来无回。你不觉得，这手法惊人一致吗？”经她这么一说，蔺九心中若有所感，一脸凝重地看向纪然之。

虽始终不知他们口中的无涯斋一役的详细始末，可几番对话听下来，蓁蓁也在懵懵懂懂之间捕捉到了一丝微妙的讯息。“你的意思是……蛮荒一战，本也就是因为八方门将情报透露出各门派，才会引他们前来。而洛昭晦又一早潜伏在玄影阁内部，伺机而动，给纪然之下毒。只等着今夜双方血战过后，他再最后补刀，把大家一锅端了？”

“补刀？你这说法倒是新鲜。”纪然之按按她的脑袋瓜子，嘴里不忘调侃，目光却出卖了他此刻心头的重重疑虑。

“蔺九正是此意。”蔺九颔首，“师父也曾说过，玄影阁在纪融阁主手中的数十年，固然与正道各派因一些小事摩擦不断，但突然倾全派之力，去诛灭素无瓜葛嫌隙的无涯斋与蛊王谷，却是毫无理由的。”

蓁蓁当真是佩服蔺九的心胸。他与玄影阁与纪融可谓是血海深仇，尽管当日之人皆在那一战中送了命。可玄影阁仍在，纪融之子仍在，且就在面前，蔺九却丝毫没有被仇恨蒙蔽双眼，竟能如此冷静地思考推断。

这一定是蔺生那老道士从小教得好！看来归心观也是个好地方啊！方外之人就是不一样……

也许是察觉到她注视着蔺九的眼光有那么点儿闪闪发亮的向往，纪然之不由吃味儿，面露愠色地将她的下颚捏着转过来，朝向自己。

“喂，你干吗？”蓁蓁抗议。

“我再问你一遍，要和他走吗？”他俯下身，努力控制着手上的力道，不伤了她，对她紧紧逼视，“和蔺九去归心观，从此以后，与世无争，你再也不必面对今夜的这些打打杀杀。不像跟在我的身边。”

他眼中的挣扎与压抑，分明可见。蓁蓁又何尝不知他在想些什么？他想推开她，在看不到的地方保她平安，又想留住她，在触手可及之处给她幸福。

思及此，蓁蓁眼珠一转，心下起意，打算也让他尝尝失落的滋味，便笑吟吟地说：“嗯，归心观确实不错！今天晚膳后那阵子，我看你总想赶我走，连我说要分道扬镳，你都没追上来。于是我就琢磨啊，等出了蛮荒之后，便去投奔蔺九呢！蔺九肯定会收留我的，对吧？”

她说得煞有介事，还特意冲蔺九送了个“秋波”，惹得后者苦笑连连。

“所以，你现在要跟他走？”面对纪然之的质问，蓁蓁不置可否，只是眨眨眼。

“好，好，好……”纪然之眼里的光瞬间熄灭，松开她的下颌，退开一段距离，背转过身，双拳死死攥着，望向天边渐白之处，“我说过的话绝不食言。你和他走吧！”

心知得逞，蓁蓁又给蔺九使了个眼色，吐吐舌头，歉意一笑。蔺九哪有不会意的，当即对她抱拳一礼，悄然离开了。

纪然之等了半晌，都只听到一人渐远的脚步声，不由诧异地回过身——蓁蓁就那么站在原地，唇边是盈盈笑意，一双杏眼中流光溢彩，胜过渐染上天边的朝霞。

“你怎么……”他两三箭步到她跟前。

装作十分遗憾地瞅了眼蔺九原先站着的地方，蓁蓁露出苦恼的神色：“我是挺想和蔺九走的。但是我刚才努力了好久，这腿就是迈不开，你说怎么办？”

“是迈不开，还是不想迈开？”晨雾模糊了纪然之眼底的幽光。

蓁蓁抬眼浅笑：“你说呢？”

下一瞬，她便结结实实地落入了纪然之的怀抱。他撩开她鬓边碎发，几乎要吻上她的耳廓，细细低语：“这是我给你的最后一次选择的机会。既然你还是不想走，那以后若是这腿不听话乱迈，我就做主替你打断了，可好？”

“好……”蓁蓁只得忍辱负重，含泪应下。

果然最毒反派心啊！

第七章 阁主夫人喜当家

人人都说江南好，江南的富庶与繁华，闲暇与安逸，美景与佳人，都令人想要安居于此。

在江南水乡中，有这么一处大山庄，依山而建，因势就形，雕梁画栋，亭台水榭，长廊曲折缦回，园林步步是景，无不彰显着山庄主人的高雅品味与……有钱程度。

蓁蓁端着一盘点心，穿过雕金的抄手回廊，一路上无论是遇见的山庄家仆、影卫还是随从而来的玄影阁精英弟子，对方都会垂首驻足，尊称她一声“夫人”。这样的待遇已经持续将近一月，可偶尔还会让她感到害羞。她怎么也没想到，纪然之的财产如此之多，竟在江南暗中置办了这么一处可观的家业！所以之前一路去蛮荒时，她到底是为什么要替他勤俭节约？

想到这个，她的思绪不禁又飘回到蛮荒那一夜，蔺九离开之后发生的事。

当时除了六名影卫外，还有二十名左右的精英弟子在血战中存活下来，跟着纪然之来到了蛮荒边境地带。

而刚刚威胁过蓁蓁的纪然之，将她放开，无声地踱步到列成一排的弟子处，从他们的跟前走过，仿佛将他们一一审视了一遍。蓁蓁看着这些弟子，动作整齐划一，根本不需要所谓的“向右看齐”，就站成了一条笔直笔直的线。而且个个腰板挺直，垂首而立，连低头的角度都几乎一模一样，就在心中忍不住赞叹他们的训练有素。

“你们都穿着各大门派的衣服，方才又是一场混战。”这时，纪然之慢悠悠地说道，“因此，你们究竟是不是我玄影阁人，我需得验上一验。”

纪然之之所以能杀正派一个措手不及，就是因为用玄影阁弟子假扮了正道弟子，如今正道人士有样学样，也极为可能。毕竟就算是精英弟子，身为阁主的纪然之也不可能全部识得。蓁蓁在一旁听着，点点头，深感他思虑周全。

“你觉得应该怎么验？”就像是后脑勺长了眼睛，纪然之就在她颔首时，扭过头来问她。

开动脑筋思索片刻，蓁蓁鼓着腮帮子摇摇头：“没想到……我又不知道你们玄影阁的人有没有接头暗号或者特殊刺青什么的。”

“不错。我玄影阁人，自入教那日，就会在后背刺上玄鸟图案——”陡然，纪然之眸子一寒，“谁若没有，便是混进来的正派奸细！”

此话一出，一列的精英弟子齐刷刷诧异地抬起头，表情惊讶，只唯一一人调头就跑，慌不择路！

“拿下！”纪然之一声喝令，影一直追上去，从后一个手刀，就将其砍晕过去。

但直到影一把内奸扛回丢在地上，蓁蓁都是一头雾水，不明白为何这个人会逃跑，并且能断定逃跑的人就是混入的内奸。

“我们阁中弟子入教，从来都没有必须刺青一说。若是心中坦荡，我这么说，他们只会觉得奇怪。而真正混进来的家伙，就会信以为真，害怕检验刺青时暴露，索性先行逃走。”纪然之重新站回她身边，解释道。

“阁主英明！”包括影卫在内，其余精英弟子一致齐声称颂。

四两拨千斤，不必大动干戈，就找出了奸细。蓁蓁也不得不承认，纪然之这一招很高明。只是她不解，为何顺利揪出内奸，他的面上却没有过多轻松的神情。

“怎么了？”她担忧地用衣袖替他擦去唇边血迹，“是不是毒？”

“放心。蔺九的药不错，我回去稍作运功逼毒便可。”纪然之握住她的手，很自然地带到唇边落下一吻，“只是这般混入的眼线好抓，无间崖总坛中的各派暗桩却是经年累月渗透而入的，难以拔除干净。始终是眼中钉、肉中刺。”

潜伏在阁中的眼线……那时的蓁蓁脑海中第一个闪过的面容，竟是阿悄。不过仅是猜测，不能说明问题，她不能轻易冤枉了无辜之人。可用什么方法能把总坛内的这些奸细都揪出来呢？

见她冥思苦想起来，纪然之不由好笑：“我不过是说与你听听。若没有主意，也不必勉——”

结果他话还没说完，就被蓁蓁激动地出言打断：“我想到了！”

“什么？”纪然之问得漫不经心，就像只是为捧场而问，并不指望她真能出个好主意。

“喂，你别瞧不起人！”蓁蓁不满地踩他一脚，然后对他勾勾手指，示意他附耳过去，“抓眼线不好抓，但我们可以让他们自己暴露……如果你……那么他们肯定会……只要密切监视，就能……”

与他咬耳朵说了半晌，待纪然之退开身子，蓁蓁成功从他眼中捕捉到了惊喜与激赏之色。

“看不出来，你还真有几分小聪明。”

“那是——”蓁蓁得意地扬起下巴，“还不快躺下？”

于是，在玄影阁六影卫与十几名精英弟子的注视下，纪然之乖乖躺平在地，闭上了眼。接着便见蓁蓁往他身侧一跪，整个人趴到他身上，肩膀剧烈抖动，发出惊天地、泣鬼神的号啕大哭：“哇！纪然之啊！你怎么了？！你怎么能就这么丢下我，丢下玄影阁……你死得好惨啊！这毒太狠了啊——”

林鸟纷纷惊起，魔教教主没能看到转天的日出，就这么“殒命”了……

事情就是这样。为了清理无间崖总坛内的各派眼线，蓁蓁给纪然之出了个主意——假死。纪然之在离开蛮荒，赶回总坛的途中毒发暴毙的消息一经传开，安插在总坛的眼线必然会有所行动，向他们的门派传递讯息，证实纪然之是否确已故亡。而但凡传递消息，必将留下行事的痕迹。如此一来，只要派可信之人暗中监视总坛众人的一举一动，就可把全部暗桩一网打尽！

当然了，既然要假死，便不能再回无间崖。这倒和纪然之此前的安排不谋而合，他之前将然安送到了江南山庄中，他本也就是打算等蛮荒一战结束后，过去陪她几日再回总坛。如今正好就携着蓁蓁一道，当起了江南富商与富商夫人。

“唉，影五，纪然之在哪儿呢？”转过一处阁楼，蓁蓁正好瞧见相熟的影五，便拉住他问道。

“应该在书房吧。”影五一看便知蓁蓁是要去送点心，“阁主……哦不，老爷真是好口福，出了蛮荒还能吃到夫人亲手做的糕点。”

被调侃的蓁蓁瞪他一眼，扭头朝书房方向去了。这些天，富商纪然之带着她与然安四处游赏江南美景，乘兴而往，尽兴而归，几乎让人完全忘却了江湖纷扰。没有刀光剑影，没有尔虞我诈，日子过得惬意无比。

可此生一入江湖，又怎么可能轻易言退，更何况纪然之还肩负着整个玄影阁。

站在书房门外，门是半掩着的，影一正在里头向纪然之汇报这段时间总坛的情况。蓁蓁无意偷听，却还是移不开脚步。

“阁主，叶姑娘的法子果然奏效。这些时日，光是截获的传信白鸽就有十多只。那些放出白鸽的人，都已被我们严密监控起来。从白鸽飞往的方向来看，以云华派与浩气山庄的眼线最多。他们传出去的信件内容我们也都已检查过，没有问题的就送出去，有不妥的便模仿字迹修改过后放出。另外，还有些较为谨慎的线人，不用飞鸽传书，而是借由将消息埋在指定地点的法子，与在外阁扫洒的暗桩里应外合，等其挖出带走。”

“哼，他们倒也颇费心思。”纪然之曲指叩击着书案，从鼻间逸出一声冷哼。

影一继续回禀：“这些线人多年潜伏，普通消息不由他们传递，因此已安插得很深，有的甚至是各长老门下直隶的亲信。若不是您这一假死，他们恐怕也不会急于传递消息，露出马脚。这样的线人，我们已经盯梢住五名，其中一名是……是小姐身边的阿悄姑娘。她应该是浩气山庄的人。”

叩击书案的动作短暂一顿后继续，纪然之转而问道：“无洛，也就是洛昭明的下落，查得如何？”

“暂无头绪。”影一面露愧色，“影八、影九最擅长跟踪探查，属下已经派他们监视八方门及其门主的动向。洛昭晦回去之后，似乎就一直闭门不出在养伤，没有异动。看来蔺九把他伤得不轻。”

“那八方门的底细呢？”叩击声的频率加快。

“八方门的崛起确实有些古怪，像是有一股势力在暗中支持，而且这股势力绝非公门，而是同来自江湖。此人为洛昭晦召集了第一批门徒后，才渐渐隐退。八方门明面上是做情报生意，可暗地里却豢养了一大批杀手，目前还没查清这些杀手存在的目的。”影一把目前搜集到的讯息简单诉说一遍，同时呈上一纸卷轴，“八方门这些年来与各方情报交易的动向与内容，都在这里。几乎各个门派都与八方门有过交易，只有归心观与云华派没有。”

纪然之冷冷地吐出四个字：“欲盖弥彰。”

“阁主的意思是？”影一迟疑。

“集中精力查八方门与云华派是否有秘密来往。”纪然之眸光深邃，“还有，查一查二十几年前，各个门派中有无符合洛昭晦与洛昭明年龄与特征的双生子失踪。尤其是，蛊王谷是否还有旁系，又或者是当初其实有人如蔺九一般幸存之后隐匿了行踪。”

影一皱眉，提出了难处：“蛊王谷当年就避世已久，江湖上与其相关的线报少之又少，要查起来恐怕不容易，需要时间……”

“这十多年都等下来了，不差这几个月，尽力查便是。至于无间崖那边，是时候回去收网了。”纪然之说罢，就挥退了他，“你下去准备准备吧。”

“属下明白。”影一躬身向后退出门去，却撞上了听愣在门口的蓁蓁，一时错愕，“叶姑……夫人。”也许是为了让蓁蓁能暂时忘记江湖的烦恼，纪然之严令所有玄影阁人，当着她的面，都得称呼他们老爷与夫人。

蓁蓁冲他点头算是见礼，进而便听见里头传来纪然之略显疲惫的话音：“阿蓁，进来吧。”自从纪然之“死而复生”后，就对她换了个称呼。阿蓁阿蓁，就像是陈年的蜜，动听极了。哪怕已听了将近一月，有时她还是会在他的温柔低唤中失神。

“你都听见了。”凭纪然之的功力，她在门口驻足的一瞬，便已知晓。

把糕点放在案上，蓁蓁心不在焉地应着：“嗯……”

“过来。”纪然之很自然地敞开怀抱，将她领着坐到腿上，让她依偎着自己。之后他便不再出声，只是有一下没一下地用下颌摩挲着蓁蓁的发顶。

察觉到他的情绪低落，蓁蓁不由抬眸望去，伸手抚上他眉心的“川”字。“你怎么了？拔除总坛眼线的计划不是很顺利吗？”她揣测着他的心思，“至于无洛长老……我相信好人有好报，他不会有事的。咱们继续找，总有一天能把他救出来。而且说不定他自己已经从洛昭晦手中得脱，正在回来找我们的路上了。”

“不是为这些发愁。做任何事情都需要时间，十四年我都等过来了，不差这短短数月。”牵下她的手，纪然之握住没有放开，“只是想到了些往事而已……”

心中一动。蓁蓁在他怀中坐直身子：“往事？”

“嗯。十四年前的许多事情，始终没有机会与你细说。”也许是她一副正襟危坐，准备认真倾听的模样令纪然之忍不住发笑，眼底晦暗散去些许，“想来每次你听我与旁人谈起，都是一头雾水吧。”

“是有点。”蓁蓁挠头。

“其实十四年前，也就是我十一岁那年。遭遇灭顶之灾的江湖门派，除了玄影阁、无涯斋，还有几乎隐居退世的蛊王谷。现如今回溯推测，父亲应该是将倾派之力调往了无涯斋，自己则带亲信前去蛊王谷，两边相继开战。至于当时在无涯斋与蛊王谷这两处战场上，究竟发生了什么，我是全然不知的。”并不意外蓁蓁会露出惊讶之色，纪然之苦笑着继续道，“因为在那之前，我和我母亲已被云鹤囚禁起来。”

蓁蓁抽气，紧张地问：“囚禁？那后来呢？！”

“后来当然是逃出来了。”纪然之曲指一敲她的脑门，故作轻松，“否则现在在你面前的是谁？”

“纪然之……”心疼他。蓁蓁心中只有这个想法，重新把脑袋埋进他的胸膛。

良久，她听到他的悠远到有些虚无缥缈的低沉话音从头顶传来：“其实云鹤说得对。如果不是我，我母亲就不会离开当时玄影阁的总坛，自然也不会被一起掳走。记得那时候是秋天，父亲说去拜访老友，离开几日便回。父亲一走，我便偷溜去了总坛附近的眠山狩猎。冬天马上就要到了，那年一看就会是寒冬，母亲素来畏寒。我就想去猎一只豹子回来，把豹子皮做成大衣给母亲取暖。

“我小时候啊，练功总喜欢偷懒，不管是武艺还是骑射，都真是挺不济的。一人一马一弓，我在眠山中转到了黄昏，几次瞧见了豹影，搭弓拉弦射去，却都叫它跑了。后来我实在有些累了，下马靠着树坐下，打算休息一会儿。可这一休息，就睡了过去，一直睡到翌日天亮。”

发现他停下来了，蓁蓁就主动问：“那你母亲发现你不见了，一定急坏了吧？”

“呵，她大概急着想把我按在长凳上好好揍一顿吧。我从小就爱偷溜出去，每次都是她提着鞭子，带着人把我给抓了回去。其实我母亲啊，原本也是个正道的侠女，自小和浩气山庄现下的那个庄主郑金丰定的娃娃亲，只是后来闯荡江湖时与父亲一见钟情，就跑来当了人人口中魔教教主的夫人——”也许是经年岁月恍惚了笑意，纪然之的星眸蒙上雾气，“这事儿，还是我九岁生辰那年，父母都喝醉了，一人一句与我说起的。他们都说，是对方先动的情，然后死缠烂打……”

“以后出去不准乱说。肯定是你先死缠烂打我的！”蓁蓁搂紧他。

纪然之失笑着应下：“好。”

“那你母亲找到你了吗？”她又轻声问。

“找到了，但我希望她没有找到……”纪然之眼底尽是苦寒。

他永远都忘不掉，母亲才找到他，还没来得及说上一句话，十几名黑衣杀手便从天而降，为首的一人面上有一道醒目的鞭伤。他们并未蒙面，显然是有恃无恐，个个训练有素、身手矫捷，出其不意，一击斩杀了随母亲出行的几名玄影阁弟子。他手中握着剑，却一点儿忙也帮不上。母亲带他杀出重围，手臂上、腿上都豁出了好几道血口子。她一个人拉着他跑啊跑，跑了好久，身后是遮天蔽日的箭雨与逐渐逼近的黑衣人……

“黑衣人很快追上了我们。母亲回身迎战，想让我先走。可我不争气，才跑了几步，脚下一滑，滚落山坡。在失去意识之前，我听到母亲在喊我，还听到有一个男人说了一句——留活口。这个男人的声音我这辈子都不会听错，就是云鹤！”就像经历了一场噩梦，纪然之的额上竟渗出薄汗，“再醒来，我与母亲已经被云鹤关在了一处不知名的小院中。我们贴身的信物被取走，又被喂下奇毒‘百日疮’，严加看管。母亲告诉我，一定是有人想拿我们母子的性命去威胁父亲。母亲的性子素来刚烈，几次尝试逃跑，一旦被抓回来，云鹤就让人毒打我，打到母亲再也不敢逃为止。”

蓁蓁咬牙：“他怎么能这样？！”

“大约被关了半个月，我与母亲全然不知道外边发生了什么。唯一让母亲既喜又悲的便是，她发现自己怀上然安已近两月。我有妹妹了，可我害得妹妹还未出生便身陷险境……”后来发生的事情，纪然之可能不愿再多去回忆，说得又快又急，轻描淡写的三言两语却犹如千斤重，压得蓁蓁喘不过气来。

得逞的云鹤准备杀人灭口，却有一名年轻妇人提前到来通风报信，放走他们。她说纪融已死，云鹤的人很快就要来送他们母子上路。那妇人带来了“百日疮”的解药，世上的唯一的一颗解药。纪母以死相逼，让纪然之服下。两人逃走的路上，遇到了纪融的亲信——玄影阁左护法。左护法奉纪融密令带人前来相救，与云鹤派来追杀的杀手相遇。左护法以命断后，终是将两人送回玄影阁的秘密分坛无间崖。纪母身上的奇毒“百日疮”未解，遍寻名医，也不过是暂时续命，每隔百日便要受一次毒疮发作的煎熬。可她强撑着一口气，硬是诞下了女儿后才油尽灯枯而亡。然安继承了母亲的美貌，却也继续承担着母亲所受的苦楚，被这如附骨之疽的疮毒折磨着……

“父亲给我留了一封信。左护法临死之际交给我时，已被他的鲜血浸透，内容难辨。只是不知为何，我反而有些庆幸，也许是我害怕父亲会在信中说起他对我的失望吧……”纪然之深吸一口气，艰难却又坚定地把自己从往事的阴霾中抽离，“所以我小心谨慎地蛰伏在无间崖，韬光养晦，一边重新壮大玄影阁的势力，一面等待时机向云鹤，向云华派，向那些道貌岸然的所谓正派复仇。”

说到这儿，他话锋一转，眉目间风云聚集："只是父亲攻打两派、云鹤掳走我与母亲这两桩事，当日看来只是巧合。可如今经蔺九一提，发现竟还有人似在其中渔翁得利。我才开始怀疑，这世上哪有如此巧合之事？"

"不是巧合？"蓁蓁从他怀中退出来，只觉人心鬼蜮，令人后脊发凉，"你是说，很可能是那批黑衣人在背后操纵一切？你怀疑是八方门？"只是八方门崛起的时间，距离十四年前又好似隔得久了些……难道说早在十四年前八方门就秘密存在，只是大家并不知晓而已？

"不谈这个了。"她的心惊与排斥都落在纪然之的眼里，他便转而道，"你刚才也听到了，我要回无间崖了。你和然安就安心留在这山庄里，我会留下与你最为相熟的影五与影七保护你们。不过目前这座庄子和我这个富商的假身份，哪怕在八方门那儿应该都还是秘密，也不需要太担心。"

"不行！"蓁蓁腾地起身，坚绝不同意，"然安留下，我要跟你一道回去！"

"江南四季之景各不同，可游玩之处也还颇多。"纪然之耐着性子，循循善诱，"总比回了阁中，只能闷在无间崖里好吧？我记得你那日初来山庄，就是一副赖着不想走的样子，还说这庄子美极了，住一辈子都不会腻。"

"这山庄是好，是可以住一辈子，但前提是你也在！"蓁蓁认真的目光在他清冷孤绝的面容上久久徘徊，仿佛描摹百遍也不餍足，"我既然陪你入了这江湖，你一天不离开，我也不会逃避。等你的心愿全都完成了，上一辈的恩恩怨怨渐渐远去，江湖再无杀戮，我们再一起回到这里，住到青丝变白发的那一日……"

纪然之目光一暗，将她重新揽进怀中，力道之大，让蓁蓁吓了一跳。

"阿蓁，说过的话要算数。"他埋首在她的颈间，声音闷闷的。

"当然算数，我永远不会让你孤军奋战的……"这个叱咤江湖、杀伐决断的男人，在这一刻是孤独的、无助的，甚至脆弱的。蓁蓁除了同样用力地伸手回抱住他，别的什么都做不了，也不需要做。

因为她知道，一旦踏出这个房间，他就还是那个在蛮荒一战成名、重伤正道统领云鹤、不论武艺还是手段都足以傲视群雄的玄影阁阁主——纪然之！

时光推移到两旬过后，玄影阁中，蓁蓁已住进了纪然之所在的长天楼。长天楼在阁内各建筑中最为高耸，屹立中心，站在最高层，便可俯瞰整个阁内的情形。

纪然之把她的房间安排在他卧房的正下方，美其名曰，若她有难，他只消从窗户直接翻下来便可赶到营救。虽然这个说法总让蓁蓁感到有哪里不对，可当时又没能说上来，只得接受了他的提议。可很快她就后悔了，但凡白日里与他有一言不合，纪然之这厮就夜里翻窗吓人，伺机报复！

真不知道他怎么会有这么幼稚的一面……

但蓁蓁很开心。只因他冷着脸的时间越来越少，眉梢眼底的笑意渐染渐浓。

当然，这仅止于在蓁蓁面前。纪然之比蓁蓁提前一晚抵达，当夜就用雷霆手段将已经暴露的眼线一网打尽，全部关押进地牢，严刑拷打。地牢距离长天楼虽远，可蓁蓁总闲不住，爱在阁内四处走动，难免途经附近。所以纪然之特地下令，必须堵嘴再打，绝不能让这些人的惨叫声传进她的耳朵。

由是，全阁上下，无人不知，无人不晓，纪然之有多么重视这次带回来的这位姑娘，是留在总坛怕闷坏了她，带出无间崖走走又担心累着她……阁中弟子谁不是把她尊为阁主夫人来对待，茶余饭后，更是暗中猜测，阁主打算何时操办喜事。

不过作为当事人的叶蓁蓁可没想到成亲那么远，她最近满脑子惦记的都是，七夕节近在眼前了！

“纪然之，纪然之！我看杜长老对他妻子真好。前几天出总坛，就从镇上的翠微居打包了好多杜夫人最喜欢吃的糕点——”七夕前十日，叶蓁蓁冲进某人书房。

纪然之当时正在翻看线报，心不在焉地点点头，过后却将翠微居的糕点师傅“请”了回来，每天变着花样专给蓁蓁做糕点吃。蓁蓁吃了几天，牙都快甜坏了，于是哭丧着脸，把这位师傅转送给了杜夫人。

“纪然之，纪然之！我发现影六居然喜欢影七唉！他还偷偷问我，要怎么才能准备个惊喜给她，向她表明心意。我说九十九朵玫瑰就不错——”七夕前六日，叶蓁蓁又冲进某人卧房。

纪然之当时正在闭目小憩，被摇醒过后只“哦”了一声，便说玄影阁内并未规定教徒不得相恋，这桩撮合姻缘的美事，她尽可以放手去做。蓁蓁只得陪影六摘了好几天的花，摘得腰酸背痛。听说最后花还没送到远在江南保护然安的影七手里，就枯了。

“纪然之，纪然之！我听说无间崖附近的镇子上有个月老庙，可灵了！我们要不要一起去啊？”七夕前三日，叶蓁蓁再次冲进某人的练功房。

纪然之当时正在勤习剑法，一心研究剑招走势，可谓“目中无人”，恐怕刀剑无眼伤了她，当下便喊来影一陪她去月老庙走一趟。旁人都是与恋人同去的月老庙，蓁蓁却是在影一的“监视”下把姻缘牌挂在了姻缘树上，还得贿赂影一不与纪然之告发自己。

因为那姻缘牌上写的是——大白痴纪然之。

她千方百计地暗示他七夕节将至，学学别人，玩玩浪漫，谁料这家伙竟是一副浑然不明她用意的模样！不是大白痴，又是什么？

从月老庙回来后，蓁蓁就彻底放弃能与纪然之过个甜蜜情人节的幻想了，把自己闷在屋里，赌气不理他。他倒好，索性夜里也不翻窗来逗她了，整天不见人影。直到七夕节的前一天，蓁蓁才又忍不住去找他，但不是为了过节的事儿。没办法，她一静下来就惦记他，惦记他最近忙不忙，累不累……万一是遇到烦心事了呢？

“影一，纪然之去哪儿了？”人不在书房，也不在练功房，更不在卧房。

影一吞吞吐吐：“嗯……这个，阁主他应该……”

“应该什么啊？”蓁蓁追问。

“属下看到阁主早晨就出了无间崖，也不知他是去做什么，什么时候回来……”影一低头抱拳，“姑娘莫要为难属下……”

“好吧，好吧。”蓁蓁最见不得人为难，当即挥挥手让他忙自个儿的去了。

神神秘秘的。她眯起眼，直觉影一连离开的背影都透着股心虚的味道。

不，他肯定知道什么！不过以她的身手，想跟踪影一而不被发现是不太可能的，只能走迂回路线了。

于是接下来的一路，蓁蓁机智地通过拉住沿途遇到的阁中弟子询问影一的行踪，还真顺藤摸瓜，找到了一处不起眼的小院。院中杂草丛生，怎么看都不像是有人住的。

小心地躲在不远处的假山后，蓁蓁看着影一的衣袂消失在院中屋内，没过一会儿又匆忙出来，离开了。他来这种地方做什么？屋里有什么人吗？好奇心驱使着蓁蓁，她猫起腰，屏住呼吸，悄悄靠近。

学着古装剧里的法子，她蹲到窗下，贼头贼脑地左右瞅了瞅，才趴上窗台，拿食指捅破了窗户纸，左眼一闭，把右眼凑近小小的洞口，往里头瞧去——

一个略显面熟的女人躺在床上，脸色有些苍白。

而她的床榻边，站着一个蓁蓁再熟悉不过的男人。

女人从榻上撑起身后，蓁蓁才完全看清其侧脸——不是别人，正是已经暴露眼线身份的阿悄！蓁蓁表面上不管阁中事务，但纪然之把所有眼线都关在地牢中拷打审问，她是知道的。为了保护玄影阁上下的安危，有些非常手段不得不用，她不能苟同却也没有理由反对，便全当不知。

可阿悄又怎会在此呢？蓁蓁敏感地记起，当时影一汇报出阿悄名字的那一下，纪然之叩击书案的动作有过短暂的暂停。继而又想到无洛向她提到过的，阿悄的来历。

“我进玄影阁时，阿悄就已在然安身旁照料，这么多年，倒也无甚错处。听闻她是当初卖身葬父，被阁主买回来的。起先她在阁主身边伺候，阁主见她心细，便派她去照顾然安……”

这几句话反复在蓁蓁脑海中回荡，以至于她在恍惚中并没有把屋内两人的对话听进去。待到她回神时，看到的便是阿悄对纪然之虚弱地一笑，勾了勾手。

那模样，蓁蓁看了都得起意怜惜。

于是她瞪大眼睛，看着纪然之没有犹豫地靠近，再靠近，俯下身，任由阿悄用消瘦的双臂圈住他的脖子，并以此为借力，慢慢凑到他耳边：“然之，我早就想这样靠近你，早就想——”

说时迟那时快，阿悄口中吐出一根银针，直刺向纪然之颈上致命的人迎穴。

“呃！”然而倒下的并非纪然之，而是阿悄。

她面上的神色定格在死亡前一刻的惊惧，向后跌下，脑袋重重地撞在冰冷的地上。可她已经感受不到疼痛，就在她准备刺杀时，纪然之就连眼都没斜，左手如电，瞬间死死卡住她的咽喉，用力一拧，便将她的脖子咔嚓一声扭断了！

整整衣袖，纪然之步出房门，转身，走到呆在原地的蓁蓁跟前，笑得云淡风轻：“走吧。”

“你也不用这样吧……”蓁蓁的眼力远不如习武之人，压根没瞧见阿悄当时口吐银针。只当她是突然凑过去想吻纪然之，“虽然如果她真的亲到你，我会吃醋，但是……你也不用直接就……杀了她吧……”

“吻我？用这个？”纪然之把夹在指间的银针亮出来。

蓁蓁一阵发懵。亏她方才还脑补了一出大戏：苦命女卖身葬父，却与其健在的家人一道落入浩气山庄魔爪。苦命女被迫做了线人，被送至纪然之身边，在朝夕相对中，渐渐恋上他。奈何家人仍在浩气山庄手中，只得两头周旋，苦不堪言。其曾多番对纪然之表白爱意都惨遭拒绝，如今身份又暴露，但求与爱的人再独处片刻……

难道全都想错了？

“在想什么？”不知何时，纪然之已丢了那银针，抬手替她理起因偷窥而略显凌乱的鬓发。

“我原本还以为……”蓁蓁不敢瞧他，垂眸嗫嚅着，“阿悄跟在你身边这么多年，就爱上了你……而你对她也还是念一份情的，才把她安排在这里，单独见面……”

闻言，纪然之先是一怔，随即开怀大笑起来：“哈哈哈——”

“你就别笑了！”蓁蓁扑上去，捂住他的嘴，又急又气，“七夕前一天你不陪我，却悄悄来这里，你还不许我有点什么想法啊！”

纪然之挑眉，牵开她的手：“悄悄？”

“是啊！我之前找不到你，问影一你去哪儿了，他就一脸做贼心虚的模样，骗我说你出无间崖了！”蓁蓁横眉怒视，“鬼鬼祟祟。不是悄悄，是什么？！”

“是她提出有重要的情报，但只告诉我一个人。而且她不肯在地牢中告诉我，要我安排一处偏僻的厢房，单独见面。”纪然之的解释没有半点的拖泥带水，“我倒要看看她想耍什么花招，就按照她的要求做了。却原来也不过如此。至于出无间崖，却有其事，我早晨出去了一趟。影一的态度为何奇怪，我就不得而知了。”

“就这样？”蓁蓁斜眼睨他，总觉得这对主仆还有什么瞒着她。

纪然之神色坦然地颔首：“你也知道，我近来都在忙从眼线口中撬出各派是否有所筹谋或是陈年辛密。其他的，没有心思多想。”

这个理由果然有说服力。蓁蓁失落地应了声，这意味着，他也没时间多想她。

“蹲着偷看那么久，腿麻不麻？”正不知该接什么话，她又听到纪然之突然问。

她完全没会意地抬抬腿，还很灵活地向前踢了一下：“还好吧。”

纪然之无奈苦笑：“这种时候，你应该给我一个表现的机会。”说罢，他立马弯腰，长臂穿过她膝下，将她打横抱起来。

懊恼地把脸埋进他的胸膛，蓁蓁暗骂自己怎么会比纪然之还不解风情！这种情况下的标准动作，不应该是假装双腿失去知觉，然后一个趔趄直接跌进对方怀里吗？！亏她还嫌弃纪然之对七夕节的暗示无动于衷，是个榆木脑袋呢！

唉，果然是和这种满脑子都只有振兴玄影阁大业的家伙待久了，连恋爱情商都被一起拉低了吗？被纪然之抱回卧房的一路，她都在“面壁思过”，自我检讨，以至于没能发现，纪然之眼底那一抹蒙混过关、如释重负的笑意……

又是一整日相安无事，七夕当日的玄影阁无甚不同，弟子们与影卫们都是各忙各的，杜长老和她的夫人关起门来过小日子。至于纪然之，大概是沉迷地牢，无法自拔吧……

用过晚膳后，蓁蓁照例出屋散步，抬头望着星斗如珠，又想起了在花朝镇那一夜看到的烟火，和烟火下与自己相伴的那个人。她伸手摸了摸鬓间的狗尾巴花簪子。其实在江南，纪然之又给她买了许多簪子，但来来回回戴着，却总是偏爱最初的这一支。

在月下伫立许久，蓁蓁心中仍有失落，却看开不少。她爱上他时，不就是那冷口冷面，打击人和气死人不偿命的模样？更何况，纪然之每一天都在尽其所能地用心对她好，她真真切切地能感受到。桌上的每一样菜都是她爱吃的，有意无意提到的小玩意儿转日就会出现在她的屋里，她不喜欢杀戮他就格外留心的不在她面前提起，也不让旁人提起……

相比起来，或许她为他做的，反而太少了。

想到这里，蓁蓁突然转身，朝自己卧房跑去。之前她为什么总想着等纪然之筹备这个七夕呢？她也可以给他一个惊喜啊！虽然现在距离七夕过去只剩下短短几个时辰，但应该还来得及做点什么——

编个同心结剑穗？这种小手工她最拿手，应该不难。可转念一想，又担心挂上剑穗会不会反而累赘，影响纪然之运剑？不如做个荷包？但纪然之好像没有佩戴荷包的习惯，看起来娘里娘气的。想弄个实用的护心镜吧，可她貌似没这个材料与手艺……

奔回去的一路，无数个点子冒出来，又都被蓁蓁自己逐个给否定了，导致房门就在眼前，她却还没打定主意。

“大不了,写封肉麻点的情书吧……”推开门之前,她是这么对自己说的。

然而，当房门打开，目光无意间落在榻上时，她的呼吸一窒——

自己那从来都是懒得整理，被褥凌乱的床榻有些蹊跷啊。不但被褥铺得整整齐齐，上边还静静地摆着一套华美无比的凤冠霞帔！

凤冠上宝珠成坠，雕镂的五彩雉鸟栩栩如生，金凤更是展翅欲飞。霞帔色调明艳，大红的底子上用金线绣着云霞鸳鸯纹，寓意夫妻鹣鲽情深。

这是哪儿来的？蓁蓁一面问自己，一面却已有了一个大胆的猜想。

身后，属于烟花绽放的鸣声突如其来。她一震，惊喜地转身，在廊下仰头上望，各色焰火在夜幕中燃烧，光彩夺目，照亮了整个苍穹。它们或是交叠，或是相错，绚烂迷离。一霎的花火后，细碎的火星儿纷纷而落，宛若琴曲过后依旧悦耳的余韵。

手不期然地被温热宽厚的人掌包裹住，身旁多了个高大伟岸的身影，与她并肩而立。时光在这一刻静止，然后倒流。她还是那个会趁着别人都在看烟火时，偷瞟一眼纪然之的叶蓁蓁。

“屋顶上看烟火更美，要上去吗？”纪然之察觉到了她那傻愣愣又直勾勾的眼神，唇角一勾。

“啊……好啊。”

回应的话音未落，蓁蓁已踩在屋顶的瓦片上，瑟瑟发抖。

她确定自己不恐高，可站在这么高的阁楼顶上，瓦片看起来不是那么牢固，这顶儿又是斜的，不会轻功的人当真是怕一头栽下去小命玩完啊！

“纪、纪然之，不如我们还是下去吧？”她咽咽口水，死死揪着他的衣袖，提议，“我发现这儿看烟火反而要费力把头抬得特别高……”

可纪然之的回答却让她在心中吐血三声：“那岂不是更好？看烟火费劲，你就可以光明正大看我了。”

“我不要看你啦！我要下去！”

“阿蓁，我有话对你说。”纪然之对她的抗议充耳不闻，兀自道。

听出他话里的郑重意味，蓁蓁只好强压下想立刻回到地面的念头，一脸认真地冲他点点头：“你说吧……”

纪然之洒然一笑，没有立即开口，而是一根根指头的，把蓁蓁那紧拽在自己袖上的两只爪子掰开来，只用一手，握住她的右手手腕，接着退开来，一步，两步，三步，站定。

现在，蓁蓁在屋顶上唯一能保持平衡的支撑就只有纪然之的右手了！

她用双手牢牢握住他，在此起彼伏的烟火声中拔高音量：“你、你退那么远做什么？！你过来啊！”仅仅靠握住的手，她并不敢迈步走向他，只能僵在原地。

很巧的是，在她喊完这句话后，烟火停止了。取而代之的是纪然之的一声清啸，传遍整个玄影阁。

凭蓁蓁那并不真实存在的全靠电视剧里学来的江湖经验，她认为这啸声是一种集合令。

果不其然，她大着胆子俯视，小小的黑点从阁内的四面八方汇聚而来，人头攒动，最终有序地排列在长天楼前的空地上。不必仔细瞧也能猜到，这些都是玄影阁的弟子。

大晚上的，如此兴师动众，纪然之究竟想做什么呢？脑海中闪过榻上的凤冠霞帔，蓁蓁忐忑又期待地把视线落到纪然之身上，希望自己这次猜对了剧情！

她凝视着他的薄唇上下相碰，一字一句，犹如天籁。

“叶蓁蓁，嫁给我，好吗？”

蓁蓁几乎整个人都飘飘然起来，正准备气沉丹田，响亮地答出一个“好”字，却听到对面的某人又补充了一句：“我数十声，如果你不答应，我可就放手了。”

什么？！他这是求婚还是逼婚啊？！

那个充满幸福甜蜜的“好”字卡在了喉咙口，咳不出来又咽不下去……

“嫁给阁主！嫁给阁主！嫁给阁主——”底下的玄影阁众弟子见状开始起哄。

声浪一波高过一波，淹没了纪然之的数数声。如果不是近距离，能看到他的嘴型，蓁蓁还真不知道他数到几了。

“五、六、七……”

看着纪然之唇边那志在必得的恶劣笑容，蓁蓁心里头就大为不爽。答应嫁给他，是肯定的。可是断不能助长他的嚣张气焰！

于是在纪然之数到“九”的那一刹那，阁中弟子们都哑了，被阁楼顶上发生的一幕惊呆了——未来的阁主夫人奋起反扑，直接把他们的阁主大人扑倒在了身下，还骑在阁主身上大放厥词说什么要“当家作主”……

众弟子没了看热闹的心情，各个神色凝重。因为他们要认真盘算一下，等会儿要用什么姿势才能正确接住被阁主一怒之下掀下阁楼的未来阁主夫人。

阁楼下，每个人都铆足干劲，蓄势待发，跃跃欲试。

而阁楼上，蓁蓁还在眉眼生动地絮絮叨叨，掰着指头把她肚子里那些专门用来气纪然之的歪理全倒了出来："你的武功比我高，所以我的钱得比你多。以后你不许藏私房钱。还有，成亲以后我不要求你做到言听计从吧，但至少也要百依百顺。这两者听起来没什么区别，实际上也确实没有区别。对了，还有……"

"好。"

某人只一个字，就让蓁蓁傻眼了。

有风吹来，把纪然之这个灌注内力，说得铿锵有力的"好"字，传得很远很远，甚至还在山崖间产生了回响。

所有人都听见了，阁内弟子难掩失望之色，救下未来阁主夫人的大功一件没了。

"我、我刚才……"蓁蓁噎住半晌，才结结巴巴解释了一句，"我都是开玩笑的！"

"那又怎样？这些'玩笑'，我陪你开一辈子。"纪然之挑眉，一脸理所应当。有些人不说情话则已，一说简直是一鸣惊人啊！

啪嗒，啪嗒……泪水砸在他的前襟上，晕开唯美的泪花。

蓁蓁像个犯了错的孩子，埋着头："对不起……"想说的话有千句万句，可却偏偏嘴拙，只有这一句歉意。她很想说感动，很想说爱他，却又不知如何启齿。

"怎么突然说这个？"纪然之轻笑，不以为意。

"七夕节，我都没给你准备礼物……"蓁蓁吸了吸鼻子。

纪然之眼里的光芒灼热，有什么情绪在翻涌："现在送也还来得及。"

此情此景，蓁蓁哪有不明白他言下之意的？左右这次是欠他的，于是她一咬牙，一闭眼，缓缓倾身下去……

也许是等得太焦急，她才俯身四十五度角，纪然之的大掌就绕到她的后脑勺，将她用力一带，迫得她完全趴在了他身上。

瞳中倒映出的蓁蓁羞怯难安。纪然之笑意温存，腾出一手，与她十指相扣："你就是最好的礼物……"

以吻封缄，发丝交缠。尘世纷杂褪去，天地间只剩下彼此的温度与呼吸，动了情，也丢了心。

良久，屋顶上的两人终于分开，阁楼下的弟子们不约而同地再次齐声呼喊："恭喜阁主与夫人！恭喜阁主与夫人——"

在祝福声中，还找不回力气的蓁蓁只能半依偎在纪然之的臂弯里微喘。但很快，她又想到一个问题，感到十分委屈："既然你打算过七夕，那为什么不和我去月老庙啊？"

"我纪然之的姻缘又岂能由别人说了算？"纪然之眯起眼，拿出了霸道反派的本色，"月老若敢老眼昏花给你牵错了线，就得仔细他的脖子。"

"……哦。"

想到自己一时吃了熊心豹子胆，挂在姻缘树下的那块姻缘牌，蓁蓁摸了摸自己的脖子，祈祷他还是这辈子都别去月老庙吧……

第八章 再见无洛人事非

阁主大婚，是这些年来玄影阁的头等大事与喜事。

其实早在暗中准备凤冠霞帔的同时，纪然之就已差人谨慎物色了老实可靠的喜娘，带回阁中，以备成亲之礼。蓁蓁不记得自己的身世，没有娘家，也就省去了彩礼、回礼之类的琐事，唯一需要做的，就是把玄影阁上下布置得热闹喜庆些。

在这件事上，蓁蓁得了纪然之的首肯，任她为所欲为，于是便亲自督办——大红灯笼高高挂，双喜临门处处贴。这双喜临门的剪纸窗花，每一张都是蓁蓁自个儿剪出来的，从不假他人之手。由于婚期近在眼前，她时常会熬上一夜地剪。纪然之看不下去她劳累，命影五去附近镇子里买了许多回来贴，却都被蓁蓁偷偷撕掉，又换上了自己新剪的！

这些亲手剪的窗花，没由来让她感到踏实。每剪一刀，蓁蓁都会虔诚地许一个愿望，希望纪然之平安，希望她和他能当一辈子的“冤家”，希望然安能健健康康的，还希望一家人早点在江南的山庄团聚，在一起高高兴兴的……

她的大婚，然安不能参加，心中不是没有遗憾。可蓁蓁也晓得，把然安千里迢迢从江南接来，一路上要冒的风险太大。纪然之为此还特意答应她，等一切都结束后，回到山庄，还补办个有然安参加的婚礼给她。也许是为让她开怀，他还神神秘秘地告诉她，婚后不久，还会送给她一份大礼。

蓁蓁觉得那句话应该倒过来说：得夫如此，妻复何求。

只是随着吉日将近，蓁蓁心里头开始忧虑另外一件事。她和纪然之就要成婚了，有些事情不能再瞒着他了。比如那回被抓去水月宫时，从水雨姐妹对话中得知的，自己好似是谁的私生女之事。

但不管怎么说，私生女都是件不太光彩的事儿。蓁蓁琢磨好几天，应该怎么对纪然之开这个口。然而她自己对身世一无所知，好像怎么也说不明白……

就这么纠结到了大婚前一晚，蓁蓁才下定决心不管能不能说清楚，都要先讲出来。谁知才出房门，与喜娘一说是要去找纪然之，就被一通数落，给推回屋里，赶上了榻。

“大婚之前新娘与新郎不能见面！不吉利！姑娘还是早些休息吧，再忍忍，明天就大礼了。以后的日子天天见呢——”

如此一来，蓁蓁也只好作罢，打算等明日拜完堂再说。喜娘出了屋，但好像就守在隔壁，蓁蓁盯着天顶，又等了好一会儿，才确定纪然之大约不会翻窗来找自己了，才阖眸睡去。

在梦里，她梦见天才蒙蒙亮，自己就被喜娘拽起来沐浴、梳洗、更衣……

“姑娘您可得醒醒啊！这打着瞌睡怎么拜堂啊？！”

发丝被扯到，坐在鸾镜前的蓁蓁浑身一个激灵，骤然清醒过来：“什么？！要拜堂了？！”

“老身做了这么多年喜娘，哪个新娘子不是兴奋地睡不着觉，眼巴巴盼着老身来给她梳洗打扮。”原来是喜娘正在给她戴凤冠，她总是瞌睡，脑袋一点一点的，才勾了发，“姑娘您这样的还真是头一遭，从起榻开始就没睁过眼！姑娘您不会不想嫁吧？”

原来不是梦啊……蓁蓁讪笑着道歉，之后都乖乖配合喜娘，才勉强成为了喜娘眼里一个正常想嫁的新娘。

炮竹声与锣鼓声震天，昭示着吉时已到。蓁蓁被盖上纱盖头，在喜娘的搀扶下走出房门，下了楼。轿夫都是阁中弟子充当，他们压轿，等着蓁蓁坐稳，再起轿，绕着玄影阁走上一圈，才在喜堂前停下，算作是把新娘子从娘家接到夫家了。

这还是蓁蓁第一次坐轿子，似乎没有想象中那么颠来颠去的。可能是轿夫都会武功、下盘稳的关系吧。

轿帘被风鼓起，一只她再熟悉不过的大掌伸了进来，掌心向上，做出邀请。

也许是太过激动，蓁蓁感到一阵眩晕与心悸，没能立刻将手交给纪然之。

“新娘子？”喜娘以为她是又睡着了，忙不迭出声提醒，“新郎来迎你了！”

天旋地转之感转瞬即逝，蓁蓁努力将视线重新聚焦，准确地抬手搭上他的。他用力一握，将她从轿中带了出来。

“新郎新娘过火盆喽——”

虹裳霞帔步摇冠，钿璎累累佩珊珊。

适才的不适，让蓁蓁的手发凉，唯有寄托在纪然之温暖的掌中，才不觉冰冷。

纪然之耐心地引着她一步步往里走，跨过火盆，在众人祝福的目光下，来到行拜礼的喜堂。

一对新人均可以算是无父无母，便由杜长老夫妇坐了高堂之位受礼。

“一拜天地——”

“二拜高堂——”

这一下起身，蓁蓁眼前又是一阵发昏，膝盖一软。

“怎么了？”纪然之低声关切，不着痕迹地托起她的胳膊，助她站起。

心脏在胸腔里肆无忌惮地叫嚣，蓁蓁抿唇，只是摇摇头。这个拜礼她说什么也要坚持完成。

“夫妻对拜——”

艰难地转过身，与纪然之面对面，然后弯腰，虔心下拜。

“礼成！”

听到喜娘宣布礼成的瞬间，蓁蓁浑身一松，启唇想吐出一口浊气，却是一股血腥强涌而出：“唔……”

"阿蓁？！"

迷离之间，她落入了纪然之坚实的怀抱，好像是呕出的血弄脏了他的衣襟。最终停留在她意识中的颜色，就是喜服上那一片触目惊心的殷红。

"愣着做什么！快去找大夫——"

床榻边似乎有人影在来回晃动，进进出出的全是脚步声。蓁蓁暂时还没力气睁眼，只是感到手腕处断断续续有指搭上，触感皆不同，想必是纪然之请了不止一名大夫在给自己诊脉。她心中满是懊恼，很想问一句现在是什么时辰了，他们的洞房花烛夜是不是被她给搞砸了。可顷刻间，倦意裹挟着黑暗再次来袭，她又陷入了昏迷……

纪然之并不知榻上的人儿曾短暂地找回过意识，只是在五名大夫都把脉完毕后，坐回床榻边，帮蓁蓁将手重新放回被中掩好，并沉声问道："她怎么样？"

"这……"几名大夫面面相觑。

"尽管说。"纪然之揉着眉心。

其中一名最为年长，发已花白的大夫上前半步，躬身作揖："这位姑娘她……她的脉象初时摸上去似乎很乱。可仔细一诊，又并无任何异常，甚至还比常人脉力更强……更、更为康健……"

老郎中说到最后，竟是前臂都快碰到了地上，腰弯得极低。因为纪然之身上散发出的压迫感太强，让他甚至难以发出自己的声音。

"所以你的意思是，"纪然之的话音喜怒难辨，看起来只是在十分虚心地询问，"我夫人没得任何病，却吐血昏迷了？"

"我、我们确实都诊不出她有什么病症……"另外一名年轻点的大夫，大着胆子回应，双目却被寒光一刺，"啊"的一声，披头散发地朝后跌坐在地。

原来是纪然之起身，一把抽出一旁影五身上的佩剑，将那名大夫的玉冠直接削下！

他握着剑的右手手背上青筋暴起，任谁都看得出其怒不可遏。这怒气再盛一分，恐怕就要见血了！

“公子饶命！”其他大夫见状纷纷扑通跪倒，匍匐在地，哆哆嗦嗦地告罪，“是我等才疏学浅，医术不精……公子不、不如早些另请高明，以免耽误了夫人病情！”

“滚——”纪然之怒吼着，把剑狠狠摔到地上。

如获大赦，五人相互扶持着起身，跌跌撞撞，近乎是夺门而逃。

“阁主，是属下办事不力，愿领责罚！但在那之前，请让属下再去更大的镇子里寻更好的大夫来——”影五单膝跪地，向纪然之请罪。

没了发泄的对象，纪然之如同突然失去力气般，疲惫地往后退一步，坐回床榻边。“这些大夫多半无用……”他闭着眼说完，又想到什么似的，猛地睁眼，“洛昭明，一定要想办法把洛昭明找回来！去把影一叫来！”

“是！”

影五才起身要走，正巧影一就出现在了房门口，神色匆忙，像是有要事禀告。

“阁主，地牢那边有人松口了，请您去——”

影一还没说完，就被纪然之抬手打断：“你负责便是。阿蓁昏迷不醒，我得在这里守着。”

“但这名眼线吐露出的消息可能与洛昭明有关！”影一坚持着说完。

这回话音才落，纪然之人已经掠至门口，头也不回地叮嘱：“影一随我去。影五留下来照看，有任何情况及时差人来通报。”

纪然之快步疾行，下了通向地牢的台阶，血腥气充斥鼻间，比以往任何一次都要浓重。毕竟此番拔除的眼线众多，玄影阁的地牢，在此之前还从没有一次性关押过这么多人。

“哪一派的眼线？”纪然之边穿过走道，边问。

“云华派的。”影一在前头领路，熟练地右拐，“他不堪屈打，吐露出自己曾是云鹤在二十多年前由一神秘人秘密培养的杀手之一。后来，他在无涯斋一战时受了重伤，于是转做眼线，被派来我们阁内潜伏。他还说，那个负责培养他们的人善于使用蛊虫，能够以乐声驱使毒物，姓洛……”

这名眼线所说，确实与蔺九所言多有重叠之处。纪然之眸光沉沉，一个近于事实的猜测在他脑海中成型。他需要的，只是进一步验证了。

再次左拐后，影一在右手边第一个牢房停下，打开牢门："阁主请——"

由于需要审讯的眼线众多，刑讯室又只有一个，所以杜长老为提高效率，便分派人手，直接在关押眼线的牢房中拷问，他自己则在各个牢房巡逻，偶尔碰到刺头，也会亲自上手，过问几句。

牢房中，云华派的那名线人双手被吊起，只有脚尖着地，全身都是血污，一颗脑袋耷拉着，角度很奇怪，就像脖子快断掉了一样。

"阁主！"里头负责审讯的弟子对纪然之行礼后，退到他身后立着。

纪然之踱步上前，沉声开口："你是云华的线人？"

"是……"那人有气无力地应着。

"你说云鹤有一批秘密杀手，负责培养这批杀手的人是谁？"纪然之继续问。

那人费力地抬起头，喉结上下滚动，像是在干咽着。纪然之见后，给影一使了个眼色。后者立刻舀了勺水缸中的水，递到那眼线嘴边。

眼线喝下水后，长长地吁了一口气："我只知道……那个人姓洛。掌……云鹤总称呼他为洛先生，把我们都交给洛先生培养。我们都不知道他是打哪儿来的，就是突然有一天，他就出现在了云鹤身边。"

"你只知道这么多？"纪然之的语气稍变，影一会意地撤走了水，改换鞭子拿在手里。

"不、不是——我记起来了，那个洛先生还有个儿子。他来云鹤身边时，儿子才刚刚满月！后来他儿子长大了，就经常被他毒打。我听到洛先生打儿子的时候，提起过什么蛊王谷！"那线人吓坏了，也不知哪里来的气力，一口气说了一大段，"但是他这个儿子，咳咳——早在八年前叛逃出了云华派，不知去向……"

蛊王谷，又姓洛。八年前，和八方门崛起的时间正好符合。纪然之眯起眼。

影一反应极快："阁主，根据我们的情报网搜集到的线索，蛊王谷的谷主洛河有一弟弟，名为洛江，两人关系似乎一直并不睦。后来有一天洛江就突然消失在了蛊王谷。那个洛先生，二十多年前就出现在云鹤老贼身边，会不会就是这个洛江？”

“蛊王谷的后人……”纪然之背在身后的手缓缓握拳，先是低语了句，转而问那线人，“你可能描述出那个洛先生儿子的容貌？”

那眼线忙不迭点头：“能！能！只是那小子被洛先生折磨得骨瘦如柴，我最后一次见他他大概只有十二岁，后来就被安插到了玄影阁……如今他若还活着，怕是也和从前大不一样了……”

“无妨。”纪然之在一旁的椅上掀袍坐下，对影一道，“立刻去找个画师来。”

半炷香后，一名画师就被影一半是提溜着带进了牢房，按坐在旁边早就备好纸笔的几案前。

影一抱拳回禀：“阁主，这是属下打探到的，附近最好的画师。”

“按照这个人的描述来画，若画得好必赏重金。可若画得不好……”纪然之冲他稍一颔首，然后看向那画师，并没有把话说完。

“是，是……”那画师颤颤巍巍地提笔，看向浑身是血的云华线人，“你、你说……”

那线人与画师都唯恐一个不慎就丢了性命，故而一个是绞尽脑汁地回忆描述，一个是使劲浑身解数地描摹勾画。

很快，一副工笔细描的半身肖像便被呈到了纪然之眼前。

画像中的男童看起来比一般十一二岁的孩子瘦小，因面容过分消瘦而显得五官比例古怪，虽是稚气未脱，尚未长开，但尤可预料长大后应是眉清目秀。只是神情全然不似孩童，特别是那一双微微眯起的眼。

充斥着阴郁，包藏着毁灭世间所有的敌意。这双凤眸太熟悉了。

纪然之猛地闭上眼，洛昭晦那张笑意莫测的脸闪过脑海，瞬间定格——就是这双眼睛！

“可以了。”纪然之没有睁眼，只是吐出三个字。影一却明白他的所指，将已经由于过度紧张而脱力的画师从椅上拽起，塞了锭银子给他，然后交给守在牢房外的弟子送回。

“阁、阁主……那我呢……”云华线人此时已是口干舌燥，顾不得许多，战战兢兢地出声问。

他话音甫落，纪然之便卷起那画像，同时起身走出牢房。走到牢房门口时，他才驻足交代负责审讯的弟子："找个大夫来，别让他死了。"

"是！"

出地牢的一路，纪然之察觉影一好几次都想开口询问，便道："你看画像中的，是何人？"

"属下眼拙……"影一垂首。

"蛮荒那晚你并未与洛昭晦正面交锋，自然是难以认出。他如今的样貌确实与十一二岁时大为不同，但那双眼睛却绝不会错。"纪然之负手行走，眸中精光闪过，"而且若再仔细回想比对，这副画像上孩童的五官长开后，应当也是其胞兄洛昭明，就是咱们那位无洛长老的模样，只是气质与年龄相差太大。因此哪怕这个线人此前在阁中时不时就能见到无洛，也很难联想到当初那个孩子。"

影一皱眉琢磨了一会儿，也点点头道："属下认真想了想，眉目之间，还真有无洛长老的影子在。"

"没想到蛊王谷竟还有后人活着，而且其中一人这么多年都潜伏在我的身边！"纪然之的右手缓缓握紧，"当初见洛昭明救治然安尽心尽力，便不曾去细查他的底细，终究是太过大意。整整六载，我都未能看破他潜入玄影阁的用意，此人不可小觑。至于那洛昭晦，多半是云鹤的人，更是居心叵测。"

"可按照方才线人所言，洛昭晦八年前就叛逃出去云华派……"影一略显疑惑。

纪然之冷笑："叛出？我看未必是真。那洛江是云鹤在暗的势力，引发各派之争时可用。但在我们玄影阁受到重创之后，武林各派均是偃旗息鼓，表面上十分太平。在这种时候，他所需要的就是在明的势力——一个看似独立于各派的情报组织，替他收集情报，掌握把柄，扣住各派的命门！"

经他这么一指点，影一登时茅塞顿开："是属下愚钝。那接下来要怎么做？"

"加紧针对水月宫的行动。"唯恐蓁蓁的体内被洛家兄弟种下了什么蛊虫，纪然之眼底布满忧色，“云华派根基稳固，一时之间难以找到机会撼动。为今之计，只能挟了云鹤的妻子水云作为人质，至少逼其交出洛家兄弟二人。”

影一对此并无把握：“听说他与他妻子感情并不好。近几年来，水云一年中几乎有过半时间都回水月宫住着。抓水云对云鹤真的有用吗？”

“云鹤不会轻易毁掉这么多年精心塑造起来的正道统领形象。夫妻关系再不好，该做的表面功夫还是要做。”纪然之语带嘲讽，料定了云鹤的行事作风，“尽快选定这次前往水月宫的弟子。这次的行动要快，一定要从精英弟子中再选出轻功卓绝、反应机敏者……”

就这样，纪然之沿途交代着影一整个行动的全部要义，直到来到新房门前，才噤了声。影一替他将房门轻轻推开。

纪然之来到床榻边，用眼神无声地询问守在内室的影五。影五摇摇头，识趣地退出去，轻轻带上门。

替蓁蓁抚开鬓边碎发，纪然之执起她的手，一边渡其真气，一边望向窗外渐浓的暮色，低语呢喃：“龙凤烛燃完之前，你可一定要醒来……”

入目的是残烛软帐，天已微微亮，蓁蓁立刻便明白良辰美景就这么被自己给睡过去了……

她扭头，看向伏在床榻边，尚未醒来的纪然之。梦中的他似乎仍是烦心事不断，眉头紧锁，薄唇微抿。

“纪然之……”蓁蓁开口轻唤他，想让他别这么趴着，到榻上来好好睡一会儿。

他睡得并不沉，一听到动静，便倏地睁眼，撑起身，正对上蓁蓁唇边的笑意浅浅。“你醒了？感觉如何？”他的眼底隐有血丝，不过一夜，竟显出从未有过的憔悴。

“嗯。我没事，只是睡得久了些，现在浑身都很轻松。”她不假思索地答着，不像是在有意隐瞒病情。可这反而令纪然之的忧虑之感更深，眉头非但没有舒展开，还蹙得更紧了。

“我真的没事！”蓁蓁灵动的双眸溜溜地转着，忍不住说俏皮话逗他，

"倒是可怜了夫君，新婚之夜，独守空房，罪过罪过！"

纪然之又爱又恨地咬牙切齿："你还知道是罪过！你知不知道你突然吐血昏迷有多吓人——"

她能怎么办？错过人生最浪漫的一晚，她也很绝望啊！蓁蓁委屈地嘟起嘴："人家才醒，就吼我！我头疼了！"

"阿蓁……"对她这兴致突发的头疼，纪然之无可奈何地笑叹，"别拿自己的身体开玩笑。真真假假的，我怕会照顾不好你。"

说这话时，蓁蓁真切地捕捉到了他一贯沉着坚韧的星目染上了患得患失的柔情。她的男人，在刀光剑影中都不曾眨眨眼，唯独对待她时，是如此的小心翼翼。

"嗯，我以后不会乱说了。我没有头疼，好着呢。"心中大为动容，蓁蓁转瞬便换上最为乖巧懂事的姿态点点头，还特别有诚意地自个儿往里头挪了挪，让出半边榻来，"守了我一夜一定很累吧。天色还早，再上来眯一会儿吧。"

纪然之见她这般举动，促狭地眯起眼："娘子这样主动，为夫却之不恭了。"

说罢，他便利落地去了靴子，除去外裳，只着中衣在她身旁躺下，自然而然地将她揽入怀中，让她枕着自己的胸膛。

尽管隔着衣料，可这还是蓁蓁第一次与异性亲密接触至此。他的臂膀坚实而有力，将她牢牢困住。新房中龙凤烛燃烧一夜的暧昧余香淡淡，还萦绕在鼻息之间，掺杂着纪然之身上的男子气息，入侵着她的心神，动荡不安。

脸颊开始发烫，她伸手抵了抵纪然之，想稍稍退开些。但某人却是纹丝不动，阖眸仿佛已然入睡。

"纪然之……你放开我一些。"蓁蓁听到自己比蚊声还细的话音。

某人继续泰然睡之。

"你别装睡了，我知道你还醒着！"她提高音量又搡了他一把，还是没反应。

岂有此理！新婚第一天居然就"明目张胆"和她对着干了！说好的百依

百顺、言听计从呢？

正所谓怒从心头起，恶向胆边生。蓁蓁奸笑起来，把魔爪伸向他腰间——给他挠痒痒！

“我让你装睡！装，装，装——啊！”

还没得意几下，蓁蓁就惊呼着被纪然之一个翻身压住了！双手被他死死扣在身侧，胡乱踢蹬的腿也被他以巧妙的武功招式压制得动弹不得！除了被迫与他对视外，蓁蓁做不了其余任何事……

“看来娘子当真是睡了一觉精力旺盛啊。这么动手动脚的，就不信为夫现在就办了你？”纪然之说得很慢，语意像是在警告，可近乎火热的目光却好似在鼓励她继续胡闹，充满矛盾。

“我……”气氛快速升温，蓁蓁不知所措地咽了咽口水，说不出整话来。美男当前，要不为所动是很难的，但这青天白日的，她还是会害羞的……

她才暗自念叨完，纪然之竟像听到了她的心声般，抽出一手，把床幔放了下来。

晨曦被阻隔在外，逼仄昏暗的空间中，两个人的距离被无限缩短。纪然之深邃而迷离的目光勾画出她身体的每一处轮廓，令她无处遁形。蓁蓁自觉，是逃不出眼前人的手掌心了。

既然逃不出，那便不逃了吧。不知哪来的一腔孤勇热血，她用胳膊肘微微撑起上身，轻吻上挚爱的唇。

温热的触碰点燃了渴求，她的后脑勺被纪然之稳稳托住。这一吻，他用尽了这一天一夜积蓄的辗转反侧与刻骨温情，一发不可收拾，却又戛然而止……

懵然之间的蓁蓁傻傻地盯着突然停止一切动作、把她用被子重新包裹严实的纪然之。

“你呕出那么多血，要多休息……睡吧。”他重新在她身侧躺平，呼吸粗重却克制，盯着天顶，用沙哑的嗓音哄她入睡，“阿蓁，闭上眼。”他不能看她，也不能感受她的目光，那会让他失控。

“……好。”怔忪半晌，蓁蓁老实地依言合眼。他顾及她身体的这份心，她怎能不懂？她在心中暗暗发誓，此番定要把身体养得结结实实的！

榻上的两个人，各怀心事，呼吸的节奏却渐趋一致，最终在一片和缓中，沉入同一个美梦……

之后的半月，不用纪然之督促，蓁蓁自己就命人熬煮了各色药膳，要给自己进补。尤其是阿胶，更是一日三餐变着法子吃。这眩晕之症嘛，凭她的经验，多半就是贫血，毕竟前段时间"献血"过多。至于心跳失速，大概只是成亲太过紧张，碰巧了而已。

而纪然之也许是对她的这种盲目食用补药的行为并不放心，因此每天晚膳后都会找来名大夫为她诊脉，确定她今天没吃错药。不过每一回，都是纪然之亲自送大夫出屋的，回来时又总是面色不定，隐含忧虑，这让蓁蓁颇为费解。

有一日，夜里同榻，她突然想到什么似的，摇醒快要入睡的纪然之，叮嘱他千万别被一些江湖郎中给忽悠了。那些人就喜欢夸大病症，骗人掏钱看病。对此，纪然之甚至懒得抬眼，只是话音慵懒地揶揄她："大夫倒是说你很健康，只是我担心你再这么吃下去总有一天要压塌咱们的床……"

"什么时候压塌床我不知道，但今天这床你不许睡了！"于是蓁蓁怒起一个飞踹，纪然之就连人带被子，挪窝到床榻下去了。然而待到次日醒来，她还是安安稳稳地蜷缩在他的怀中，迎接第一缕晨光。

岁月算不得静好，因为夫妻二人总是吵吵闹闹。现世算不上安稳，毕竟江湖之中仍是纷纷扰扰。可蓁蓁觉得，能每天一睁眼瞧见纪然之的睡颜，再调皮地捏住他的鼻子，等他憋气醒来后"惩治"自己，这样就很好……

可这样的好日子，很快就中断了。

纪然之要离开玄影阁一段时间，去给她准备婚前就允诺的大礼了。蓁蓁宁可不要什么大礼，可她心里清楚，自己拦不住他。这份"大礼"一定不是寻常的礼物。况且，她与他在一起，也不是为了束缚住他。

送走纪然之那天，蓁蓁闷闷不乐，食不下咽，当晚一个人躺在平日里足够两人睡的宽敞榻上，身旁空落落的，什么睡姿都不对劲。夜半醒来，双臂下意识地想要搂上谁的胳膊，却只有秋夜里微凉的空气。一夜的失落，方懂得了何谓“孤枕难眠”，次日打开房门，又大又浓的黑眼圈让不少阁中弟子为之侧目，把心中的万分同情都写在了脸上。才新婚就小别，着实是委屈新娘子了。

但叶蓁蓁是普通的新娘子吗？当然不是。她很快重整旗鼓，决定完成七夕时未能完成的事。既然某人要送她一份“大礼”，那她就做很多小礼物送他呗。

“影五，影五，走——带我上街，我要买东西！”

今次行动，纪然之特地把影五留下，给蓁蓁充当护卫。然而实际上，影五只是个在蓁蓁逛街时负责付钱提包的跟班……

购物使人心情愉悦，大包小包地堆进屋里，蓁蓁眉开眼笑，撸起袖子就开始干活。剑穗是要做的，荷包香囊也都可以有，护心镜可以尝试着先做一个试验品送给影五……她把档期排得满满的，在纪然之回来之前都不会无所事事了！

对此，影五相当乐见其成，时不时还自觉给蓁蓁添置点针线等的原材料。毕竟她一门心思关在屋里捣鼓这些小玩意，总比再上街活蹦乱跳叫人省心。多事之秋，能少出玄影阁，还是少出为妙。至于蓁蓁，当然不懂影五这些心思，只道他贴心得很，决定等纪然之回来，一定要替他美言几句。

有了活儿打发时间，日子却也不曾过得飞快。这夜蓁蓁放下针线，仔细一算，发觉纪然之离开玄影阁才第四天而已。光是剑穗，不同颜色同种款式的，她都做好三束了……

低叹一声，她起身走到床榻边，吹熄烛火，准备解衣就寝。

指尖才触及腰带，眼角余光便见一道虚影从斜后方闪进，跟着身上一处被人用力一点，蓁蓁就被定住了！

她下意识启唇，身后之人又先一步点在她的哑穴上，让其口不能言。

上回被捉去水月宫的恐惧袭来，蓁蓁心中大急，浑身紧绷。

能避开影五潜入屋内的，一定是个高手！加上要登玄影阁也非易事，难道是还有内鬼？心思千回百转之间，来者已绕到她面前。

“蓁蓁，别怕，是我。”清润的嗓音阔别已久。

无洛？她先是露出惊喜之色，随即又戒备地打量着他。

洞察她心中的疑虑，无洛——又或者说是洛昭明——不由苦笑："蓁蓁，还记得你为什么坚持称呼我为无洛长老吗？因为你说你这种被抓来的人都对我直呼其名，那别的弟子听了去，我长老的威严就没了。你还让我适当时候，也要像纪然之那样，把脸拉长一点，才有长老的气派。"

听完这话，蓁蓁眼睛猛眨，示意自己相信了。

洛昭明也不犹疑，便解开了她的两处穴道。穴道解开后，蓁蓁立刻问道："你之前都去哪儿了？被你弟弟掳走了吗？他没有对你做什么吧？"

摇摇头，洛昭明只是淡笑，不愿多提："他只是限制了我的自由，让我待在八方门中而已。后来我找了个机会脱身，趁着你大婚，便潜入阁中。只是如今……在教中恐怕是不太方便露面了，只得用蛊虫让影卫和弟子们暂时昏睡，才能与你相见。让你受惊了。"

"唔……我知道然之有些怀疑你的身份。但他也只是私下调查，对阁内弟子的说法是派你去执行重要任务了。"蓁蓁看起来似乎有些左右为难，"我还是相信你不会害我们的。就是你那个弟弟……"

"我替昭晦的所作所为，向你道歉。只是他变成如今这般，也有自己的苦……"

见他道歉，蓁蓁忙不迭摆手，努力思索着合适的措辞："不用，不用，他又没对我做什么！我觉得无洛长老这么好的人，弟弟也不会天生就是个坏人。他说要杀光所有人……嗯，一定有什么原因吧。"

洛昭明看她那紧张又歉疚的模样，更是坚定了此行的来意。他不再浪费时间在洛昭晦的话题上，伸出手道："蓁蓁，你在拜堂时呕血昏迷，我需给你诊诊脉。"

他冒着被影卫发现的风险深夜来访，竟只为这个，不禁令蓁蓁暖心。她配合地伸出手，同时道："其实还是晕眩心痛的症状，只是这次不知怎么地就吐了血。但是一觉醒过来，又什么事儿都没有，好端端的。然之给我找了不下十位大夫，都说脉象无异，但我知道他心里总是担忧。说实话，我自己表面上不说，心里也很纳闷这是怎么回事……"

闻言的洛昭明只是微微颔首，然后闭目凝视，为她诊脉。他在她腕上的指时而用力压下，时而放开只是轻搭，时而有节奏地一压一放。温雅的面容上没有一丝笑意，有的只是渐深的忧色。

“怎么了？”这情状让蓁蓁不安起来。

“我没有想到会耗损得这么快……”洛昭明重新睁眼，神色凝重，“蓁蓁，之前因为我的私心，隐瞒了你身体的实际情况。你知道自己身体里，原先就有蛊虫吗？”

蓁蓁瞠目：“你是说，我在吃下血瞳蛊虫之前，身体里就有一条那种东西了？”

“对。原先宿在你体内的蛊虫名为金瞳蛊王，是我父亲耗时十年为母亲培育的蛊虫。服食之后，几乎能使患有心疾、身体孱弱者变得与正常人无异。”洛昭明沉声道，“你如今的所有症状，都和你的先天心疾与金瞳蛊王有关。”

“心疾？你父亲给你母亲的？那怎么会在我身体里……”她脑袋里乱成一团糨糊，忽地记起那次在八方楼，洛昭晦房间里闻到的熏香。洛昭晦曾说过，那熏香是他调配的，对心疾有好处。所以她离开八方楼后便少犯晕眩心痛之症，实则是因闻过那香啊！

既然联想到了，蓁蓁就毫无保留地一一道出：“洛昭晦好像也知道我有心疾。交换‘万蛊之水’的情报那一回，他说他特意焚的一种对心疾有缓解效果的香……那时候我还觉得莫名其妙……”

“在那之前，你见过他吗？”洛昭明惊疑。

她偏头想了想：“应该没有吧……虽然误食血瞳蛊虫之前的记忆都没了，可我看他那样子，也不像与我是旧识。”

“蓁蓁，你当真什么都不记得吗？哪怕是关于你身份的一点点线索。”手在袖中攥紧成拳，洛昭明今夜求的，便是把话说开，“我的父母，和整个蛊王谷人，都是因金瞳蛊虫而死……我需要知道，当日从纪融夺走蛊王到他被云鹤斩杀之间，究竟还发生了什么。纪融原本是想把蛊王给谁，中间出现了什么意外，而最后蛊王又为何会出现在你的体内。”

“怎么会——”听到让其全家全谷人丧门的“罪魁祸首”就在自己的体

内，蓁蓁一时有些无法接受，站立不稳，趔趄了一下。她有心疾，除了她的亲人会想方设法寻来金瞳蛊王，还能有谁？如果是这样，那就意味着无洛与她的亲人有着不共戴天之仇！

“蓁蓁！”洛昭明抢上前一步托住她的胳膊，扶她在床榻边坐下，“你别怕。当时你不过四五岁的懵懂年纪……我无意伤你。更何况，蛊王也可能在期间多次意外转手，不一定你的亲人就是纪融的合谋。”

“我不是害怕……”蓁蓁摇摇头，接着又点头，“不，我是害怕。我不知道，怎么面对你。”

洛昭明摸摸她的发顶，轻笑：“傻姑娘。你并未做对不起我之事，如何不能面对？说来，你与纪然之已成亲，应当得知，当年就是他的父亲纪融带人灭了我蛊王谷吧？”

“嗯……他和我简单说起过。”抬眸见洛昭明果然是平和如初的模样，蓁蓁不禁心神稍定，“但他一早就和他母亲一块被云鹤掳走了。所以也不太清楚具体的内情。然安的毒也是因为那时纪母已经怀孕，却被云鹤喂下了毒。”

“云鹤掳走纪氏母子？此事在江湖中似乎从没有人谈论。我在玄影阁这些年，无论是纪然之本人，还是其他人，也无人提及。就连然安从母体继来毒的原因，也都是含糊其辞，没人说得清楚。”洛昭明沉吟着，“按理当初若只是为了让纪融停止对蛊王谷与无涯斋的动作而出此下策掳人，江湖上不会没有风声。可就算如此，又何必下毒……”

听他这么一说，蓁蓁也觉得有些古怪，这事在纪然之看来是件伤心事，不愿提及也就罢了，可那些江湖正道们不太可能也对此事不约而同的讳莫如深。“也许……大家都想忘记那场灾难吧。毕竟正道也死了很多人……”她思来想去，也没有更好的理由解释。

“忘记？哪里是那么容易。那年我十岁，亲眼看着纪融害死我的双亲。我侥幸逃得一命，却得知纪融在大劫蛊王谷的同晚便被云鹤截杀。”洛昭明的眼底不是没有冷寂，“纪融也曾是我父亲的好友，却为夺金瞳蛊王不择手段……他人虽已死，但这根刺却永远扎在我的心里。于是我开始四处行医，同时探查玄影阁的消息，就这么度过了八年。直到一个偶然的机会，因为然安毒发濒死，我得以进入这里，接近纪然之……你知道，与仇人的一双子女同在一个屋檐下的感觉吗？”

蓁蓁屏住呼吸，小心翼翼地伸手，想要握住他的手。可进一寸，又退回半寸，再进一寸，又犹豫着缩回到最初的位置。

而洛昭明只是目视着前方虚无的黑暗，并未注意到她的动作：“纪然之的怀疑是对的。根治然安的办法，我在进入玄影阁的第三年就想到了。可我眼睁睁看着她又被那毒折磨了三年，直到第六个年头，才下定决心救她。身为医者，我是不是很可怕？”

张张嘴，蓁蓁不知该说些什么，却鼓起勇气，用双手握住了他垂于身侧的冰凉指尖。

洛昭明诧异地低头看去：“蓁蓁？”

“我、我知道……我可能说什么都不对。”蓁蓁艰难地抬起头，与他对视，“可是站在你的立场，你最终肯救然安，就真的很了不起！真的！而且我觉得，然安当年尚在襁褓之中，也是受害者……你的决定是对的——”

“是啊，昭晦与我说起，然安彻底痊愈时，我心中竟是如释重负的。我没有一丝后悔这么做。”洛昭明抬手，反握住蓁蓁，话音笃定，“所以，对你也一样。我要救你。”

原来他说这么多，只是为了让自己能心安理得地接受他的帮助……蓁蓁眼眶发痛，心口一阵酸酸胀胀的。无洛永远都是那个初见时的无洛，哪怕变换了身份与姓名，一个人的初心却不会改变。

“你知道吗？在蛮荒，我以为你怕治不好然安心事重重，才对人格外冷淡，天天想讲笑话逗你开心……结果最后那晚才发觉，我的笑话都讲给了你弟弟听。”提到这事，蓁蓁又为自己的蠢笨与迟钝发笑片刻，才继续道，“我其实一直都没发现，因为你们长得一模一样，你弟弟好像还模仿了你的声音。最后还是然之和我说，如果是无洛，绝对不会看着那么多人拼杀，血流成河，却袖手旁观、无动于衷，我才恍然大悟。”

“他很了解我。”洛昭明神色复杂地慨叹了句。

怎么好好的，又提到纪然之？蓁蓁恨不得抽自己一嘴巴，赶忙开动脑筋想把话题拉走。“对了！关于身世的线索，我真的有一点。”天遂人愿，她灵光一闪，还真想到了自拜堂前就念念不忘，结果吐血昏迷之后就给忘得一干二净的事儿。

“什么？”

“我被绑去水月宫时，迷迷糊糊之间，听到两个女人的对话。姐姐叫水雨，妹妹叫水云，都有三十多岁了吧。水云在言语之间，对我好像……很怨恨。”蓁蓁没想到，自己是私生女这事，会是先说给了洛昭明听，“似乎是因为，我是她丈夫和其他女子的私生女。”

洛昭明瞳孔骤然收缩：“你确定，那个人是水月宫的水云？！”

“那个女人自称云儿。她姐姐又一口一个水月宫。”蓁蓁思忖着答道，“所以我才这么判断的。不过也有可能……她的名字其实不单一个云字？”

这一次，洛昭明没有立刻回应她，在黑暗中望着她的眼神也是一变再变。但最后，他只是抿唇问：“这件事，你与纪然之说起过吗？”

但这一切蓁蓁并没有察觉，只是难为情地笑笑：“原本是想说的，结果拜堂时候那么一闹给忘了……今天你不来，我还真记不起来这回事。”

“蓁蓁，你相信我吗？”洛昭明闻言，走到她面前，半蹲下来，没由来问了句。

观他一脸肃色，蓁蓁忍不住蹙眉：“当然相信。不过你这是怎么了？你是不是知道水云的丈夫，或者说我的父亲是谁？”

“如果相信我，现在就跟我走。”洛昭明避而不答，而是颇为急切地牵过她的手，起身要将她带走。

被他拉起来的蓁蓁用另一手将他的衣袖往回拽：“等等，我不能就这么走了！而且我为什么要走啊？”

“虽然我还不能完全确定当年之事与我如今猜测的是否相同，但我能确信，如果那个女人真的是水月宫的水云，你继续待在玄影阁就会有危险！”洛昭明回身，双手按在她肩上，说得又快又急，“你不在江湖所以不知。可水云的丈夫是谁，但凡是个江湖人都知道——”

为什么继续待在玄影阁会有危险？蓁蓁心慌意乱，恳求地望着他：“所以你知道的！他是谁？”

“和我走，我就告诉你。”洛昭明一字一句说着，不同以往，没有半分可以商量的意思。

“我不能走。”蓁蓁的眼眸中也满是坚定。她答应过纪然之不丢下他一个人面对这个江湖的。她说过要说话算数的。

两个人自相识以来，一个大大咧咧，一个温柔随和，从未有过争执，更莫说是这般僵持不下。

僵持得越久，对洛昭明的那份愧疚就越占上风，让蓁蓁显得局促不安。她不断绞着衣摆，垂首不去看他，不让自己动摇退步。

“罢了……”许久，还是洛昭明败下阵来，一声叹息，“你若执意要留下，便留下吧。只是如果你留下，那么不知道你可能的生父是谁，对你来说会更好。”

蓁蓁咬唇：“我明白了。”看来就算自己坚持再问，也不会得到答案了。

“好了。”洛昭明最先释出笑意，将她领回床榻边坐下，“这些事，我们都不提了。现在最重要的，是你的身体。金瞳蛊王的功效固然神奇，可那是在培育完成的情况下，而父亲的那只并没有完成。”

“没有完成？”她还未从方才的争执中回过劲儿来，只是呆呆地重复。

洛昭明颔首：“对。没有完成的蛊王，只能给身体造成一个康健的假象。它能帮助你快速自愈，就像你每一次受伤、昏倒，之后醒来又全然无事。然而这其中的代价，却是在过度耗损透支你的生命力，直到浑身脏器衰竭，心疾复发……而亡。”

“所以我的脏器已经开始……衰竭了吗？”蓁蓁的心咯噔一下，“那如果现在把蛊王取出来呢？”

“你这段时间，流血受伤太多，每一次又都以蛊王之力强行自愈。如果现在取出，你的心疾就会立刻发作……”洛昭明没有继续往下说，转而道，“不过，我已经研究出在你的体内继续把蛊王培育完成的法子。只是药引还未寻齐。”

“什么药引？很难找吗？会不会有危险？”蓁蓁连珠炮似的发问，脑补的都是那些长在悬崖峭壁上的冰山雪莲之类。

洛昭明只是用一笑巧妙地避开她满是关切的对视：“没有危险。只是我赶来匆忙，还没有寻到。”

“真的吗？”蓁蓁狐疑。

“以后每隔一日夜半，我会来给你施针，压制蛊王的活动。如此可以减缓脏器的耗竭，争取出时间找药引制药。施针完成后，切记心情不得有太大起伏，否则功亏一篑。”洛昭明没有回答她，话锋一转，“我用蛊虫让影卫陷入沉睡之法，可一不可再，所以之后我每次来，就只是设法避开他们潜入。你我不能对话，以免声响被发现。”

见状，蓁蓁也不好再追问，点点头：“我明白了。你自己也多加小心。”

翻窗离去之前，洛昭明脚步一顿，回身，异常郑重地叮嘱她：“私生女一事，从今以后，莫要再对第三个人提起。哪怕是纪然之也不要提。答应我！”

今夜的信息量太大，蓁蓁一时没了主意，又不愿拂了他的好心，当下也只得应承道：“嗯。我答应你。”

得此承诺，洛昭明才稍显安心地一笑，又拍拍她的肩头，才跃出窗台，融入无瑕夜色。

而蓁蓁，则是久久地伫立在窗边，对这始料未及的物是人非，难以释怀。

再见无洛，他已成了洛昭明，是蛊王谷的后人，背负着血海深仇，注定与纪然之渐行渐远，甚至站在对立面。是否终有一天，她必须在两人之间，做出抉择？而被无洛深加隐讳的她的亲人，又将在什么样的情形下，以什么样的身份，与她相认？

真相就如一张大拼图，她身边的每个人在一开始都手握着其中几块不同的碎片。随之越来越多的接触与冲突，他们各自得到了更多的碎片，越来越接近整张图的全貌。如今只差一个契机，把所有人的碎片拼在一起，真相就会水落石出。

冥冥之中，蓁蓁感到拼图完成的这一天不会太远了……

第九章 从此萧郎是仇人

尽管思虑重重，可日子还照旧过着，针也得按时扎着。蓁蓁后来也想通了，左右此时纪然之都不在身边，不论她有什么想法，打算采取什么行动，也都得等他回到玄影阁。人不在近旁，只是她一个人胡思乱想，毫无意义。

在不算漫长的等待中，她逐渐怀抱起一丝侥幸，将自己的身世告诉纪然之，虽然违背了自己对无洛的承诺，但或许事情没那么糟糕，反而会迎刃而解呢？也许人总是这样善于自我欺骗，这个念头一旦滋生，便压不下去。因此每回洛昭明深夜来替她施针，她都为自己的即将食言而自感无颜面对他。

但洛昭明一心系在她的身体状况上，不曾觉察不妥。这日也一样，他熟练地取出针囊，盘膝在蓁蓁身后坐下，取出金针，按按她的肩头，示意其准备开始，然后落针。可心不在焉的蓁蓁却一时忘记，为把衣裳扯平，动了动身子。

“啊！”金针没能准确刺入穴道，吃痛立刻传来，她甚至来不及捂住自己的嘴。

“夫人？出什么事了？！”不过眨眼功夫，影五的身形投影在了门外。只是碍于男女有别，他一时间还不敢直接闯入。

前门已被堵，洛昭明蹙眉，收回金针，下榻欲走，探头出窗，却见阁楼下正值守卫弟子巡逻到此。一时间进退不得。

“我、我没事……就是不小心翻下了床。”蓁蓁慌张地答着，同时急中生智，把洛昭明从窗边拽回来，直接塞进被窝，裹好被褥。

“请夫人准许属下进去查看一下，亲眼确认夫人无事。”影五果然不会轻易离开。

把属于洛昭明的靴子塞到床底后，蓁蓁才应了句“稍等”，便理了理衣裳，上前开门。她知道，影五可能猜测，此时的自己之所以说没事，多半是因为已被歹人挟持，不得不这么说。这种桥段她也是看多了的。

为让影五彻底安心，蓁蓁特意直接把门大大敞开，让出身子：“你看你紧张兮兮的，真的没事。”

“阁主留属下在此，就是让属下用性命保护夫人安全。属下不能有负阁主所托。”影五还是面色紧绷，边说边踏入屋中，锐利的目光在屋内来回扫视，最终在颇为凌乱的榻上停留了一段时间。

“这榻就这么大，就睡我一个人，你要看多久啊！”蓁蓁开始心虚，刻意没好气道。

闻言的影五面露尴尬之色，似也发觉如此盯着阁主夫人的床榻看，有失礼数，忙垂下头告罪：“是属下失礼了。”

可这一垂头不要紧，视线下移，他登时目光一凛。说时迟那时快，长剑出鞘，他几个疾步上前，一剑朝着床榻上的被褥劈下。

“影五住手！”本以为影五会打道回府的蓁蓁被眼前的惊变吓呆了。

洛昭明察觉到杀意逼近，立刻掀被对着来人眉心射出一根金针，趁着影五回剑格挡，就势一滚，跳下榻来。

“是你——”影五以内力运剑，荡开金针后，才看清对方，“阁主已命我等追踪你的下落良久。今日你既是自己送上门来，就留下等阁主回来吧。”

“影五！”蓁蓁跑上前，双手握住他执剑的手腕，“无洛长老是好意。他只是在为我施针治病……”

话还没说完，长廊外就是一大批人的脚步声响起，迅速逼近。她又慌忙跑回门边，把门砰的一声关上。赶来的应该是在附近楼层守卫的玄影阁弟子，只有影五一人还好说，可众目睽睽之下，她就难保洛昭明了。

“夫人，弟子们听到您这边似乎有响动……”匆忙赶至的弟子见房门紧闭，便出声询问。

蓁蓁回身，用背抵住门，一面拼命给影五使眼色，求他别拆台，一面扬声回答：“无事。只是我不小心摔下床了而已。你们都回去吧——”

“是。夫人若有事，呼喊一声即可。”普通弟子自然没影五难缠，这么一说便退去了。

松了一口气，蓁蓁又走回影五身边，想把他手里的剑按下来：“前段时间我莫名呕血昏倒，那些大夫都束手无策，可他有办法。你不能伤他——”

但奈何力量悬殊过大，“敌方”不仅岿然不动，还出言反对：“夫人，他如今身份不明，之前在玄影阁多年的目的也尚未查明，让他给你治疗，恐怕不妥。夫人还是让属下……”

“他不会害我的！”蓁蓁一脸肯定，继续劝说，“等他施完针，他就会离开，不会再留在玄影阁，也做不了什么有害于玄影阁的事情。至于自作主张放他离开……等然之回来，我自己与他说，怪罪不了你。”

“属下不是怕被阁主怪罪。”影五双目炯炯地盯着对面即将到手的猎物，“只是此人身上秘密众多，牵连甚广，不能不暂且押下，等阁主回来后再行定夺！”

认死理！蓁蓁气急地跺跺脚，松开影五，挡到洛昭明面前：“总之今天有我在，就不会让他被你带走！”

“夫人！”影五怕伤了她，只得把剑撤回一寸。

“这样吧！你也说了，要等然之回来再定夺。那不妨你现在就睁一眼闭一眼，放无洛长老自由行动。反正他要给我施针到下月初五，也不会跑了。”蓁蓁眼珠滴溜溜转了几圈，便有了歪主意，“你就每夜守在外边，正好替我们护法了。等他最后一次给我施针完毕，你再拿下他，总行了吧？”

这个折中的法子，让影五也退让了一步：“这……那容属下将此事先行禀告阁……”

“不行！”蓁蓁直接打断他，不容分说，“我知道他现在一定是在处理要事，你拿这事去惹他分心，万一有个闪失怎么办？你得保密，不准告诉他！

再说了，现在距离下月初五也没几日了，你这信鸽一来一回，也差不多了。”

影五张口，还想再说，又一次被蓁蓁抢过话来：“我以阁主夫人的身份命令你保密！有什么事儿，回头我担着！”

“……是。”影五终于放弃争辩，“属下每夜都在隔壁守着，请夫人放心。”

“知道了，知道了！”你守着才不能放心啊。蓁蓁翻了个白眼，迫不及待地把他推搡出门去。

重新把门关上，蓁蓁感觉自己完成了一件大事，乐不可支，冲洛昭明俏皮地眨眨眼，做着无声的口型：“扯谎成功！”

她告诉影五，施针要下月初才能结束，可实际上，这月三十便是最后一次了。看他到时左等不来，右等不来，还能去哪儿抓人！

洛昭明打从蓁蓁说出错误的时间点，便明了了她的小算盘。如今见其得意洋洋地邀功，只得摇头失笑：“我们继续吧。这回不可再乱动。”

“遵命！”蓁蓁吐吐舌头，屁颠屁颠地爬回榻上坐好，心想得了影五的默许，之后施针总算不用偷偷摸摸的了。

然而，在今夜这个屋子里扯谎的人，可不止她一个。

影五在门外守了半晌，见里头确无不妥的动静，便暂时离开，加紧脚步去了鸽房。为传信方便，鸽房内常年备有纸笔。他从鸽笼中取出一只信鸽，将写好的密信绑牢在其腿环上，走出鸽房，双手一展，将鸽子放飞。

“夫人，对不住了……”

信鸽飞进幽暗的苍穹，在玄影阁的上空消失不见，又在几日后的某个夜晚，从同样深幽的穹顶飞下，盘旋在水月宫的天际。

彼时正是纪然之率领一干精英弟子，成功奇袭水月宫的当晚。水月宫上下无一人逃脱出去给别的门派报信，短短一个时辰之内掌门水雨和妹妹水云二人被废去武功，被看管起来等待押回无间崖总坛。除六名长老与座下数名精英弟子誓死不降、自戕以赴黄泉外，其余女弟子皆投兵刃以降。

这些投降的普通弟子，没了主心骨便是一盘散沙，成不了气候。纪然之无意赶尽杀绝，只是将她们打晕捆缚起来，丢回各自的居所。待他带着玄影阁教众撤离之后，这些弟子总有人能醒来挣脱绳索，把水月宫覆灭的消息传出去。

到时候，整个江湖都会被震动——原来他纪然之根本没有死！这只是玄影阁向正道复仇的第一战，每个门派都有可能成为第二个水月宫！

如果说蛮荒一战，江湖中人还能以“纪然之只是偶然一次得胜”来自我欺骗，那么这一回的奇袭水月宫，布置周密，行动迅速，来去无踪，尽显其滴水不漏的缜密心思与雷霆万钧的行事手段，都能让他们不得不正视这个在此前还一文不名的少年郎。

蛰伏十数载，只为这一次锋芒毕露的绝地反击。这就是纪然之。

哪个风华少年不是意气风发的？此番首战告捷，随行的教众兴致也都极高，纪然之便也首肯，让他们开坛庆祝一番。

“阁主英明！阁主英明！”盘踞着水月宫的地方，玄影阁教众开怀痛饮，不断向上座的纪然之敬酒。

美酒入喉，酒香清幽而绵长，纪然之握着水月宫的琉璃盏，目光稍显迷离，仿佛透过这酒盏，望见了远在千里之外，蓁蓁的那对琉璃色剪水双瞳。他突然想到，因为拜堂时的意外，自己都还没和她喝过交杯酒。这次回去，定要补给她，合着当日曾险些害她丢了性命的水云姐妹这份“大礼”……

人还在座上，却早已心猿意马。他起身，悄然走出殿外，迎着凉风负手而立，随意地仰头望去，却见夜空中盘旋着一点白色。

长眉稍敛，他伸出手，让信鸽落在臂上，解下上面的字条，展开：

“洛昭明秘密潜入玄影阁，并与夫人夜会，替夫人施针。夫人阻止属下将其拿下，属下不知该如何决断。”

字条骤然被攥进掌心，愠色在纪然之的面部聚集。他说不上来自己的无名怒火从何而来，或许是为了蓁蓁阻止影五拿下洛昭明之举，又可能仅是为了影五那无心的“夜会”二字……他明知道蓁蓁对洛昭明只有朋友之谊，自己根本没必要吃味，却还是难免心中郁结，归心似箭。

大概只是需要一个立刻赶回去揽娇妻入怀的理由吧。纪然之不再犹豫，当下唤来影一，嘱咐道：“我有事需先行一步。你留下，按照原计划明日再带弟子们押着水雨与水云返回无间崖。记得把信儿送到云鹤那里，就说他妻子在我们这儿，让他拿洛氏兄弟来换。”

“是——”影一见他脸色不豫，也不敢多问，替他牵了马来，“这里有属下在，请阁主放心。”

纪然之低应一声，便翻身上马，马鞭高高扬起，重重落下：“驾——”

一人一马，迅如闪电，连夜折返。去时奔袭水月宫，一行人快马加鞭，也花了整整十日。但纪然之返程时几乎从不停歇，硬是在昼夜轮换到第七次时，就赶回了玄影阁。

正值深宵，纪然之一路穿行，面上丝毫不见疲惫之色，步伐更是轻而快，嘴角忍不住上扬，想象着自己提前回来，他的阁主夫人见了会是怎样的惊喜模样。即将重逢的喜悦，完全占据了他的心，让他忘记了自己初时是为何会这么心急地疾行归来……

门被“吱呀”一声推开，纪然之的瞳孔猛缩。

屋内榻上的一幕叫他浑身的血液都开始叫嚣——接受完最后一次施针的蓁蓁，好巧不巧在这一瞬，晕倒在了洛昭明的怀中。而洛昭明也顺势，稳稳接了个满怀……

无巧不成书，说的大概就是此情此景。

“洛昭明！”一声暴喝，长剑冷芒乍出，怒极的纪然之飞身一踏，对着洛昭明的项上人头直劈下去！

纪然之这一剑来势汹汹，洛昭明不敢直撄其锋，只好匆忙松手，侧身一避。可怜了蓁蓁没了依傍，脑袋“咚”的一声便磕在不是很硬也绝不算软的床板上。

“阿蓁——”纪然之怒意稍减，左手长臂一捞，将她扶起躺好，“阿蓁，你醒醒？”

此时影五与守卫弟子都闻声而来，将正准备从门口撤走的洛昭明的去路堵死。

唤不醒榻上的人，纪然之再次举剑回身，向洛昭明攻去：“你对她做了什么？！”

“她很好。”洛昭明也不欲与其多说，自知不是其对手，几个避让过后，终于闪到窗口边的位置，“明日就会转醒，不必担心。”

话音未落，袖中竹筒便被他用作暗器掷向纪然之。后者反手挥剑将竹筒从中斩断，里头的蛊虫得了自由，朝他扑去——

“此间事了，告辞！”

等纪然之将这些蛊虫纷纷砍落在地，洛昭明早已先一步跳窗逃了！

“属下这就带人去追！”影五率先反应过来，就要点人去追。

“算了！今夜之事，谁都不准再提起——”纪然之低喝，将剑归鞘，大步出屋，头也不回地交代影五，“找人把那些蛊虫清理一下。守着夫人，醒了来报。”

“……属下遵命。”目送其离去，影五知道这回阁主是真恼了，竟不肯留下亲自看顾夫人。

窗外是啾啾的鸟鸣声，又是一个秋高气爽的好日子。

蓁蓁摸着自己的脑袋醒过来，不知为何，觉得右侧后脑勺隐隐作痛。昨晚不是洛昭明最后一次给她施针吗？施针结束以后，她好像就晕过去了？都没能和他好好道别一句，问问他之后的打算……

“影五……”她扶着头坐起来，稍微拔高音量。

门很快应声被推开，影五垂首快步而入：“夫人醒了。”

“昨晚，我是不是晕过去了？之后发生了什么事吗？为什么我的后脑勺就像被人打了一样疼……”蓁蓁边说，还边揉着那块头骨。

影五眼神闪烁了一下，答得极快：“什么都没发生。大概是夫人您不小心又翻下床磕着了吧。”

“真的？你没和无洛长老起冲突吧？”蓁蓁怀疑地打量着他，总觉得他今日神色多有古怪。

“没有。”影五这句话是大实话，和洛昭明起冲突的是纪然之，不是他。

蓁蓁启唇，还想再问点什么，却见一名弟子在门口处，象征性地叩了叩敞开的门。

“进来吧。”她是连带外裳和衣而睡的，故而也没什么可避嫌的，“什么事？”

那名弟子飞快地冲她行了个礼，就转而对影五抱拳：“阁主命您去他书房一趟。”

“什么？！”蓁蓁顾不得穿鞋就蹦下了地，双眼大亮，“纪然之回来了？！什么时候？我怎么不知道？”

“昨晚回来的……您当时已经睡了，所以……”影五艰难地应对着。

不过他的回答对蓁蓁来说其实并不重要。这不，他还在说，蓁蓁就已自顾自又回身去穿好了鞋，准备到临鸾梳妆：“你等等啊——我和你一起去！”

“回禀夫人。阁主说了，他只见影五统领，若是您正巧也在场，想一道去，让您暂时别去。”那名弟子硬着头皮转达完。

蓁蓁打开梳妆匣的手一顿，面上笑容有些勉强，从镜子中瞧着那弟子：“他……是这么说的？那我什么时候能去找他？”

“这个，阁主没说。”年轻弟子把头埋得更低了。

“我知道了……你们去吧。”

身后两人皆是如释重负，依言退出屋去，不忘将门带上。

房内又只剩下自己一人，蓁蓁不由深吸一口气，告诉自己纪然之久不在总坛，必定有不少堆积的事务要优先处理。况且，他不是说这次会带回来一份“大礼”吗？也许就和七夕那次一样，故意装作不知，又给了她最浪漫的惊喜。如今躲着她不见，应该是在等待一个合适的时机把“大礼”送给她吧？

这个理由非常有说服力，笑意重回唇边，蓁蓁不仅又有心情打扮了，还把这些日子做的那些小玩意儿都从屉中搬了出来，一件件端详、挑选，最后每样各选了一件，揣进袖中。

这期间，有弟子端来了早膳。她看了眼时辰，慢悠悠地用罢早膳，琢磨着纪然之这会儿该是与影五谈完事了，才出屋往书房快步走去。

暌违多日的思念每走一步便愈深一分，蓁蓁遐想着纪然之见到她的第一句话会说什么，会不会牢牢抱紧她，甚至亲吻她，一诉衷肠。越想便越是羞怯，怕路过的弟子们瞧见自己傻笑，她就把脑袋压得低低的，眼睛几乎只盯着自己的脚尖在走。

不需要抬眼看四周，从寝室到书房，有几步的距离，需要走过几间房的房门，她心里一清二楚！可这么“横冲直撞”的，总有撞到人的时候，蓁蓁以为书房就在眼前，激动地加大步子，却与恰好从书房退出来的影五撞到了一处！

“哎哟！”

“夫人！”

影五眼疾手快，拉了她一把，稳住身形。

“外边什么事？”里头传来纪然之的询问声，语速极快。

“属下不慎撞到了夫人。好在夫人无碍。”影五在门外抱拳告罪，“请阁主责罚。”

知是自己毛毛躁躁，走路不看道上有没有人，蓁蓁赶紧推走影五道：“是我自己不小心撞上去的。和你没关系。你先走吧——”

说完，她就笑嘻嘻地要自己推门进书房。

谁知影五居然又挤回来，抬臂一挡：“夫人，阁主说他赶回阁中，路途奔波，倦了要歇下了。您不如……”

“他睡他的，我就在旁边看着。”蓁蓁蹙眉，要扯开他的胳膊，“再说了，他刚才还出声，说明还没睡下。我进去不会打扰到他的。你让开——”

“夫人，阁主方才特意交代属下……”影五咬牙蹦出一句，“他歇息时不想有别人来打扰！”

“别、别人？”蓁蓁脸色刷一下白了。她什么时候成了“别人”？

也不忍见她如此，影五沉默着等了片刻，仍不见书房内的人发话，只得把腰弯得更低，做了个“请”的手势：“夫人，您先请回吧。等阁主醒来想见您了，属下——”

蓁蓁没有听完他的话，失魂落魄地退开一步，然后，落荒而逃！

“跟着她，别让她出事。”直到哒哒哒的步子声远了，房门里才传来这么一句。

“是……”这是何苦呢？影五无奈地拔腿去追。阁主夫人果然英明神武，一早就知道恋爱中的阁主脑子可能会出现问题。

此时此刻，深以为纪然之脑子出问题的，又何止影五一个人？回到房间，气得把袖子里那些东西一股脑扔到地上的蓁蓁也是同感。

洛昭明说过施针后如果情绪起伏过大，就会功亏一篑。蓁蓁为此不断深呼吸，让自己冷静再冷静。可一刻钟过去，她还是冷静得只想把地上那些玩意儿当做纪然之来踩！

别人？！他有本事和“别人”拜堂，和“别人”同榻共枕啊！

气着气着，怒火便轻易化作了满腹委屈，她鼻子一酸，眼眶泛红，眼泪就不争气地流下来了。好端端的，纪然之的态度为什么变得这么冷淡？他明明就在书房里，明明就醒着，影五那么拦她，他却一声不吭！影五不会故意与她为难，唯一的可能就是纪然之授意的。

究竟哪里出错了？蓁蓁百思不得其解，只能暂时允许自己没出息地伏在床榻边，抽抽搭搭地哭。直到哭累了，她才拿帕子把眼泪鼻涕一并抹掉，继续面对现实。

不能就这么糊里糊涂的，于是她让弟子找来了影五。

“夫人有什么吩咐？”影五来得很快。

蓁蓁尽量让自己保持心平气和：“我就是想问问你，这次他们去哪儿了？做了什么事？纪然之为什么躲着我不见……”

可任谁都看得出，她那发红的眸子，明显是哭过的。

“是去了水月宫。阁主当日曾言，水云与水雨不日就会被押回来，算是给夫人与小姐报仇了。”影五虽不能明说，但还是想方设法暗示她，“至于阁主对夫人……属下认为与此番出行无关，就是回来的时候可能撞见了什么不该出现在这里的人……因此一时间心里头有些不舒服，别扭着，怕影响了夫人心情，才暂时避而不见。等阁主自个儿想通了，就好了。”

撞见不该出现在这里的人？联想到今早起来脑袋疼，蓁蓁若有所思地沉吟起来：“唔，我知道了……谢谢你影五。”

“夫人客气。那属下就先告退了。”

影五走后，蓁蓁重新把替纪然之做的小玩意儿们从地上捡起来，拍拍灰，堆回案上。好在到最后也没舍得踩，不然就送不出手了。经影五这么一提点，她觉得纪然之那厮很可能是夜归时撞见洛昭明在她屋里，才乱吃飞醋。可吃醋便吃醋了，又觉堂堂大阁主斤斤计较很是丢脸，遂下了“封口令”，不肯别人告诉她。

至于洛昭明的安危，也不需要担心。从纪然之闹别扭的程度上来看，多半是当时就大打出手，却没把人抓到，才会心情如此不爽。说不定她这脑袋磕碰，还是打斗中殃及池鱼的结果！

这推论环环相扣，水到渠成，一下便令蓁蓁从原本的气恼担心中解脱出来，只是在心里嘲笑纪然之的“幼稚”。

“算了。我大人有大量，不和幼稚鬼计较，等今晚好好哄哄他就是了——”

然而，当夜她等到很晚，纪然之都没有来，一问才知他在书房歇下了。没办法，本着“山不就我，我便就山”的原则，蓁蓁说服自己，屁颠屁颠地送上门去，谁知书房的门居然被纪然之从里头落了锁！进不了门，她又没那翻窗的好功夫，只得打道回府。

之后的两晚也是如此，他都以在书房忙到很晚为由搪塞着，让蓁蓁原先已经落回肚子里的一颗心，又悬了起来。莫非她会错了影五的言外之意？纪然之不理她还有别的原因？影五毕竟没有参与这次的行动，不清楚在水月宫究竟发生了什么……

想到洛昭明在她生父一事上讳莫如深的态度，以及让她保密水月宫中之所闻的再三叮咛，第三日夜里的蓁蓁根本难以入睡。

猜疑与隐瞒是对感情最可怕的消耗。她不想再等了，天一亮，她就要去找纪然之问个明白，也说个明白！

这次谁也拦不住她！

睁着眼睛迎来清晨，可能是一夜失眠，让蓁蓁感到大脑运转变得有些迟钝。她盯着床顶好一会儿，才慢吞吞起身，穿戴洗漱。早膳也没什么胃口，只草草对付了小半碗粥，就让人撤走了。

弟子来收碗筷时，蓁蓁状似无心地问道：“阁主用过早膳了吗？我还想给他做些糕点。”

“应该是还没用。昨天夜里水月宫的人被押至，阁主天还未亮就去了地牢。夫人这会儿做些糕点，阁主审讯回来也许正好能用点。”那弟子笑呵呵地答着，手中已收拾利落，就退了出去。

在地牢，反而便利了蓁蓁。纪然之若老待在书房，必定找他那些影卫们帮着拦她。而地牢就不同了，蓁蓁一路下去畅通无阻，打着阁主夫人给阁主送点心的旗号，哪个弟子会不放行呢？

端着点心托盘，在一名弟子的引路下，蓁蓁来到了此时血腥气最重的一间牢房，鞭打皮肉的声音夹杂着吃痛的叫骂声不绝于耳。她站定往里一看，一袭水蓝色被吊在半空，长发披散，看不清面容，鲜血染透了半身裙缎，外裳也被打得破破烂烂，但隐约还能判断出这身装扮是水月宫的。

“阁主，夫人来了。”引路的弟子从外打开牢门，扬声通报。

纪然之闻声扭头，看到蓁蓁的同时略一皱眉，抬手示意行刑弟子暂且停下。

“听弟子说，你没用早膳就到地牢来了。我就给你做了些点心来先垫垫。”蓁蓁也不等他开口，就款步踱到他身前，把托盘稍稍举高到齐颌处，抬眸浅笑，“尝尝看！我的手艺有没有进步？”

影五和影一也都立在纪然之身后，都看得清楚。托盘上摆着两个小碟子，都是在蛮荒时的“老面孔”了——饭团与锅贴。

也许是勾起了回忆，纪然之的目光变得柔和，默默地取出其中一片锅贴，放入口中细细咀嚼起来。

“怎么样？”蓁蓁特意选这两样点心，就是想把他这几日的心结先解开。

“进步很多。”纪然之虽面上不动声色，唇角却是不自觉扬起的。他把视线从碟子上移开，转到她的小脸上，发觉她眼下的青灰，抬手抚上，拧眉：“昨晚没睡好？”

蓁蓁别开脸，小声嘀咕：“何止是昨晚……没你我都睡不好。”

再小声，就站在眼前的人总是听得清的。这句话显然让纪然之很受用，当即从她手中把托盘接过，随手交给身后的影五，然后拉她一转，靠入自己怀中半搂着，在她耳畔低语：“我也睡不好。”

“扑哧——”蓁蓁忍俊不禁，面上笑意生花，灵动炫目，嗔道，“活该！”

“是，是活该……”几日不豫瞬间荡空，纪然之毫无原则地附和着。

从他怀中退出来，蓁蓁挑眉：“那你怎么赔我？”

“现在便陪你！”朗笑声疏狂不羁，纪然之笑罢，侧首对影一道，“你去请杜长老来一趟替我。”

“是！”阴云压顶多日，如今天光大放，影一也松了一口气，“杜长老应也在地牢中审讯其他线人，属下这就去请——”

等着杜长老来替换的功夫，纪然之也没有闲着。他稍捏了捏蓁蓁的手后放开，走上前两步，冷冽中带着轻蔑的目光在受刑女子的身上来回扫视：“云夫人，我知你与云鹤貌合神离，可好歹也是云华派的掌门夫人，在那儿住过几个年头，不至于没有派中的布防图吧？只要你肯画下来，我便可给你一个痛快。你既与他不睦，又何必替他熬刑？”

水云？云夫人？云鹤？如同晴天霹雳，蓁蓁心中一悸，手脚发凉。

“呵！我与云鹤关系如何，不劳你操心！”遍体鳞伤的水云嗓音嘶哑，努力抬起头，散乱遮挡在眼前的发滑到一旁，露出半张惨白的脸，“水月宫之仇，不共戴天，你休想从我嘴里撬出半个字——”

“阁主，把她交给老夫，老夫定有法子让她开口。”杜长老不知何时已到，还就站在蓁蓁旁边，笑吟吟道，“这牢房晦气，阁主与夫人新婚不久，还是少来，少来……”

“嗯，那就有劳长老了。”纪然之回身，走到蓁蓁身侧，“阿蓁，走吧。”

但蓁蓁仿佛未闻，没有动步，神情恍惚。她只看到，水云的眼珠子跟随着纪然之的移动而转动，然后两人对视……

纪然之握住她的手，一片冰凉，忧心道：“怎么了？哪里不舒服？”

“云……云蓁！哈哈哈——”就在这时，终于看清蓁蓁的水云忽然爆发出歇斯底里、近乎疯狂的尖利笑声，如此用力大笑带来的疼痛让她浑身不受控制地剧烈颤抖，连困缚住她的铁链都被带着不断发出摩擦声。

可此刻她肌肉抽搐的脸上还是快意胜过痛苦：“我还道你这小贱人当初

是被谁神不知鬼不觉救走了！居然是勾搭上了魔教的阁主！怎么？你原来不是失踪，而是被云鹤派来用美人计的？云鹤竟也舍得让唯一的宝贝女儿来当眼线？他真是够狠，够狠啊！哈哈哈……”

此话一出，可谓一石激起千层浪。牢房中的空气瞬间凝结，或是惊疑，或是敌意的目光如同利刃刺来，叫蓁蓁无处闪躲，背脊生寒。

云蓁。原来这才是她在游戏里的真名。她是云鹤的私生女。为什么偏偏是云鹤？随便一个正道人士，都好过亲手斩下纪融首级、害得纪母惨死、然安受毒疮折磨无法长大的云鹤要好啊！可如今想来，这就也怪不得数月前蛮荒那一夜大战之际，云鹤会尤其注意她，对她喊话，又会在与纪然之交手时，因她的几句话而分神被伤。还有，是云鹤斩杀的纪融，那么这纪融夺出的蛊王会落到他手中再进入她体内也是顺理成章之事了……

纪然之先是浑身一震，随即以所有人都没能看清的身法闪到水云面前，一把卡住她的脖子：“水云，你敢再胡说一句——”

“我……咳咳！我是不是胡说，那个贱种心里最清楚！”水云的面容扭曲变形。

“阁主！”杜长老也大步上前，抬手按在纪然之的腕上，“事情尚未查明，阁主不可就此将她杀死！”

纪然之没有放手，眯起眼，还在继续用力收紧食指。

眼看水云双脚踢蹬，渐渐吐出舌头，杜长老索性撤手从审讯弟子处腰间抽出剑，往自己的脖子上一架，厉声道：“阁主！若她说的是实情，娶仇人之女做玄影阁的女主人，让老阁主九泉之下如何瞑目？！阁主若执意要杀人灭口——那么老夫对不起老阁主，只能先血溅于此了！”

“杜长老！”牢房中众人，包括影一与影五在内，都连忙跪地，“请阁主三思！”

一时间，牢房中还站着的，只剩下纪然之、蓁蓁与杜长老。

扫视着这些人，纪然之眼底风云变幻，闪过无数种锐芒，就像一头想要发怒撕咬却又被困在牢笼中的雄狮。

见掐着水云的手不再接着使劲，影五忙直起身，抱拳进言：“阁主，这很可能只是水云的挑拨！何不留她一命，调查清楚，还夫人一个清白！”

蓁蓁在心底苦笑，影五与她亲近，又当真以为这只是水云的胡言乱语，才更希望查个清楚，以免她日后在阁中受人非议、难以立足。可殊不知，水云说的多半是实话。

怪不得当日洛昭明那么想强行带她离开……

“阁主！一个水云你能杀掉，难道我们这些人，你也都要统统杀掉吗？！”杜长老悲戚地喊着，手上的剑掉落在地，也缓缓跪了下来。

但他的双膝还没沾地，胳膊就被纪然之一把握住，向上拽起。

“长老是父亲信任的长辈，莫要这般折煞我……”纪然之还是妥协了。他放开了水云，选择将杜长老扶起来。

见杜长老起身，牢房中其余的人也随之站起，等待纪然之的后文。

“适才是我意气用事……长老和兄弟们对玄影阁不离不弃，是然之的福气，怎么能让你们因此事心寒……”纪然之右手负在身后攥紧，沉声说，“此事，就交由杜长老来查清吧。”

“老夫定不负阁主所托。”杜长老躬身一揖。

纪然之没有看他，转而望向呆立在原地至今一声不吭的蓁蓁，神色复杂。“在事情查清之前，我希望没有人乱嚼舌根，把今日之事传出去。”他顿了顿，似乎在等她开口，可后者久久不曾有所反应，只得把视线从蓁蓁身上移开，“至于夫人……在水落石出之前，便也暂时留在房中，不必再外出走动了。影五，还是由你负责照看夫人的饮食起居。”

“是！”

“咳咳……”水云渐渐缓过劲儿来，眼底满是狠戾，“还有什么好查的？这小贱人长得是不像云鹤，更像那个唐蕊狐狸精。可她就是云蓁，化成灰我都不会认错！我巴不得她死——”

杜长老转向她：“空口无凭，还是得有证据。”

“证据？哼，我还真有人证！当年云鹤做的那件丑事，江湖上没人知道，可我偏偏知道！你知道为什么吗？”水云显得兴致极高，拔高音量，似笑非笑地盯视纪然之，“因为云鹤认为能保守秘密的只有死人，事成之后便打算把那些去掳来你与纪氏的杀手做掉！可巧了，那次行动的头目鲁青，意外撞见云鹤与那个姓洛的谈及此事，仓皇而逃，被我给撞见了！捏住鲁青，就等于捏住了让云鹤身败名裂的把柄，我自然要把他送去一处隐蔽的地方，保护起来。这个鲁青在参与那次行动之前，就是负责保护唐蕊母女安全的——”

“不错。”杜长老点点头，“云鹤掳走阁主与老夫人一事，阁中也没有几个人知晓。阁主想来是能识得那鲁青是真是假的。若能将真的鲁青找来辨认，就绝不会错了。”

“鲁青的所在，我只能告诉你一个人。”水云讥道，“以免某人得知，先派了人去杀人灭口，来个死无对证。”

影五拔剑上前，怒目而视：“你——”

“怎么？他刚才有多急着想杀了我，保住他的妻子，你们看不出来吗？”水云斜睨着他，不屑一顾，“我现在只相信杜长老。”

“阁主……”杜长老踌躇着对纪然之又行一礼，其中之意，不言而喻。

“交给长老了。”纪然之下颌一点，率先离开牢房，接着是影一与其他弟子，最后是影五也扶着蓁蓁走了出来。

回到寝室上的一路都很漫长，纪然之在前，影五渐渐放开她，只是亦步亦趋跟在她身后小半步，防止她因步伐不稳而跌倒。

直到踏进房门，真实身份给蓁蓁带来的冲击才勉强被她消化下来。

“你就在外边守着吧。”纪然之也跟着进屋。

“是……”影五在门外驻足，替两人把房门关上。

背对着纪然之站定，蓁蓁一时之间也不知该不该转身，转过了身，又该用什么样的神情，对他说些什么。

“阿蓁，”她的思绪还在千回百转，身后的纪然之已沉声开口，“你没有话想对我说吗？”

鼓起勇气，蓁蓁缓缓挪步，转向他，双手攥在心口处：“我没有骗过你。我也不是细作。”

才说完，下颚就被捏住，被迫抬起，与纪然之对视。“只否认这两点。所以……你是在承认，你是云鹤的女儿？”他咬牙。

"过去的事情，我确实不记得了。"蓁蓁嗓音艰涩，垂下眼帘，"但我想……水云说的是事实。"

片刻的沉默，之后便是彻底的爆发。

"云鹤！我杀父杀母的仇人！云鹤的女儿！"纪然之狠狠地甩开手，眼眶发红，犹如困兽般来回走动，歇斯底里，"我为云鹤的女儿调动玄影阁所有眼线，寻去归心观要人！我为云鹤的女儿千里奔袭水月宫，替她报仇！我为云鹤的女儿暗中置办凤冠霞帔，答应她要对她百依百顺！我还娶了她，让这玄影阁上下人人都喊她一句夫人——叶蓁蓁！你置我于何地啊？！"

叶蓁蓁！你置我于何地啊？！

最后一句质问刺痛耳鼓，蓁蓁失去力气，向后一个趔趄，跌坐在地："对不起……对不起……我真的不知道……"

"不知道？"纪然之喘着粗气，死死盯着她，"哪怕早一点！哪怕由你自己亲口来告诉我……"

蓁蓁也顾不得许多，手脚并用几下，爬到他跟前，拽住他的衣摆："你相信我！我没有故意瞒着你！"

"可你，不是第一次见水云。你不会不知道，她那次为什么要杀你。"纪然之低头，一字一句。

"我当时迷迷糊糊的，她和她姐姐也没有明说——我只听出来因为我是她丈夫的私生女，所以她恨我，想杀我！"蓁蓁急切地解释着。

"然后你要告诉我，你居然不知道水云的丈夫就是云鹤吗？"纪然之说罢，仰头一笑，复又逼视她，"呵，好，好！就算你连这江湖上人尽皆知的事都不知道，那你为什么当初没把你所听到的告诉我？"

蓁蓁咬唇："一开始我和你也没有……到这一步……后来我们要成亲了，我又担心你会不会因为，我是私生女而……等我决定对你说的时候，喜娘说新郎和新娘不能再见面了！所以我又想着那等拜堂之后，谁知道拜堂的时候又出了意外，我就忘记了……"

"你知不知道，你忘记的所有东西，现在全都像匕首一样，把我扎得体无完肤。"纪然之缓缓蹲下身，一根一根掰开她的手指，"或许我真的被你骗了。天真烂漫，善良无害，不离不弃，都只是假象——”

“不是的……”蓁蓁用力摇头，泣不成声。

“不管是不是，你都是云鹤的女儿，云蓁。”掰开最后一根手指，纪然之毫不留恋地起身，拂袖而去。

房门被关上，阻隔了大片的光线。虽还未至深秋，空气中也已微有凉意，没有阳光的照射，蓁蓁此刻更觉发冷。

她抱起膝，把头埋着，心中一片凄然：“纪然之，真的对不起……”

被软禁在房中的滋味并不好受，可谓度日如年。一开始是歉疚，是伤心，后来就变成了焦灼。那名叫做鲁青的人证，就像是悬在蓁蓁头顶的一把刀，不知道什么时候人找到了，这把刀就落下来了。把她和纪然之之间的缘分，斩得干干净净。

在漫长而煎熬的等待中，地牢里的一幕幕不断在蓁蓁脑海中重演。当日不明白的，后来想着想着也懂了：纪然之心中有她，而且分量极重，才会在听到那个消息后立刻朝水云动手。因为他也害怕她说的是真的。他宁可选择就此杀掉水云，哪怕只是自欺欺人……

可他背负了太多，注定不可能只为自己而活。所以，纪然之可以为叶蓁蓁杀人灭口，但玄影阁阁主却不能。那日在房中的决绝，他也从来不是真的恨她，只是恨她为什么是云鹤的女儿。

这么想通之后，那份焦虑也不见了，蓁蓁脸上甚至浮现出笑意。因为更多的时候，她总是能在这间属于两人的新房中，看到他们过去甜蜜而美好的回忆。

毕竟，事已至此，多想无益。

鲁青被带回无间崖，是在两旬后的一个傍晚。红霞如血，异常鲜艳，染红了天际，也映红了整个玄影阁中的建筑。

蓁蓁终于得以踏出房门，随影五一道再次进入那间熟悉的牢房，与鲁青、水云对质。

“今日在场的，有的是死里逃生的总坛弟子，有的当年虽不在总坛效力，却也都是老阁主的旧部，蒙其厚爱，留驻秘密分舵无间崖……”牢房中，杜长老正在说话。纪然之、杜长老、其他几位长老与几名看起来较为年长的弟子都在。本就不太宽敞的牢房显得更加拥挤。

为让蓁蓁和影五能够入内，两名弟子主动退到了牢门外站着，让出一条道。于是两人便走到中央，在纪然之的左侧站定。蓁蓁这时才瞧见一名中年男子双手被反剪在后，由两名弟子押着，站在斜前方。

那中年男子的头微垂，看不清整张脸，只是额上一道又深又长的疤，斜切下去，延伸到右眉下方半寸。

“鲁青，抬起头来。”杜长老冲两名弟子使了个眼色，其中一人便腾出一手，把其发往后一揪。

鲁青的头被迫完全抬起来，面色黝黑，五官平平无奇，是一张令人过目就忘的脸。

可对于特定的人来说，这张脸却是毕生难忘的，比如纪然之。此刻的他双唇紧抿，额角青筋若隐若现，仿佛在竭力遏制怒气。

“阁主，此人当年是否确实参与了行动？”杜长老观他面色，心中已了然，却还是要当着众人的面问出来。

“是。”纪然之只吐出一个字。

“好。”杜长老得到肯定的回答，便又看向鲁青，抬手指指蓁蓁，“你来看看，她是不是云鹤的女儿云蓁。”

那鲁青依言对着蓁蓁草草打量了几眼：“我当年离开那对母女时，那小女娃才四五岁，这个女人要说像，也是像，大概是吧。”

这个答案模棱两可，不满意的可不止杜长老，还有水云。她还是那副被吊着的模样，大概从未被放下来过，比之前看起来更加消瘦，铁链都快要比她的胳膊粗了。“鲁青，这些年我待你不薄吧……没有我，你的尸骨早都腐臭了。所以你再好好想想……想想有没有什么能让在场所有人都确信，这个女人就是云蓁的证据。”她的目光依旧锐利地剜着蓁蓁，说话却变得有气无力，句与句之间的停顿长久到令人以为她没有打算继续说下去。

水云发话后，鲁青果然又盯着蓁蓁瞧了起来。但从他的神色中可以看出，他并非在辨识她的面部特征，而是在思考回忆。

半晌，鲁青终于点点头，缓缓道："我想到了。那个小女娃儿身体不好，但从小就皮着呢。我们躲在暗处保护，也常有不及之时。她三岁那年磕碰到，伤口极深，最后在膝盖上留下了一个状似玉珏的疤痕。云鹤对他这个女儿当真是疼爱，我脸上这鞭伤痕迹，就是因为这事，被云鹤亲手给抽的。那疤痕想来没那么容易褪去，如果这个女人膝盖上也有，应该就是云蓁。"

此言一出，纪然之面色铁青，蓁蓁绝望地闭上了眼。

她的左膝上确有这么一块伤疤，尽管痕迹很淡，却足以指证她的身份。

"夫人……"影五观察到夫妻二人的反应，欲言又止。

杜长老精明的双眼也在两人身上来回扫视，似乎在思忖着如何提出验明疤痕。毕竟在场的，除去水云外都是大男人，碍于叶蓁蓁毕竟是纪然之的妻子，顾及纪然之脸面，直接查验多有不便。

"不必验了。"蓁蓁何尝不知杜长老之意，事到如今，遮遮掩掩已经没有意义，"我的膝上确实有玉珏状的伤疤。我……就是云蓁。"说出最后一句话时，她由于控制不住，声音发着颤。

"锵！"

话音一落，她面对的就是无数出鞘的刀剑冷芒。

牢房内外，所有纪融的旧部都龇牙瞪目，想要将她当场格杀！

"你这妖女！今天我们就要杀了你，让云鹤那老贼也尝尝丧亲之痛，替老阁主报仇——"就站在蓁蓁身后，距离最近的一名弟子义愤填膺地举起刀，誓要将其劈作两半！

就在那弯刀砍下的瞬间，纪然之眼中精光乍现，佩剑离腰并未出鞘，只是用剑鞘一挡，生生将那来势汹汹的刀锋挡在了蓁蓁肩上一寸！

耳边鬓发被削下，轻飘飘地在半空中旋了旋，最终落地。

蓁蓁又惊又喜地扭头看向纪然之，潸然泪下。直到这一刻，他还是护着自己的啊……

"阁主！您这是何意？！"那名弟子没有收刀，狠狠地盯着蓁蓁，大声质问，"她是云鹤的女儿！她就是云鹤派到您身边监视您蛊惑您的！您莫不是真的着了这女人的道吧？！”

“是啊，证据确凿，阁主万不可再心软了！否则怎么对得起老阁主与老妇人的在天之灵？”

“阁主！当年是谁斩下了老阁主的首级悬挂示众，难道您忘了吗？！如今云鹤的女儿就在面前，岂有不杀之理？能给她个痛快，已是最大的仁慈！”

众人激愤，你一言我一语，脸上、眼里满是骇人的恨意与杀心。

谁又能想象，在今日之前，这些人都与蓁蓁有着或深或浅的交情，尤其是杜长老夫妇。杜夫人常拉着她说些女儿家的私房话。还有当初大婚，她与纪然之还是以高堂之礼，拜了杜长老的。可如今，她还是她，还是这个人，只因她变换了身份，成为了云鹤的女儿，他们人人对她，便除了杀之而后快外，都再无旁的情意可言了吗？蓁蓁知道他们也没有错，自己没有资格怪他们，却仍是心有戚戚焉。

面对被激怒的众人，纪然之的面容意外沉静，无波无澜，只是静静地听了一阵子，才出声问了句：“各位都说完了吗？”

“阁主……”杜长老忧心忡忡，还想再进言，却被纪然之扬手阻下，只得“唉”的一声后退半步。杜长老在这群人中资格最老，声望最高，他都不再言语，其余人自然也只能静待。

只见纪然之撤回佩剑，转过身，微微低头俯视蓁蓁，面无表情地眯起眼：“云蓁，是云鹤的女儿，确实该杀。”

看着他薄唇翕动，说出的话如此冰冷决绝，蓁蓁不禁打了个哆嗦。

“但，众所皆知，云鹤与水云的关系并不好，拿水云要挟云鹤，终究少了些把握。”话锋一转，纪然之冷静地分析着，“而云蓁不同。云鹤这些年与水云并无所出，只有这么一个与外室所生的女儿。而且无论是水云还是鲁青所言，都透露出云鹤对这个女儿的态度，是视其为掌上明珠的。”

说到这儿，他把目光从蓁蓁身上移开，环视在场之人，唇边是胜券在握的笑意：“若在关键时刻，以她为质，你们猜，云鹤会不会束手就擒？”

他这一席话后是短暂的沉默，几名长老相互交换着眼神，频频点头，似乎都被说服了。

唯有水云突兀地发笑："可笑，真是可笑。说到底，无非是想保她一命。唐蕊那狐狸精还真是有些本事，自己能把男人迷得神魂颠倒，生出来的女儿也这么厉害，哈哈哈……"

水云说得没有错，无论出于什么目的，纪然之此举从最终结果上来看，就是保住了蓁蓁的性命。

"阁主，老夫斗胆一问。"杜长老听后果然又忧虑地沉吟片刻，对纪然之拱手请示，"以她为质不是不可，但事成之后，您打算留她一命吗？"

纪然之没有回答他，而是再次把视线落在蓁蓁苍白的面上，捏住她的下颌，神色轻蔑地问："我想，云蓁小姐在亲眼看着自己的父亲被我枭首后，也不会苟活于世吧？"

眼角的泪水不断滑落，蓁蓁微微启唇，却说不出一个字来。云鹤的女儿，不过是她在游戏里的一个身份设定罢了。真正让她愿意生死相随的，只有眼前这个男人啊。

蓁蓁努力睁大眼，直视他，想让他明白自己的心意。可后者却太快将视线别开，同时放开了钳制着她的手。

"既然如此……那一切还是全凭阁主做主。"纪然之已如此明确地表态，杜长老也不好再多言，当下垂首告罪道，"今日老夫与大家都有冒犯，还请阁主见谅。"

"诸位都是父亲旧部，对父亲忠心耿耿，想杀云鹤之女复仇乃人之常情，我又何尝不想？只是为了大计，还望诸位能再多忍耐……"

此后纪然之还说了些什么，蓁蓁都没听进去，耳鼓轰鸣，满脑子都是那句"想杀云鹤之女复仇乃人之常情，我又何尝不想"。难道全是她自作多情？早在叶蓁蓁变成云蓁起，纪然之心中就已在盘算用她做人质的事了吗？以牙还牙，以眼还眼，以报当日云鹤对他们母子所做的一切？

怔忪之间，她感到自己被人一左一右架起，从水云的牢房，一路架到另外一处无甚不同的牢房，然后牢门重重被关上，落锁。两名弟子的脚步声渐远，阴冷昏暗的牢房重归寂静，只剩下被丢在角落稻草上的蓁蓁一人。除此之外，便是老鼠和蟑螂围绕着她到处乱窜，与她作伴。

蓁蓁是不怕这些小东西的，但也不愿多接触，当即也容不得更多感伤，起身把散乱在地的稻草重新整理拢起来，堆得高出地面一截，可容她抱膝坐在上边，不至于被老鼠蟑螂啃脚趾头。

说来也可笑，最初来玄影阁，进的便是这地牢。没想到，一切又在这一天回到了原点。蓁蓁知道游戏的设定不会让她好过，却没想到竟然这么虐。都说“一入宫门深似海，从此萧郎是路人”，到了她这儿，一入了江湖，从此萧郎不止是路人，还成仇人了。

真不知道这剧情还能怎么发展……蓁蓁腹诽着，心中绝望，渐感身心俱疲，眼皮发沉，最终把脑袋往又冷又硬的墙上一靠，双臂收拢，蜷缩做一团，就要睡去。在昏昏沉沉进入梦乡前，她隐隐约约听到隔壁牢房的房门也传来一开一关的声音，以为只是哪个小奸细被关了进来，却不知这回“关”进来的却是个“大人物”……

第十章 八方门里识昭晦

戌时，隔壁牢房。

“你先下去吧。此人事关重大，阁主命我在他醒来之前，要寸步不离地看着。”影五对看守弟子挥挥手。确定他走远后，立刻转身，单膝跪下，抱拳低声道：“阁主，属下方才看过一眼，夫人似乎睡着了。”

影五跪的不是别人，正是此刻躺倒在牢房稻草上那名衣衫褴褛、满面灰土、“昏迷不醒”的男子——纪然之。为了掩人耳目，不被地牢中看守的弟子察觉，纪然之刻意把在自己面上抹了锅底灰，又擦了些血水上去，就算是蓁蓁此刻仔仔细细地盯着他看，想必也得好一阵子才敢相认。

“起来吧。这段时间就要辛苦你两头跑了。书房那边，让影六、影九和影十一守着，就说我在闭关参悟功法，不准任何人靠近。”纪然之听到他的话，霍地睁开眼，十分平静地盘膝坐起，泰然自若，仿佛身处的仍是平日里整洁明净的书房。

“阁主放心。影十二身形与您最为相像，这么多年来着意模仿阁主的动作与语调已有几分相似。只在书房中不露面，以假乱真不是难事。”影五起身应着，颇为不解，“只是，您这又是何苦……”

纪然之低叹一声，幽幽道：“你以为今日我的一席话，真的就能让他们所有人都彻底打消除掉阿蓁的念头吗？他们只是一时接受了以她为质的提议，回去后仔细盘算，未必不会再起杀念。不亲自在这儿守着，我不放心。”

“适才在牢房中，属下一度以为阁主是真想杀夫人。原来只是在做戏啊。”影五恍然大悟，“只是苦了夫人，看起来颇为心灰意冷……毕竟她当年也只是个无知稚女……”

“非常之时，她得恨我无情，才能走得干净。”纪然之扭头，一缕温情爬上眉梢，好似能透过身侧这厚厚墙砖，看到仅有一墙之隔的蓁蓁。他猜想着她此时一定是蹙着眉的，巴掌大的小脸皱成一团，嘴里说不准正叽叽咕咕地念叨着梦话，大约会在梦里骂他翻脸不认人。

盯着墙砖看了许久，纪然之收回目光，重新对影五吩咐道：“地牢阴冷潮湿，我又不能照拂阿蓁，以免让人起疑。所以消息一定要用最快的速度传到云鹤那里。希望他手底下真有几个能人，能神不知鬼不觉把人救走。”

“这恐怕很难……如今玄影阁地牢的防备比以往又加强了。”

影五的顾虑，纪然之又岂会没想到？“是不容易。因此能成便罢，若不成，他肯送几个人来营救阿蓁，就坐实了他对女儿的重视。阁中杜长老等人，便会在想对阿蓁下手时多一份思虑。”纪然之早已筹谋周全，“等他的人都失利后，你我再亲自动手救人。如此一来，便无人会怀疑到我头上，只道是云鹤的人得了手。我不能为她与杜长老等人起了冲突，只能借云鹤的名义来做了。”

“阁主为夫人也算尽心尽力了，他日夫人知情后，必能破镜重圆。”影五面上露出一丝笑意。

“破镜重圆？云鹤就在那里，是我要杀的人，到时她得向着我，还是向着他父亲？”纪然之苦笑，“走一步看一步吧……”

必报之仇横亘在两人之间，犹如隔了山海，难以越过。影五默然，不知该如何接话，想了想，便垂首准备退下。

“等等。”才走出两步，纪然之又叫住他，“水云那边，你想个办法送她上路吧。让她看起来像自尽。没有她，阿蓁便成了唯一能要挟云鹤的人。”

“属下明白您的用意，会做得不留痕迹的。”影五一抱拳，领命而去。

子时，水云不堪刑讯折磨，咬舌自尽于牢中，转日身体都僵硬了才被人发现。水云被拖出去的时候，刚好经过了蓁蓁所在的牢房。

前脚守牢的弟子刚送来一块干粮饼权当早膳，蓁蓁原本是没什么胃口的。可看到水云这样，顿觉自己至少还活着，能吃到这干粮就不错了，总比死了强。再想想当日在水月宫地牢里，要是能有这么块饼，她也不至于饿得晕过去不是？这么一想，蓁蓁就甘心情愿地抓过干粮艰难地啃了起来。

但到底是没吃过什么牢饭，没有水和粥就着，蓁蓁很快就啃不动了，牙都咬酸了！手里还剩半块饼，蓁蓁灵机一动，把它撕碎成一小块一小块的，撒在与自己的稻草窝成对角线的那个角落里。

原本在整个牢房里乱窜的老鼠们纷纷聚集过去，小爪子捧起干粮块开始卖力磨牙。

“呐，你们好好吃，吃饱了记得晚上不要来打扰我睡觉，知道吗？”蓁蓁煞有介事地与它们商量着。正在啃食碎屑的小老鼠，脑袋一点一点的，犹如同意了一般，惹得她咯咯直笑。

不知道为什么，云鹤女儿这个身份完全被证实之后，在这个地牢里，她心里反而没那么慌了，也不烦躁了。在这里，她可以心安理得地告诉自己，自己被关起来了，什么都做不了，然后就可以什么都不用做，只要等，就够了。

而这一等，她计算着，就又过了小半月。牢房的一日三餐，她渐渐习惯了，和小老鼠们的相处也变得和谐。每天醒了吃，吃了睡，睡醒了再吃，也没什么喜怒哀乐，倒是不再发作晕眩心痛的症状。偶尔也会在梦里见到纪然之，两人回到了初识的日子，斗嘴吵架，相互看不顺眼，醒来时，失落未尝没有，但却也会窝心一笑，觉得是场不错的黄粱美梦。唯一觉得无法忍受的，大概就是不能好好地泡一个热水澡吧。唉，进来牢房时的这身衣裳都快臭了，剧情还不见进展！

这日天黑，开饭稍迟，戌时将过才有人送来食物。不过等待是值得的，这回竟然是个热包子，蓁蓁吃得好了，就有心情腹诽这个游戏是不是在存心灌水，浪费玩家的时间！

结果心里才冒出两句坏话，她就动不了了，吃了一半的包子眼看就在手里，可嘴却够不到！

“叶蓁蓁玩家，你当真是错怪这款游戏了。不做足铺垫，你怎么能真切体验到这牢狱之苦呢？而且我可以很负责任地告诉你，剧情很快就要有新的进展了！”一只老鼠走位风骚地来到蓁蓁眼前，张嘴就是系统君的口吻。

“呵呵，那谢谢你了。我现在已经充分体验到了。”蓁蓁冷笑。

系统君甩甩老鼠尾巴：“唉，别急着现在就道谢嘛。本系统接下来为你带来的情报，才值得你道谢——”

“什么？”蓁蓁随口问着。

“尽管上次你大逆不道，伤害本系统，但本系统大人有大量，还是要告诉你，你现在也仍然有机会完成反派团灭的任务哦！”系统君又扭扭老鼠屁股，“怎么样？惊喜不惊喜？意外不意外？”

蓁蓁毫不吝啬地用自己那双会说话的大眼睛说了一句话——你别是个程序错乱的系统君吧！

“喂，喂，喂，你那是什么眼神？你就不好奇，是什么机会吗？难道你不希望结束这个游戏，下线回到现实吗？你就喜欢蹲这儿？”

“好吧，好吧。是什么机会？请您指点！”被系统君连珠炮似的反问句弄得不胜其烦，蓁蓁决定勉为其难地问问看。

“指点”一词，系统君爱听，一双鼠目里全是小人得志：“放心，这个机会立刻就来了。只要你不拒绝，跟他走就对了。他能给你带来这个机会——”

“他？”蓁蓁挑眉。

“等我让游戏继续进行，你就知道是谁了。”

说着，老鼠系统君在地上小跑出了一个阿拉伯数字“八”后，蓁蓁手中的包子就掉在了地上——时空再次运转。

“我的包子……”蓁蓁懊恼，想把系统君抓起来吊打，却发现那只老鼠早就跑得无影无踪了！

就在她为包子哀悼时，一双与玄影阁守牢弟子全然不同的藏青色绣金长靴出现在了牢门外。

来人手里有钥匙，直接打开牢门，踏了进来。

“你……”蓁蓁忙站起身，面对这张熟悉的脸，开始判断他究竟是谁，

“你是……洛昭晦吧？”

“为了借用你们那无洛长老的身份光明正大地进来，本座所着应与他平日里在玄影阁的打扮一般无二，且刚才又一言未发，你如何得知？”洛昭晦饶有兴味地问。

蓁蓁抿唇笑语：“嗯，知道你们确实是两个人以后，就很好分辨了。从小处看，你们的眼神不一样，笑容不一样。从大的方面来感受，两个人的气场就完全不一样！”

“气场？很有趣的形容。”洛昭晦重复一遍，随即点点头，似乎是认可了她的说法，转而道，“跟我走吧。”

“跟你走？去哪儿？”蓁蓁想，洛昭晦大概就是系统君口中的那个能给她带来“机会”的人吧。

洛昭晦言简意赅，不太耐烦：“云鹤已经知道你的处境，派了不少人想方设法要暗中把你营救出去。我替他做事，目的也相同。我会把你带回他身边，你就安全了，不用住这牢房了。快走吧——”说罢，他从怀中掏出一套玄影阁弟子的衣服来，丢给她，让她披上。

“我……我不走。”蓁蓁抱住衣服，并不动作。

“什么？”洛昭晦像是听到了笑话般，“不走？留在这里等死？你知不知道，这里每天有多少人想要宰了你！”

那怎么没见人真来宰了我啊？蓁蓁本想这么顶嘴一句，可念及对方是个脾气阴晴不定的主儿，就把话吞了回去。

“快点。”洛昭晦见她没吭声，又催促了句。

低头盯着怀中的衣服，一直以来都想出去泡个热水澡的蓁蓁犹豫了。离开这里是很好，可这也意味着离开了纪然之。一旦去到生父云鹤那里，就等同于和纪然之站在了对立面上。两个人只会渐行渐远。这不是她想要的……

于是蓁蓁一咬牙，把衣服又塞回到洛昭晦怀里：“你走吧。告诉云……我爹，不要再派人来了。”

“你真的不走？”洛昭晦逼近她一步。

“嗯，”蓁蓁想后退，但设定受限，只得与他隔着一拳的距离，垂眼，轻轻点点头，“我决定了。”

“好。”

听到洛昭晦这么爽快地应下，蓁蓁心中一讶，正要抬眸看他，却后颈一痛，倒了下去。

“真是麻烦——”收回手刀，洛昭晦蹲下身，无甚耐心把她的外裳扯下，再将阁中弟子的外裳朝她身上一通乱套。勉强套完后，他不紧不慢地走出牢房，随手叫来一名落单的巡逻弟子。一条蛊虫从弟子的口中钻入，人的目光便呆滞起来，自觉自动地在洛昭晦的低声命令下走进牢房，披上蓁蓁的外裳，面朝里倒好在稻草堆上“睡”去。

这一招李代桃僵完成后，洛昭晦就扶起蓁蓁，锁好房门，向外走去。沿途有盘问的，便道是有个巡逻弟子忽然昏迷，地牢里不方便，他要将其带去碧水楼治疗。无洛一事，清楚始末的弟子很少，更遑论是这些整日守在地牢里的弟子们了，因此他这一路倒也畅行无阻。出了地牢之后，在这夜幕中从玄影阁脱身，对洛昭晦来说，就不过是举手之易了。

只是他也并未察觉，自己身后还带了条“尾巴”。

这条“尾巴”，正是被在隔壁牢房洞察洛昭晦一切举动的纪然之，派出来的影五。

“影五，跟着她。如果洛昭晦对她不利，取而代之。务必把她送回……那个人身边。”

“我……我要吐了……快停下！”

蓁蓁是被颠醒的，此刻她整个人像只横搭在马背上的面口袋，随着奔驰中马蹄的上下起落而尽情摇摆。结果就是根本没填满的胃最先受不了，开始翻江倒海地抗议。

“吁——”洛昭晦见她当真要吐，急忙勒马，将她倒扛下马，放到路旁的草丛边。“鸩！你过来帮她！”蓁蓁自己压根站不住，洛昭晦扬声叫来策马跟随在后的鸩。

“是。”鸩应声上前，接替洛昭晦，扶住蓁蓁的胳膊，语调平平，“云姑娘请快些吐，吐完我们还得赶路呢。”

她怎么能对一个吐得昏天黑地的弱女子说出这样冷酷无情的话呢？！已经把半块包子全倒出来的蓁蓁心中愤慨，强行忍了吐，扭头看向她：“你的良心难道不会痛……呕！”结果话还没说完，就又不得不对着草丛继续干呕。

鸩不语，只是节奏十分准确地给她拍着背。

洛昭晦早已嫌弃地侧过身，却罕见地解释了句：“我们离开无间崖才五里，不算安全。”

“咳咳……我巴不得被他们追回去，也好过被你那么丢在马背上强！”蓁蓁终于吐完了，气不过地回嘴，“胃都快被顶出来了！想弄死我就直说——”

“呵，做掉你，比碾死一只蚂蚁还容易。本座没有兴趣。”洛昭晦看都不看她，边说边往立在道中的马儿走去，“走了。”

“我、我和你同乘一骑！”蓁蓁被鸩扶到马旁，却不肯放开后者的手。

鸩不回应，只是看向洛昭晦，等待示下。

然而没有示下，洛昭晦直接用行动打消了蓁蓁的念头。他将她拽到身前，把腰一搂，一跃，两人便一前一后，坐上了马背。

“擦擦，不要蹭到本座的衣服上。”两人前后这么坐着，蓁蓁的发顶只到洛昭晦的肩头。他从袖中掏出一条帕子，顺手就盖在了前头蓁蓁的脑袋上。

“我的头没什么好擦的。”对于这种侮辱身高的恶劣行径，蓁蓁深恶痛绝，很有骨气地不动。

洛昭晦索性捏着她的下颌，掰过她的脑袋，用帕子把她嘴边残余的秽物用力擦去。蓁蓁有些发怔，神情恍惚，在不久前，纪然之不就是用这样半是胁迫的姿势，对自己说出那些绝情话的吗？

“你在看谁？”察觉到她的目光不对劲，洛昭晦把帕子随手一丢，冷声问。

“快点赶路。废什么话。”蓁蓁强硬地打开他的手，转回头，直视前方。

身后传来一声轻笑：“本座发现你真的很有趣。难怪连纪然之也栽在你的手里。”话毕，洛昭晦也不等她反应，扯过缰绳，双脚猛地一夹马腹，再次策马冲了出去。

“驾！”鸩也扬鞭，紧追再后。

因为要拉着缰绳，所以洛昭晦的双臂是自然而然要圈住蓁蓁的。起先她还未觉有异，可时间长了，难免感到不自然——双臂之间的空间很有限，蓁蓁稍微动一动，就会碰到他。害得她只好坐得端端正正的，好与其保持距离。

然而，到了后半夜困倦袭来，蓁蓁就有些撑不住了，腰板一松，整个人迷迷糊糊就往后一靠，也管不了身后之人似乎身躯一僵，就倚着“靠背”懒得动弹了。洛昭晦的胸膛与纪然之带给她的感觉截然不同，前者冰冷冷的，时时刻刻都在传递着寒意，而后者却永远是那么温暖……就这样，她在对比与嫌弃中，睡了过去。

此后的几日赶路，都是如此循环往复。蓁蓁开始放弃所谓的男女之防，完全把洛昭晦当做人肉垫子，怎么舒服怎么用。而洛昭晦对此也是全不在意，只要她能乖乖地坐在马背上，不耽误赶路，他便多半都可妥协。两人就这么奇怪地达成了“共识”，一路上相安无事，顺利摆脱追兵，抵达了位于祁城的八方门。

不止是整个庞大的八方门建筑群算是洛昭晦的地盘，其实就连整个祁城也都渗透了他的势力。因此蓁蓁在八方门中住下后，洛昭晦就不再对她紧密盯梢了，反而允许她跟着鸩四处转转，见识整个八方门的运作。

“你不是要把我带回云鹤那里吗？”蓁蓁记得自己是这么问的。

当时洛昭晦的心情似乎不错，答了好几句话：“别急。先在本座这儿住上几日。本座把你从玄影阁中救出来送还给他，也不是白干的。一命换一命。本座向云鹤交换一个人的人头。他什么时候送到八方门，我什么时候带你回去。”

蓁蓁想起纪然之此前对八方门与云华派之间关系的推测，纳闷道：“可你不是本来就效忠于他，为他办事吗？你不怕他直接杀过来要人，不和你做交换？”

“投鼠忌器。”洛昭晦笑得云淡风轻，谈的却都是生死之事，“你如今就在本座身边，本座若察觉他有异动，动手杀你，他鞭长莫及。不过你放心，在他心里，你绝对比本座要的那个人重要得多。那个人的人头已经寄存在脖子上太久了……他会换的。”

“那个人是谁？”蓁蓁好奇。和他有深仇大恨，他却杀不了的人？

洛昭晦卖了个关子："到时候你就知道了……最多十日，他就会让人快马加鞭送来。"

十日，说长不长，说短也不短。从地牢出来获得了自由，却依旧无事可做的蓁蓁发现，除了按照洛昭晦说的，跟着鸩到处走走外，还真找不到第二样能打发时间、让她不过分思念纪然之的事儿了。

好在鸩对于多出蓁蓁这个"累赘"来，并无任何怨言，每天只是照常行走于八方门的各处以及祁城城内，处理日常事务。鸩甚至毫不避讳她，还时不时指派她点跑腿的任务，比如到位于八方楼三层的情报室取情报，比如到八方门在祁城内的某个秘密据点送行等等。

对此，蓁蓁一开始是拒绝的，毕竟"你知道的太多了"是大部分人丧命的理由，但鸩很干脆利落地回了她一句："门主说了，以云姑娘的心智很难对任何人构成威胁，无需刻意隐瞒。"

这浓浓的恶意啊。是可忍孰不可忍。蓁蓁被这么一激将，终于决定发愤图强，勤快跑腿，对鸩发誓，要把八方门的机密都了解个遍，让洛昭晦后悔！

当然了，理想和现实往往存在着买家秀与卖家秀之间的区别。

十日后的入夜时分，晚膳用罢，洛昭晦十分有闲情逸致地把她招来跟前，亲切垂询："听说你要让本座后悔？不知进行得如何了？"

"……我们还是聊聊你要的那个人头怎么还没到货吧。"蓁蓁选择顾左右而言他。事实上，她每天被指使得团团转，偶尔自以为捕捉到了点什么绝密信息，夜里倒头一睡，等睁眼时也就忘了个精光，开始真真正正全新的一天……

"到货？"洛昭晦略一琢磨，便理解了她的意思，"不超过一刻钟，便要送到了。"

蓁蓁瞪大眼："你怎么知道？"这游戏里应该没有快递系统吧？还能实时跟踪物流？

"你这几日当真是白干了。"洛昭晦用鄙视代替了解释。

算了，人在屋檐下，不得不低头！她这几天也想通了，既然系统君说跟着洛昭晦走，就会碰到团灭反派的机会。那么她何不顺藤摸瓜，探清这个机会究竟是什么，好传信给纪然之，让他避开呢？所以，在此之前，蓁蓁还不想与洛昭晦把关系闹得太僵，便只是哼哼两声，打算走人。

“慢着。”洛昭晦喊住她。

“还有什么事？”

他用下巴指了指自己对面的座椅：“坐吧。你不是想知道本座要的是谁的人头吗？一起等吧。”

“好吧。”他这么一提，蓁蓁也确实来了兴趣。这也许也是相关的线索。于是她也不犹豫，当即坐下，还给自己倒了杯茶喝。

“你倒是把这儿当自己家了。”洛昭晦打量她，讥讽道。

轻抿口茶，蓁蓁也不看他，反问：“不是我家，那为什么连焚香都是替我缓解心疾用的？”

闻言的洛昭晦突然改了一贯的阴阳怪气，沉声说了句：“你有时候也不傻。”

“彼此彼此。你有时候也不疯。”蓁蓁挑眉。

“呵——”

一声轻笑过后，两人暂且无言。直到鸩推门而入，她手里捧了一个檀木雕花的方形匣子，从大小来看，倒是正合适装下一颗人头。

“门主，您要的东西送来了。”鸩在两人面前止步，“来的人传话说，云鹤让门主验了首级，就早点替云姑娘打点行装，直接送回云华派。属下把他们暂时安置在八方门内，便于掌控。”

“嗯。”洛昭晦心不在焉地应着，仿佛着了魔一般，双眼死死盯住那匣子不放，神情莫测。

鸩等了片刻，见他没有后文，便直接问：“门主，要打开吗？”

“打开……”洛昭晦的上身微微前倾。

“是。”鸩平静地应着，从双手捧匣改为单手拖底，一手把匣子打开。

蓁蓁在她打开匣盖的同时抬手捂住双眼，然后才大着胆子，一点点地把手指张开些，从渐大的指缝中瞄过去——

那是一颗中年男子的头颅，上边没有过多的血污，但神色狰狞，死不瞑目，略有些渗人。

“哈哈哈哈！哈哈哈哈——”这时，同案而坐的洛昭晦突然发疯一样仰头大笑起来，肩头猛烈抖动，他的手臂就搁在案上，于是案上的茶水都从杯中晃了出来。

这头颅没让蓁蓁变色，倒是身旁这个疯子的反应让她心惊肉跳。她把求助的眼神投向鸩，但鸩很淡定地没有给她半分暗示。

没有办法，只能等洛昭晦笑完。

当蓁蓁在心中默数了二十声后，洛昭晦总算止了笑，缓缓低下头来。说实话，她还担心他的颈椎会因方才用力过猛而拧不回来了呢。

“你……还好吧？”她不怕死地把自己面前的茶杯往他那边一推，“要不要喝口茶冷静一下？”

洛昭晦先是瞥了茶杯一眼，接着把目光转到蓁蓁面上，勾唇：“你说得对。是该喝点什么。鸩，去取几壶酒来。”

于是鸩二话没说，把匣子重新关上，带走，再回来时，匣子没了，变成了三壶酒与两只酒杯。

“匣子放哪儿去了？”洛昭晦看着她把酒壶与酒杯摆在桌上，问。

鸩摆好后收手：“匣子摆在情报阁里留作纪念。那个人头拿去喂狗了。”

听了这话，蓁蓁只差没把眼珠子瞪出来。就这么轻描淡写地，喂了狗了？

“嗯。做得很好。”洛昭晦闻言点点头，“不过那个匣子，本座也没兴趣留着，也烧了吧。”

“属下以为，门主至少会想留一个胜利的纪念品。”鸩奇怪地扫他一眼。

洛昭晦冷笑地开始斟酒：“鸩，你知道本座为什么把你留在身边吗？因为这世上的大多数人都自以为是，你比他们好些。所以，不要自以为了解本座。”

“……属下知道了。”鸩默然半晌，草草地答了五个字后，便退出屋去，还带上了门。

“那个……”蓁蓁的目光在已经关上的门和洛昭晦之间来回几次后，还是笑嘻嘻地站起身，准备再把门打开一次用来撤离，“你一个人慢慢喝，我不打扰你了。”

谁知腿还没伸直呢，洛昭晦就把斟满酒的那一杯推到她面前：“坐下。陪本座喝。”

“我不会喝酒……”她干笑。

“那就闻。”洛昭晦的语气不容商量。

受限于游戏设定，蓁蓁此时就算想躲避，这腿也不听使唤，只得依言坐下，拿起杯子——闻酒。

洛昭晦用一个若有若无的笑容对她的顺从表示了满意，之后就开始自斟自饮，把蓁蓁完全晾在一边。

眼看着他三壶酒下肚，蓁蓁知道自己溜号的机会来了！于是她特别殷勤地笑道：“你酒都快喝完了，我帮你再去取几壶来吧？”

“不必。”洛昭晦眼里没有一星半点的醉意，按住她准备收空酒壶的手，对门外扬声道，“鸩，去取能喝醉的陈酿来，门里还剩多少就取多少来——”

结果鸩还真的就守在外边，立刻应声去取酒了。蓁蓁的笑容僵在唇边，只得把手用力一点点从他掌心里抽了回来：“门主好酒量，好酒量……”

没有搭理她的阿谀奉承，洛昭晦起身，又去添了点香。他的动作比往常都要缓慢，但又绝非喝醉而产生的反应迟钝。等他添完香坐回原处，鸩刚好推门进来，两臂各抱一坛才开封的酒，酒坛上还残留着土屑，坛口上顶着的酒碗封不住那醇厚而清冽的酒香。

看不出来，洛昭晦还挺会享受的。在门里埋了这种好酒。

“想喝？试试看。”洛昭晦再次遣退鸩，自己动手给蓁蓁倒了一碗。

确实有些嘴馋。但蓁蓁不知这个游戏设定里，云蓁酒量的深浅，故而只是非常谨慎地抿了小半口，结果还是呛得不轻：“咳咳咳咳！”

“哦，本座忘了，”洛昭晦见了，才毫无歉疚地拍拍脑门，“你有心疾，确实不能喝酒，从小到大应该也没沾过酒。”

这哪里是忘了？分明是故意整她。蓁蓁翻个白眼，转过身坐着，只拿侧脸对他。

于是耳边便只剩下倒酒与饮酒的响动。屋里大概又安静了将近半个时辰，洛昭晦竟然开口，言语之间似染上了醉意："你之前不是还好奇……这个人头是谁的吗？"

"你想说，我就听。你不想说，我也懒得问。谁稀罕，非得知道？"蓁蓁以为，对洛昭晦这种人，就是要摆出无所谓的态度，他反而更愿意说。若是表现得很想知道，他才就和你对着干，不说了。

"你真的不傻……还、还懂得欲擒故纵。"洛昭晦说罢，又连饮好几大碗，衣裳前襟都被酒浇透了。

心思被揭穿，蓁蓁瘪瘪嘴，扭头看去，发现不知何时，一坛酒都见底了，第二坛也过半了。一桌子上的酒壶、酒杯凌乱着歪倒着。再看洛昭晦的脸色，双颊开始泛红，眼神不再冰冷锐利，也略带迷离。喝成这样还能捋直舌头说话，蓁蓁佩服。

"你对纪然之，也是这样？云蓁，你这么看着本座，是否也是一种欲擒故纵呢？"洛昭晦摇摇晃晃地起身，绕过半边桌，站定在她面前，俯身，抬手抚上她的脸，"嗯？"

"你喝醉了。我不和你计较。"蓁蓁见势不妙，侧头一躲，弹起身来。可站是站起来了，这腿还是迈不开啊！

"呵，果然口是心非。怎么不走了？"洛昭晦的大掌追过来，逼她与他对视。

她也想走啊！蓁蓁笑得比哭还难看："不然，你帮我把鸩叫进来，让她把我扛走？我……我可能刚才喝醉了，走不动道……"

"是吗？"洛昭晦还未说完，就将她重重按回椅上，欺身压下，"那就一起醉吧——"

"唔！"蓁蓁瞪大眼，浓烈的酒气充斥鼻间。脑子有一瞬间的空白，之后她才意识到自己居然被洛昭晦强吻了！而且对方还闭着眼吻得很享受的样子！万万没想到喝得烂醉的洛昭晦会如此饥不择食！他不是一向很瞧不起她吗？

当然，她没有心思再深想，开始用力反抗，努力别开头，双手往外推洛昭晦："喂，你疯了！快起开！你看看你眼前是谁啊！你不怕纪然之和我爹找你算账吗？！"

“我就是疯子！所以什么都不怕！”洛昭晦喑哑地答着，头埋下去，狠狠咬住她颈上的皮肤。

“咝——”蓁蓁吃痛，加大力度踢蹬，双拳不断打在洛昭晦的背上，发出砰砰砰的闷响。但这家伙就像铁打似的不松手，也不松口！

颈间又酸又痛的知觉让蓁蓁大感羞耻，心中也是警铃大作，知道现在的洛昭晦已经完全失控了，说什么话都听不进去，只能动手了！

可是动手，她一点武功都不会，怎么打得过他？！蓁蓁慌乱之间，右手在桌面上胡乱摸索着，够到一个空酒壶，立刻抄过来过用尽全力一砸——

哗啦一声。壶身的碎片碎落一地，洛昭晦的脑袋就这么被她给开了。

然而眼前的一幕，让蓁蓁甚至忘记了下一步应该立刻趁他脑袋开花，把他从自己身上推开，夺门而逃。因为她看到，从洛昭晦额角留下的，竟是又黏又稠的绿色液体。那液体绿得诡异，绿得触目惊心。

头部受到重创的洛昭晦终于停止了动作，但随即便是鸩破门而入，拔剑直指蓁蓁。

“门主，没事吧？！”这是蓁蓁认识鸩以来，她的语调第一次有了起伏。

洛昭晦一手摸上额角，一手撑着案面，重新站直：“没事……你退下。”

“可是门主，她居然——”

“本座说退下！”洛昭晦骤然暴喝，一把夺过她手里的剑，摔到门外。

鸩浑身一震，嘴唇翕动，却最终没有再发出声音，默默退了出去，还是照旧带上门，就像刚才的一切都没有发生过。

“呵，是不是很可怕？绿色的血……像个怪物！”洛昭晦看她退出去以后，才重新转向蓁蓁，好似全然不知疼痛，眼底笑意寒凉彻骨，“所以每次看到别人流出的血是红色的，本座都好生羡慕呢。”从他的眼神看得出，他的酒已经醒了。

“你的血……为什么……”只要洛昭晦不继续做侵犯她的事来，蓁蓁还是可以冷静与他对话的。

“你听说过，这世间有一种特殊的人吗？”洛昭晦按住伤口，步伐不稳地坐回自己的位置上，没有要给自己先止血的意思，幽幽道，“药人。他们从小是服用各种毒药长大的，只要第一回不死，第二回就加重分量，还能侥幸存活下来的，就必须面对之后日复一日毒药的折磨。有些人受不了自尽了，有些人的体质仍有欠缺在某一次的用毒过程中死了，有些人疯了成为最低等的试验品……但还有一些人，他们忍下来了，然后直到有一天，变得百毒不侵，再也感受不到毒药带来的痛苦。他们的血是去毒去病的最好良药。而这世上最精纯的药人之血，就是绿的。”

说这些话的时候，洛昭晦唇边还是挂着笑的，蓁蓁真不知道他怎么还能笑得出来。也许是酒精的麻痹作用吧。

“这种血的味道和正常人是不一样的……”

嘀嗒嘀嗒……绿色的血水顺着他的胳膊往下流，在椅边的地砖上汇成一个小小的血泊。可他恍若未察，还在继续往下说。

蓁蓁再也看不下去，霍地起身，打断了他：“你等等。”

被开了脑袋的洛昭晦竟是意外听话，止住不说了，只是安静地盯着她的一举一动。

于是蓁蓁走到门边，打开门，对外头的鸩道：“能不能麻烦你去取些包扎所需的东西，还有止血的伤药。”

“好。”鸩来去如风，话音还没落下多久，就带着伤药、剪刀与纱布回来了，“给。”

“谢谢……”蓁蓁双手接过，略一犹豫，最后还是用背把门顶上了。她想，洛昭晦大概是不愿敞开着门吧。把自己关在密不透风、也无光线可入的屋子里，才有安全感。鸩与她提起过洛昭晦的这个习惯。

不过现在她还暂时不能走。自己砸的脑袋，自己来包扎。

“我没给人包扎过，”蓁蓁把东西摆在案面上，站到洛昭晦跟前说，“或者你要不要考虑让鸩进来帮你？”

“你来。”洛昭晦言简意赅，松开了捂住额角的手。

蓁蓁这回才彻底看清自己究竟砸出了一个多大的口子，还在哗哗往外冒血，连忙动手剪下一块纱布，就地取材沾了点酒，给他擦洗伤口消毒。酒精接触这么大的伤口，自然是疼痛万分。洛昭晦却连眉毛都没有皱一下，只是定定地抬眼瞧她。

这一望的眼神与往常截然不同，卸去了锋利，褪下了讥讽，依旧深邃，却异常平和，似乎仅仅是在认真地观察蓁蓁的面部五官。

“你为什么会成为药人？有人逼你吗？是云……我爹？”被他盯得不自在了，蓁蓁便找话来说。

“你不是想知道，那个人头是谁的吗？”也许是失血过多的晕眩，又或是酒劲再次上来，洛昭晦整个人颓唐地往后靠在椅背上，闭上眼，不答反问。

蓁蓁下意识地先点点头，才想到他此时看不见自己的动作，便“嗯”了一声。

“是洛江。我的……父亲。”洛昭晦才说完，就倒抽了口气。原来是蓁蓁一惊之下，下手重了，直接把纱布按进了伤口里。

“抱、抱歉——”蓁蓁急忙收手，俯身往他伤口处呼呼吹气。

洛昭晦先是身子一震，随即冷冷开口：“我并非孩童。”言下之意是，吹气止痛这种幼稚的事情不要对他做。

闻言的蓁蓁干笑着直起身：“呃，一时情急，一时情急……我后边一定注意。”说罢，她放下已染满血污的纱布，又剪下一块，再沾酒，擦拭第二遍。

“是不是觉得匪夷所思？我居然会向一个外人，交换自己父亲的人头。”洛昭晦也不在意她手上的动作，沉声继续，“那个把我培养成药人的，也是我父亲洛江。”

从震惊中缓过来，蓁蓁疑惑道：“你和无洛长老，不是双生子吗？他对他父亲的感情好像……很好。而且蛊王谷的谷主不是应该在十四年前就死了吗？”这人头不可能……保存这么久吧？

“他口中的父亲，并非生父，而是洛江的兄长洛河。洛河才是蛊王谷的谷主，隐居避世的谦谦君子，其妻久病，不宜生育，所以一直没有孩子，便将洛昭明视如己出，感情自然亲厚，情同亲生父子。”洛昭晦解释着，带着连他自己都没有发现的一丝艳羡之情。

“原来是这样。那洛江他为什么……要这么对你？”蓁蓁注意到，他不再自称“本座”了。

洛昭晦的笑声没有一丝温度：“呵，这个问题，我也想了很多年。尤其是小时候，当我看着云鹤是多么宠爱他的女儿时，我就问自己，我的父亲究竟为什么这么恨我——最开始的时候，我甚至根本不知道我还有个孪生的哥哥，他有身为叔婶的养父母的疼爱，不说锦衣玉食，却正在蛊王谷中过着少谷主的好日子。可我呢？我就是一只阴暗水沟里的臭虫，见不得天日，没有自己的尊严，只能仰人鼻息而活！”

“从我记事起，洛江就在云鹤身边做了一条狗，秘密帮他训练杀手、死士，忠心耿耿地替他做些见不得人的肮脏勾当。堂堂正派、众人马首是瞻的云华派掌门，手上不知沾了多少不该沾的血。”洛昭晦提及云鹤时，语气不屑，“我杀人，便从不遮遮掩掩。”

但杀人依旧不是什么值得称颂的事啊……蓁蓁腹诽着，却不打算打断他。

“洛江替云鹤做事，成了便罢，不成自然也不会有好脸色看。但有什么办法呢？他的兄长洛河承袭蛊王谷谷主的位置，而他，就是一条被蛊王谷赶出来的丧家之犬！”

“他为什么被赶出来了？”蓁蓁把一块染透血的纱布扔到一边，算是清理伤口完毕了。她边问边取过伤药瓶子，打开来看，是白色的固体膏状物。

“还在蛊王谷的时候，洛江就在研究各种毒蛊与操纵人神志的蛊虫。不能光明正大地找人试蛊，就偷偷抓谷内弟子来试验。试验失败，人要么死要么疯，逃不过被前谷主——也就是洛江的师父——发现。前谷主大怒，命他在后山紧闭思过一年。”洛昭晦的语气，就像是谈论一个陌生人，而非生父，“那时候，母亲已怀了身孕，但还是时不时跑去后山看望他。可母亲却发现，洛江慢慢变了，从前顶多也就是脾气不好，为人执拗，可在后山中不过半年光阴，就变得性情暴戾癫狂。你猜是怎么回事？”

“猜不到。”蓁蓁把伤药抹了一点儿到自己指上，再轻轻地抚过他额角的伤口。

伤口处的冰凉似乎惊动了沉浸在回忆里的洛昭晦。他毫无预兆地睁眼，吓了蓁蓁一跳。“怎么了？”她反射性地要收回手。

“没事。你继续。”洛昭晦握住她的手腕，重新合眼，往下说，“原因很简单。洛江找不到人试蛊，就铤而走险，在自个儿身上试——自食恶果，得了顽疾，有时甚至会走火入魔，完全失去理智，见了血便控制不住杀意，人不人鬼不鬼。你知道他因此杀的第一个人，是谁吗？”

上药的手一顿，蓁蓁心中有个猜想，却不敢说出口，只是略带怜悯地望着他。

“看来你这次猜出来了。”洛昭晦尽管闭着眼，却好似能察觉到她的目光般，一扯嘴角，“我母亲。那一次，我母亲去看他时，突然就要临盆生产。洛江自诩也懂点医术，就替母亲接生。最后双胞胎兄弟是生下来了，可他却在过多的鲜血冲击下，丧失理智，杀死了自己才刚刚生产不久的妻子——”

蓁蓁听着，让自己的指尖尽量不颤抖，等着他的下文。

“杀了妻子后，洛江渐渐恢复了些神志，然而大错已然铸成。他唯恐被人发现，索性将母亲的尸身，直接从山崖上扔了下去。”

“啊……”蓁蓁没忍住低呼出声。

洛昭晦于是又一次抬眼，注视她，继续这个冗长的故事：“不过这一幕恰好被发现母亲许久未回而前来后山寻找的洛河夫妇看到。洛河认为自己的弟弟已经彻底疯了，要将他锁进后山的囚室，以免其再发狂伤人。洛江自然不愿，与洛河缠斗之间不敌，才想起还在山洞中光着身子哭喊不停的那一对婴儿。于是他将其中一子掷向洛河。趁着洛河为接住婴儿分神，抱着另外一个孩子逃离。”

“那个被抱走的孩子，是你。”蓁蓁轻声。

“对。逃走之后，洛江就投奔了云鹤，把云鹤当做救命稻草，死死抓住不放手。毕竟他这种动不动就丧失理智的人，除了云鹤这种野心家，没有人敢收留他、用他。然而，跟着云鹤又如何？他永远是见不了光的存在。从原本有机会继承蛊王谷谷主，再到至少能做个副谷主，再到见不得天日的流离之人。洛江这一步一步，咎由自取。”洛昭晦颔首，慢慢坐直身子，咬牙切齿，“可他却恨师父偏袒洛河，恨师父让他在后山思过导致他染上顽疾，恨那对双生子就不该突然降生害得他杀妻！所以，他把满腔的仇恨与怨愤，全部发泄在了那个被他带走的儿子身上。动辄毒打，逼做药人，把儿子锻造成讨好、效忠云鹤的工具。最可恨的是，洛江在毒打儿子时，总会告诉他，是他害得母亲逝去，害得父亲无家可归，咒骂他是个克亲的扫把星——”

他似乎太过激动，一口气接不上来，需要片刻停顿，才说得下去：“当时还小的儿子以为，真的全是自己的错。所以他任打任骂，勤学本事，希望有朝一日，自己能帮上父亲的忙，让父亲不再那么恨自己，能得到一丝丝亲情的温暖。可突然有一天，一次偶然的机会，他得知——原来母亲根本就是父亲亲手杀死的！”

“洛昭晦……”蓁蓁终于完成了最后一步，将一块抹过药的干净纱布固定在他伤口上。

洛昭晦突然抓住她的手腕，话锋一转：“我根本不是叛出云鹤，而是与云鹤达成了协定。洛江没有想到，云鹤嫌他老了，顽疾日渐严重，办事不牢靠了。云鹤需要人接班替洛江做那些见不得光的事情，所以他看上了洛江一手制造出来的那个‘工具’。云鹤需要一股能摆上台面的力量，与杀手组织一明一暗，保障他在正道各派里中流砥柱的地位。不能让人把这股力量和他联系起来，就必须启用一个毫无背景、名不见经传的人。而我，就是最好的生面孔。”

蓁蓁听明白了：“于是你在云鹤的默许下假装叛逃，实际上却是在他的帮助下建立了八方门，为他获取各方情报？”

“对。借着八方门的力量，我一点一点得知了洛江的全部过往，对他的恨也与日俱增。你知道吗？离开洛江掌控的那一日，我知道，过去那个任由人摆布的洛昭晦死了。世人皆虚伪，正派与魔教一样可恨可杀！我会变强，强到无人可以再左右我，强到足以血洗整个武林！不过比起那些人的性命，还是洛江脖子上那颗脑袋，最让我念念不忘——”洛昭晦没有否定，而是又开始癫狂般发笑，“我有一万次杀他的机会，却把他的命留到了现在。留到他发现自己原来早已是云鹤眼中的弃子，我眼中的死人，苟延残喘地活着，再死在自己效忠了一辈子的人手里，才是对他最好的毁灭！哈哈哈……”

笑着笑着，蓁蓁眼尖地发现了他眼角的晶莹。

洛昭晦流泪了。

“想哭就哭吧……”蓁蓁又靠近他半步，把他的脑袋抱到怀里，像哄一个孩子，“随便哭。被人听到了，就说是我在哭。”

双胞胎兄弟，一样的面容，完全不同的遭遇。他不够幸运，没能得到任何人的救赎，只能在阴暗肮脏的泥淖里挣扎求生。哪个人不是生而无辜？可他却从出生的那一刻起，便背负起了本不该有的苦难。尽管仍然无法赞同他杀尽所有人的“志向”，但她能够理解他的恨与疯狂了。若是交换身份与境遇，她不能保证自己能比现在的洛昭晦正常多少。

她一下一下地拍着他的背，感到他的肩头剧烈抖动，却没有发出可以算作是哭声的声音。可她确定他在哭，他在心里哭得声嘶力竭，哭得撕心裂肺，哭得肝胆俱裂，哭尽了这二十几年积攒的全部泪水！

“都过去了，过去了……以后你可以活得很好，活得开开心心的，为自己而活……”他的双臂紧紧圈住蓁蓁的腰身，那么用力，几乎弄疼了她，可她只是柔声安慰着。

洛昭晦哽咽了：“云蓁……”

“我在的。”蓁蓁低低应着。

“嗯……”

夜，寂然无声，两人的剪影被烛火投映在雪白的墙壁上，就那么静静的，一动不动。

不知过了多久，蓁蓁终于感到怀中的人似乎是睡去了，退开半步低头一瞧，果见洛昭晦保持蹙着眉的神情，陷入了沉梦。她没有叫醒他，勉力扶起他的胳膊搭在自己肩上，往床榻走去。

蓁蓁费了九牛二虎之力，将他安置在榻上后，便是一阵倦意袭来，打了个哈欠，歪头瞧着睡着时的洛昭晦，他比醒时可爱多也老实多了。最初，她觉得他不可理喻，不愿和他有任何交集，可今晚过后，她对他多了一份理解与宽容。

“没办法，我就是责任心太强了。今晚就守着你吧，明天记得感谢我……”本着对伤患负责到底的原则，她索性也不讲究，在床榻边跪坐下来，拉过被褥的一个小角，垫着脸，便趴在床沿睡去了。

第十一章 惊闻真相无奈何

焚香燃尽，天光微明。

榻上的洛昭晦猛地睁开眼，宿醉过后脑仁发疼，额角的伤口也隐隐作痛。这些感知都让他确认，昨晚的一切真实发生过，包括他在醉后强吻了叶蓁蓁，向她道出自己的身世，甚至还在她怀中流泪……

手指好像碰到了什么温软的东西，洛昭晦皱眉扭头，却发现是她守着自己睡着了。他指尖接触到的，正是她的睡颜。心中像被什么扎了一下，不痛不痒，却酥酥麻麻的。

这个女人，知道了太多关于他的“秘密”。洛昭晦忽略那微妙的感受，把手缓慢地伸向蓁蓁的脖颈。她睡得很沉，没有任何警觉，只要他稍一用力，就可夺去她的呼吸与性命。如此一来，就没有人知道昨夜的他究竟做过什么。无论是出于莫名其妙的妒火而强吻她，还是在她面前敞开心扉哭泣流泪，都会成为永远的“秘密”。如此这样，他就还是那个要杀尽世人的疯子洛昭晦，不懂情，也不动情。

这么想着，他的手卡上了她的颈，却注意到那雪白的肌肤上有一点红痕。这是他留下的，情不自禁留下的。从同乘一骑开始，又或者是从蛮荒的相处开始，他就发觉自己并不反感与她的接触，甚至，逐渐产生了一种模糊的期待。这种期待，在平时尚能自持，直到酩酊大醉，才爆发成了渴求，强烈而绝望的渴求！

洛昭晦的手顿住了，然后一点点松开，转而用一种极度暧昧的姿态，来回抚弄那一点属于他的痕迹。他曾经以为人生只有晦暗，可叶蓁蓁的出现，却让他重新看到了生命的美好、鲜活与善意。

他不明白为什么有人可以完全活在属于光明的世界里？为什么叶蓁蓁可以笑得全无阴霾？为什么她能那么“没心没肺”，甚至“不知死活”？她怎么能够摒弃世俗对玄影阁的成见，爱上魔教头子、结交魔教长老？他嫉妒纪然之，嫉妒洛昭明，曾一度想毁了她，却在此时此刻，鬼使神差地，更想将她占为己有！

将她留在身边，是不是就能留住光明与美好？那些黑暗与丑恶，是不是就能距离他远一点，再远一点？

“都过去了，过去了……以后你可以活得很好，活得开开心心的，为自己而活……”她的话音犹在耳畔，洛昭晦眼底的寒霜开始融化。

也许是感觉到有什么东西在自己的脖子上不安分地蹭来蹭去，蓁蓁砸吧砸吧嘴，轻哼一声，就要睁眼醒来：“嗯？”

见状，洛昭晦目光一沉，收回了手，默不作声地将她从方一睡醒的迷糊到逐渐清醒到一下从床沿弹开的过程尽收眼底。

“哎哟——”蓁蓁原是想站起来的，却因为腿麻而向后跌坐在地。

“云蓁，昨晚什么都没发生。”洛昭晦坐起身，也不扶她，趿着鞋从她身边走过，兀自给自己斟了杯隔夜的冷茶。

坐在地上的蓁蓁会错了意，不明就里地答着：“你在床上，我在床下，当然什么都没发生了。”

提着茶壶的手一抖，茶水溅出一片，洛昭晦重重一叹：“本座的意思是，本座昨夜喝完酒便睡了，什么事都没做。”

这下蓁蓁听懂了，心中大为不服，直接坐在地上转了个身，冲他叉腰道：“谁说你什么事都没做？你要没乱来，脑袋能被我给开了？”这家伙占完便宜，居然想不认账！

冷茶下肚，浇灭了洛昭晦即将冒上来的火气。他勉力控制自己，放下茶杯，走过去，将蓁蓁一把从地上拽起来，语调生硬：“你说的那件事之后，本座什么都没说，也什么都没做。”

“之后？”蓁蓁被他提溜起来，腿还麻着，只能勉为其难扒住他的胳膊站稳，露出恍然大悟的神色，“哦，你是说这个啊！你放心吧！昨晚肯定没有人抱着我哭得昏天黑地，还在我怀里哭累睡着——”

“最好如此。”洛昭晦倒也没推开她，倒退几步，然后才把手臂一抽，蓁蓁就顺势往后坐到了榻上。

蓁蓁诚恳地点点脑袋：“这种丢人的事情，谁都不愿意被人知道嘛。”

“你说得对。所以本座今早还想着要不要索性杀人灭口，毕竟这是让一个人永远替自己保守秘密的两种最好办法之一。”洛昭晦冷笑。

“啊哈哈哈……那你可以选择第二种？”蓁蓁抬手摸了摸健在的脖子，努力干笑。

洛昭晦一挑眉：“你确定？”

“嗯……第二种办法，是什么？”她艰难地咽咽口水。不过不管是什么，总比被灭口好吧？

“想知道，就跟本座走一趟。本座给你一炷香时间准备。”

说罢，洛昭晦抄起面具，就转身出了屋，把房间留给蓁蓁了。而且他前脚才走不久，后脚鸩就被他遣来“服侍”她了。从洗漱、更衣再到用早膳，蓁蓁都是在鸩的帮助下迅速完成的，这才勉强在规定时间内，做好了出行准备。

与此同时，八方门外的马车也早已备好。那是一辆四驾马车，车厢宽敞，足可容纳六人。随行的除去鸩外，还有几名面生的门徒。不过从步伐、身手与眼神来看，大约也是暗卫、杀手之流。不过他们与鸩一道，都换下了那一身黑的扎眼的杀手打扮，换上了寻常人家的便服。不像是去执行任务，倒像是大户人家、香车宝马、侍从随行的，要出门游赏。

“上来。”已在马车中等候的洛昭晦朝蓁蓁伸出一只手。

这马车太高，蓁蓁自己很难迈上去。可她环顾之后，发现连鸩在内，其余人都没有要帮她上马车的意思，只好道谢一声，抓住他的手爬了上去。

“我们这是要去哪儿啊？这和第二种选择有什么关系？”刚上马车坐定，蓁蓁便耐不住开口问对面的洛昭晦了。

“去了就知道了。”洛昭晦闭目盘坐调息，懒懒地答她一句，便挂上了“请勿打扰”的神情。

没法子，蓁蓁只得讪讪地撩开帘子，自己看外边的风景。这十日跑腿下来，她对祁城的大致格局也有了一定的了解。从马车进行的线路来看，似乎是要往西郊方向去的。难道要出城？洛昭晦居然舍得带她出自己的地盘？她不知云华派的所在，但不带任何衣物与行李，马车内只有几盘糕点而未备有干粮，如此轻装出行，必然不是要将她送回云鹤身边的。蓁蓁心中纳罕，却猜不透他的用意。

经过昨夜，她自诩是比其他人都更了解洛昭晦的过往遭遇与如今性情的由来，可这并不代表蓁蓁对他完全放下了戒心、认为他不再是那个以杀人为乐的疯子了。她相信洛昭晦也一样，一时醉酒的倾诉，似乎并不能成为两个人从此成为知交好友的契机。这么想着，蓁蓁也没了看景的心情，只得放下帘子，静观其变。

四驾的马车很稳，加之行进速度不快，因此并不颠簸。可蓁蓁从清晨出门窝进车厢里，直到黄昏才得以下马车。好在还有些糕点可以果腹。她可不如洛昭晦这种习武之人，一顿不吃，仿佛全无影响。

“这里是？”蓁蓁下马车后，发现他们是入了一片山林。如今正值深秋，枫叶堪比二月之花，层林尽染，密密叠叠，越到林深之处，那红便越发深沉如血。从未见枫林的她面上满是惊艳之色，只差发出一声惊呼了。

洛昭晦负手而立，极目远眺：“霜枫山。祁城左近，以此处秋景最美。”

“确实很美。”她抿唇，也学着他，抬眼向山顶上望去。夕阳的金边镶嵌在那顶上，格外炫目。

“走一段吧。”洛昭晦没有多言，率先抬步踏上山道。

蓁蓁也无意太早破坏赏景的兴致，亦步亦趋跟在他身后。也许是入秋后，山中湿气重，石阶略显湿滑，又高低起伏不平。她提着裙子，走得不易。

“手给本座。”洛昭晦突然侧转回身，对上的却是蓁蓁怔忪的目光。

没由来的，蓁蓁想起自己也曾与纪然之走过曲折而漫长山道。只是那时，还是春夏之交，两人是一道下山，她被他紧紧地搂着，全不需担心脚下。

“云蓁。”洛昭晦不悦地喊她。

从回忆中被唤回，蓁蓁难掩失落，只是摇摇头拒绝：“不用了……慢慢走而已。”

“滚下去可没人接着你。”洛昭晦面带薄怒地收回手，拂袖，快步往前，与她拉开一大段距离。

这脸色果然和天气一样说变就变。蓁蓁耸耸肩，继续一步一个脚印，按照自己的步调走着。她从来都有一个人走的勇气，只是身旁没了那个执子之手的人，心中不免遗憾罢了。

鸩等一行随从，只留了一名看守马车，其余则是远远跟在两人身后，一声不响，避免打扰到自家主子。

日头渐渐移得更斜了，暮色渲染上山道两旁的枫叶，流光溢彩。

在这般美景之下，蓁蓁原先郁结的心绪，也渐渐舒展，让自己沉醉在这造物的绚丽多姿中，不再多想旁的。她的脚步很慢，偶尔还会伸手去抚摸路旁的枫叶，有的上边还沾着晶莹的露珠，倒映出人的模样。

不知这样且行且赏了多久，前方山道上终于见着了洛昭晦的人影。他就定定地站在那里，背对着她，像是在等什么人，又好像谁都不等。

于是蓁蓁稍微加快步伐，来到他身边：“怎么不走了？”

洛昭晦侧首：“半山腰了。你不累吗？”

“嗯……你这么一说，还真有点累了。”停住脚步，她才顿觉双腿有些发酸，“不过，还是想要去山顶看看。”

“高处不胜寒。”洛昭晦吐出五个字来。

高处……她的脑海中闪过七夕那晚在屋顶上发生的一切。那也算是高处吧。可一点儿都没有寒冷的感觉，反而心里暖暖的。

“云蓁，你已经第二次出神了。”洛昭晦语气中的不满不难察觉。

蓁蓁低声：“我只是……想到了一些过去的事。”

“既然已经过去，就不必再想。”洛昭晦冷哼。

还不知道是谁，对童年的境遇耿耿于怀。她在心里嘀咕着，却也知这话不可说，省得戳人痛处。因此她转而问道："对了，这里，有关于第二种选择的提示吗？"

"没有。只是想来，就拉一个人出来转转。"

洛昭晦答得干脆，蓁蓁听得无语。

"所以，根本没有所谓的第二个选择吧？你就是在耍我图乐子。"她没好气地说。

"不。要想让人永远为自己保守秘密，要么让她变成一个死人，要么让她变成自己的人。云蓁，本座给你一个选择的机会。"洛昭晦说着转过身，锁视蓁蓁，"是成为死人保守秘密，还是留在本座身边，成为本座的人。"

她一头雾水："我又不会武功，做你的手下有什么用？"

"看来你还真是忘了，"洛昭晦轻笑，伸手过去，用冰凉的指腹覆上她雪颈间的那一抹红印，仔细端详着，"昨晚本座对你做过什么。"

"轰"的一下，气血上涌，蓁蓁登时明白了他话里的真正含义。"洛昭晦，你的酒已经醒了。"她让自己保持冷静，想要不着痕迹地退开一步。

可洛昭晦哪里肯她如此？当下手腕一转方向，便牢牢扣住了她的肩头，令她不得动弹："别动！我不想伤了你。"

她答应得很干脆："放心吧。我不动。"事实上，当蓁蓁起念逃离的一刹那，她就又受制于游戏设定，后退不得了。

也许是并不相信她，洛昭晦尽管减了手上力道，却并未彻底松开她。"既然已经明白了我的意思，那么你的选择是什么？"他沉声追问。

"洛昭晦，我是纪然之的妻子。"蓁蓁目光坚定，只是把这个事实再次强调给他听。

"那又如何？从前你是谁的妻子我不在乎。只要你以后是我的人，就够了。"他下颌一扬，神色傲然。

蓁蓁也学着他的模样，扬起脸，一字一句："不是从前。我永远都会是纪然之的妻子，永远不会变。"

"永远是？呵，如果纪然之休了你呢？你还怎么是？"洛昭晦手上不自觉地用力。

略一蹙眉，蓁蓁冷声："他不会。"他对她还是有情的，他不会轻易就放弃她。藺九可以悟到父仇无需必报的道理，纪然之的心胸同样宽广，一时的愤懑过后，一定也能看开。

"你心里是不是在想，你是你，云鹤是云鹤？"洛昭晦竟然看穿了她的心思，讥笑着问，"他干的事情，纪然之未必会算到你的头上？也不该算到你的头上？"

她别开视线："不用你管。"

"不。这件事，我还真得告诉你，就算作是看在你昨夜还算识趣的报偿吧。"洛昭晦似笑非笑，"你虽失忆了，但我知道我那兄长从八方门逃走后，去找过你了。如今你该也是知道，自己患有心疾，之所以能活到今日，全靠体内的金瞳蛊王吧？"

尽管不想吃他故弄玄虚这一套，可蓁蓁还是忍不住又看向他，只是语意不善："有话直说。"

"别急。好故事要慢慢听。"洛昭晦眼底的笑意变得残忍，"洛江那么恨蛊王谷的老谷主，那么恨洛河继承了谷主之位，会不会伺机报复？可是他一个人没有这个能力，就只能借刀杀人。而这把刀，就是云鹤借给他的。"

陡然，蓁蓁心中升起不妙的预感，甚至不自知地屏住了呼吸。

"你猜猜这把刀是怎么借来的？当时的云鹤是想除掉无涯斋和魔教。一来无涯斋斋主萧逸本人的武功虽不算高，可江湖名望一度赶超了他，想统帅正道就不可不除；二来灭掉玄影阁，也能让云鹤声名大涨。可对早已隐居避世的蛊王谷，云鹤却是着实没什么兴趣的。"洛昭晦还在用娓娓道来的方式说着，边说边欣赏蓁蓁那不断变化着的神色，"所以洛江必须给云鹤一个充足的理由。这个理由就是你——"

"我？"她艰难地重复着。

"对。你不会以为，云鹤只是因为斩杀纪融，而意外得到这能救你命的宝贝的吧？当年，是洛江告诉云鹤，说洛河豢养有一只极为珍贵的金瞳蛊王，乃天下至宝，有起死回生之效。蛊王谷出世多年，洛河在做什么，江湖中无人知晓，也就洛江才能这么知根知底，知道金瞳蛊王的存在。于是，本就想要铲除魔教与无涯斋的云鹤，便把夺取蛊王也纳入他的计划之中。很快的，云鹤就在洛江的帮助下，筹谋出了一招借纪融之手掩人耳目取得金瞳蛊王，同时铲除无涯斋与魔教的一石三鸟之计。当然了，为万无一失，蛊王谷的人都必须死——”

所有与线索相关的吉光片羽，在她的脑海中一一闪过，终于彼此关联起来，浮现出了真相！就如同多米诺骨牌一样，眼前的洛昭晦替蓁蓁推倒了最开始的那一块，接下来骨牌便一张接着一张倒下去，最终连成一片……

纪然之在江南山庄中也曾说过，世上哪有如此巧合之事。只是那天，她还自作聪明地以为会是向来神秘的八方门从中作梗。其实早在昨晚，她听完洛昭晦的故事后，就应该从洛江身上联想到的——云鹤才是幕后的操纵者！纪融对洛河“背信弃义”的真正原因，是他的妻子与孩子都在云鹤手中。纪融突然发难无涯斋，也并非出自本意，而是为妻儿性命被迫所为。而蛊王谷会遭此大劫，更是匹夫无罪，怀璧其罪啊！

望着她煞白的脸色和绝望的眼神，洛昭晦发现自己心头竟没有快意，便气恼地加快了语速：“云鹤让纪融先在江湖上放出风声，要举全派之力覆灭蛊王谷，可实际上却只肯其只身一人前去杀人夺蛊，且还派了杀手跟着他，‘助他一臂之力’。同时云鹤又令纪融在动身前，让玄影阁教徒秘密倾巢而出，攻陷无涯斋。于是云鹤就可堂而皇之地先集合正道各派应援蛊王谷，在众目睽睽之下斩杀因妻儿之命并不打算反抗的纪融，一战成名。”

蓁蓁用力摇头：“别说了……我不想听了……”

可洛昭晦还在继续，每句话都像一把淩迟用的刀子：“蛊王谷与无涯斋两者，可谓天南海北。等玄影阁大举进攻无涯斋的消息传来众人耳里，再赶去时，无涯斋已遭了灭顶之灾，萧逸也已战死。但这还不够，咱们的云掌门还要装出强忍悲痛的模样，率领同道追击打算撤退且被困在无涯斋中无法脱身的玄影阁教众，确保这剿灭魔教的大功揽在了自己身上。

“这无涯斋啊，自创派以来始终踞天险西凉峰，以奇妙阵法，保门派百年屹立。这阵法的破解与启动之法，只有斋主与长老们知晓。云鹤收买了其中一名长老，为他控制阵法，否则这玄影阁也不可能顺利杀入无涯斋。再之后，这有进无出的无涯斋中混乱，他便可派洛江和那批杀手，在其中浑水摸鱼，杀掉除了云华派外的各门派精英弟子，削弱他派势力……”

“够了！不要再说了！”蓁蓁心神震荡，捂住双耳厉声大喊。

洛昭晦的情绪也激动起来，改为双手死死握住她的肩膀，迫使她不能逃避，字字剜心：“我不说难道就不存在吗？！你父亲就是这样一个道貌岸然、心狠手辣的伪君子！你就是他开始这一切谋划的理由！你觉得纪然之知道这一切后，还会和你在一起吗？！”

“不……不……”

在这血淋淋的真相面前，蓁蓁心如刀绞，深入骨髓的绝望令她喘不过气来。洛昭晦那狠戾的面容在她眼前变得模糊，逐渐一分为二，然后天旋地转，一切变色……

“把本座的血给她灌下去——”

“通知跟着洛昭明的线人，让他立刻把人给本座绑回来——”

……

“门主，云姑娘喝一半吐一半……”

“线人昨夜就飞鸽传书，说是……在安康城一带把洛昭明跟丢了。但昨夜门主您……属下不敢惊扰。”

……

洛昭晦与鸩这主仆二人的对话来来回回在蓁蓁耳畔响着，之后又是洛昭晦怒极的破口大骂，直骂手下都是一群废物。等骂声过后，耳根才终于清静下来。

还容不得她再度昏睡，便感到有人把自己扶了起来，之后是冰凉的唇覆上来，不断把一种又腥又苦的液体渡进她的口中。她下意识咬紧牙关抗拒，却敌不过对方捏住她的下颚一用力，使她不得不微微张嘴。

对方很有耐心地与蓁蓁较着劲，直到她胃中因腥味再次翻涌不止，猛地睁眼推开身前人，“哇”的一声吐了出来。

“吐多少，一会儿还要补喝多少。”

这冰冷的嗓音她太熟悉了。可胃部的不适让她只想“一吐为快”，根本顾不上洛昭晦的这一句威胁。她呕出的液体全是绿色的，全是洛昭晦的血，是最精纯的药人之血。

这个人，着实可恨。害得她绝望至极，心绪翻涌，再次发作，白费了无洛的一番苦心施针。可现在却又取血喂她，逼她好好活着。

“呵……呵……”吐完之后的蓁蓁趴在床沿，浑身没劲，喘着粗气。

等她的气息稍匀，洛昭晦才伸手，把她扶起来，靠坐回去，然后默默出去，喊人进来打扫地面。

“擦一擦。”还是那条帕子，这次却没有盖在蓁蓁的脑袋上，而是直接由帕子的主人“高抬贵手”，帮她擦拭嘴角的绿色液体。

蓁蓁垂眸，瞥见了他腕上的几道新伤疤，有的还在渗血。等到他把帕子收回，她才开口：“你不要去打扰无洛长老了。”

“你目前的情况，我的血只能解燃眉之急。还是需要他来。”洛昭晦说话难得不怪声怪气。

见他这般，蓁蓁也不与其争论，又道：“我要去云华派，去云……我爹那里。你要的人头我爹也给你了，轮到你送我回去了。”

“既然你已经失忆，那云鹤对你来说也不过是个陌路人。不如不回。眼不见为净。”洛昭晦依旧平静地与她对话。

“我不会留在你身边的。如果你害怕我保守不了你所谓的秘密，可以现在就杀了我。”她几乎是在挑衅他。

可洛昭晦还是没有被激怒，握着帕子的手攥紧片刻，又放开：“我是想过要杀了你，但是现在不会了，以后也不会。”

“那我谢谢你了。”蓁蓁冷笑。其实她明白，洛昭晦不过是将当年的真相告诉了自己，认真说来，并无任何过错。可她就是无法对他有好脸色。

“不必去找云鹤。你可以在八方门里住下，或者在祁城找一处院子住下也可。”洛昭晦转而自顾自地继续着刚才的话题，“吃穿住用，你都不需要操心，我都会命人替你操办好。无事时，我也不会去打扰你。”

这番话别人说出来，很正常，可对于洛昭晦而言，可以用“低声下气”来形容了。蓁蓁也不是不惊诧：“你……没吃错药吧？”

“呵，这才是本座认识的云蓁。”洛昭晦笑笑，又开始自称“本座”，“其实也没什么。不过是多养一个闲人罢了。本座还是养得起的。”

“我没有理由接受你的馈赠。”蓁蓁摇头，“而且我回父亲身边，是想劝说他，希望他能意识到自己的错误，为当年自己的行为承担责任，尽可能地弥补、赎罪。蛮荒一役，我看得出，他的野心未变。我不希望他一错再错……”

洛昭晦抿唇：“你确定要这么做？如果这样，纪然之等人会因你的身份而与你反目，你父亲也会生气你为什么胳膊肘往外拐。”

“我确定。这是我应该做的。不管是身为纪然之的妻子，还是云鹤的女儿。”蓁蓁郑重地颔首。

“……不可理喻。”洛昭晦默然半晌，倏地站起。

蓁蓁对着他已走到门边的背影，扬声道：“你拦不住我的！你不送我，我就找把人头送来的那些人送我回去——”

“那些人本座不放心。你再休养两日，本座亲自送你去云华派。”洛昭晦头都没回地丢下这一句，就出了屋去。

没想到他会这么爽快地应下。蓁蓁也没心力去细想这次呕血晕倒后，洛昭晦为何看起来就像变了个人一样，平和不少，也开始讲道理了。她只是合上眼，疲惫地想着，十几日后，等到了云华派，自己应该如何面对游戏设定安给她的这位“便宜”父亲……

第十二章 暗潮涌动择婿宴

由于金瞳蛊王给蓁蓁身体带来的自愈效果极强，所以没两日，她便又恢复如常，可以启程了。她本以为，自己会被接去某处秘密的院落，毕竟她是不能公开身份的私生女。但洛昭晦却告诉他，云鹤已飞鸽传书令其将蓁蓁直接送往位于安康城的云华派，并言她的母亲唐蕊早已被接回门派中，只等着母女团聚了。

蓁蓁起先还诧异于云鹤这突如其来的“大胆”。毕竟按照之前那个鲁青所言，她们母女始终是被安置在外、秘密照顾的。就连那日在蛮荒，云鹤不也并不敢与她相认吗？怎么如今却是一副要公开她们存在的架势？

后来一路北上，越是接近安康城，听到的江湖消息也就越多、越完整具体。原来云鹤编了个故事，谎称唐蕊是其在上云华派拜师学艺之前的元配，只是在有孕那年走水路回娘家省亲，不幸遇到风浪船翻，以为一尸两命了，却不想十八年后竟能重逢，便将妻女迎回云华派，让女儿正式认祖归宗。

对这种俗套的夫妻重逢故事，蓁蓁嗤之以鼻，可洛昭晦却颇有兴致主动地向她科普旧事。原来云鹤特意传到江湖上的这一说法，也并非全是假的。唐蕊与云鹤相识确实较早。她本是一小家碧玉，不涉江湖之事，与云鹤青梅竹马，情深意笃。谁知当年水云对云鹤一见钟情，又不知这一情况，便做了棒打鸳鸯之举。

水云之母乃上一任的水月宫宫主，与前云华掌门交好，水云便央求母亲说成这门亲事。前云华掌门是个独断专行又好面子之人，应承后，就不容许云鹤拒绝，否则便要将其逐出师门，甚至拿唐蕊的性命相威胁。云鹤当年也算是云华年轻一辈中的佼佼者，有极大希望继承掌门之位，也恐唐蕊当真会遭毒手，故而他选择忍气吞声，娶了水云，待坐稳掌门位后才敢寻回唐蕊。

只是可怜了水云，无论是前云华掌门，还是她的母亲，都未将唐蕊一事告知于她。她初时见婚事顺遂，就断定云鹤也心悦自己，满以为能幸福美满，却不料成亲之后丈夫对自己冷淡至极。不知哪里出了问题的水云只能找人暗中探查云鹤行踪，这才得知了唐蕊母女的存在，从此生恨。只是由于云鹤对唐蕊母女保护得紧，又时常给二人转移住处，水云无从下手。直到“云蓁”瞒着唐蕊，偷溜出门……

“云鹤虽行事不择手段、卑劣不堪，然而对唐蕊确实情有独钟，莫说三妻四妾了，就连明媒正娶的水云也不动心。那水云好歹也算是个美人，可他娶来就是当摆设，多年无所出。这些年来，他与水云维持着表面的相敬如宾，全赖水云的娘家势力尤在。然而如今水月宫已被灭去，他也就无需顾忌了。就算有人不信他的说辞，又能如何呢？在蛮荒中，各门派精英除了归心观外，就属云华折损最少，再无人敢站出来替水云与水月宫鸣不平。”洛昭晦这么一分析，云鹤的“嚣张”也就不难理解了。

“你还真是什么都知道，连人家夫妻怎么相处、感情如何都不放过。我看八方门这个名字不妥，应叫八卦门。”真相再是烦心，接受了，也就渐渐淡然了。毕竟这日子照样得认真过，应该做的事情也照样得去做。所以到安康城内时，蓁蓁都已经能调侃洛昭晦几句了。

不过当她真正踏进云华派时，心中还是不免怀揣了些许紧张。这云华派的建筑格局比起低调奢华的八方门来可谓高调至极——阁楼高耸，金碧辉煌，回廊转角数不胜数，四通八达，只觉随便走上几步都要迷路。这气派不愧是当今名门正派中的第一大门派了。

洛昭晦就走在她的身边，见她眼珠直转的模样便道了句：“不必记路。以你的身份日后在云华派中有的是人替你引路。”他以八方门门主这个世人皆知的身份戴着的那副银色面具，在日照下闪烁着神秘的光泽。

“……哦。”蓁蓁也不看他，心不在焉地应了一句，继续暗自记录。毕竟她并非真的来这里当掌门千金享受生活的。有些事儿在做的时候，恐怕不方便找人带路。

也看出她的敷衍，于是洛昭晦在下一个拐角驻了足，这才换来她疑惑的一眼。

“本座对父女相认的感人场面没什么兴趣。有事先去处理了。”他留下这话，就把蓁蓁交托给了引路弟子。

蓁蓁看着洛昭晦消失在长廊尽头，心中一叹。她原还指望，有个外人在场能缓解一下尴尬的气氛呢。要她与毫无感情基础的父母相认，那场面她还真是想象不到应该如何应对。

“小姐？”那引路弟子自然是恭恭敬敬，不敢有一丝怠慢，见她出神，便轻唤了声，“小姐，就快到了。您这边请……”

她再次抬步，问：“好……我们这是去哪儿？我看前厅已经过了。”

“自从小姐失散后，唐夫人就因忧心而病，身子始终不太好。掌门每天这个时辰，都会在夫人房中照顾，所以才将您引去夫人所在的明月轩。”那弟子解释道。

“原来如此。”若说做表面功夫，在这派内是无需的，当初云鹤对水云便没这份闲情。看来他与唐蕊确实是感情甚笃。也不知他当年做的那些恶事，唐蕊是否知情。这些日子冷静下来后，蓁蓁也意识到不能光听洛昭晦的一面之词……

一路琢磨着，不知不觉已到了唐蕊住处。

明月轩的建筑风格与整个云华派都迥然不同，清新淡雅，以山水为主，没有过多富丽堂皇的装饰。这定然是云鹤按照唐蕊所喜而特别开辟出来的一块地方，从此推断出唐蕊应是个不好奢华、轻看名利之人，让蓁蓁对自己这个母亲有了初步的好感。

穿过院落，弟子在厢房前停下，轻叩门：“掌门，夫人，小姐到了。”

这话音才落，门就从里头刷地一下打开了！

“蓁儿！”

是云鹤扶着一名妇人过来开了门，一看便知那妇人是唐蕊无疑。两人面上均是又惊又喜，那无法掩饰的开怀与激动是难以作假的。反观蓁蓁，却着实显得太过冷静了些，甚至还有些被这对夫妻俩的神色与反应给吓到了。唐蕊爱女心切倒也罢了，云鹤堂堂一派掌门，再不济也不能自己这么急吼吼地来开门吧……

“蓁儿，快让娘好好看看你！”唐蕊一把握住蓁蓁的手，眸中含泪，上上下下地打量她，“瘦了，这面色也不是太好……定是在外边受苦了……都是娘不好，该看着你别乱跑的，害得你在外流落了这么久——”

唐蕊端详着蓁蓁的同时，蓁蓁也在观察她。身量娇小的唐蕊算得上蒲柳之姿，依偎在云鹤怀中正应了“小鸟依人”这个词。她的五官长相和“明艳动人”沾不上边，但却属于温婉耐看的类型。就是这么一个不足以令人惊鸿一瞥的女人，却令云鹤多年不舍离弃。

“好了，阿蕊，蓁儿这不是平安回来了吗？这是好事，别再哭了，伤身。”云鹤搂着妻子的肩膀拍拍，轻声宽慰，将她扶回榻上坐好。他凝视妻子的目光专注而缱绻，让蓁蓁难以将其与那个心狠手辣，以一计夺取成百上千人性命的野心家联系在一起。

唐蕊破涕而笑：“是，是……你说得对。今儿是咱们一家团聚的日子，不能哭。”

“可不是？咱们得好好庆祝一番。盼了这么多年……终于盼到了这一日。”云鹤拿帕子为妻子揩了揩泪，又对还守在门外的引路弟子扬声道，“云临，去让伙房准备一桌好菜，再备些酒，给蓁儿接风洗尘！”

“是，掌门！”那弟子笑呵呵地抱拳应下就要退去。

只是他才转身，云鹤又想起什么似的叫住了他：“等等——”

“掌门还有什么吩咐？”弟子回身。

“还是要叮嘱厨子，夫人身子还虚，菜色都要做得清淡些。有什么可口又补身子的药膳，也多做些来。另外，蓁儿自小不喜羊肉的膻味，若去不完全就不要做。还有，”云鹤交代了一连串，竟是将妻儿的需要与喜好样样记在心中，“蓁儿尤喜鲈鱼味美，一定让人去买两条新鲜的回来！”

好在那引路弟子也像是个头脑灵光的，将这些全都记住了：“弟子记下了！”

“好！去吧，去吧……”云鹤面上难掩喜色，摆摆手，示意他这次可以走了。

那名叫做云临的弟子走后，蓁蓁一时间也不知该说点什么，只得先自己踏进屋，然后把门关上。

“蓁儿，来，坐到娘旁边来。”唐蕊对她伸出手，脸上堆满笑。

蓁蓁能够感受到唐蕊的爱女之情，溢于言表，心中也很感动，便顺从地牵过她的手，挨着她坐下：“娘……”可这言语与动作之间的生分与僵硬，却是她无法在这么短时间内调整过来的。

“听你爹说，你失忆了？”唐蕊显然也察觉到了女儿的别扭之处，抬手摸摸她的脑袋，“是不是磕着哪里了？现在还痛不痛？真的什么都想不起来了吗？”

点点头，蓁蓁有些心虚地答道：“没有受伤。但女儿确实……都不记得了。只是一觉醒来，之前的事便忘了，连自己是谁也……”答完后，她还偷偷瞥了眼站在唐蕊身旁的云鹤。

云鹤的目光就从没从这对母女身上移开，故而蓁蓁一瞧他，他便开口了：“蓁儿放心！爹一定帮你找最好的大夫，让你尽快想起一切，再也不会出现像蛮荒时那一次的事了。”

“那次，我……”蓁蓁以为要被责怪了。

“那次是爹没有保护好你，害得你又被魔教的人掳走——也怪当日爹还不能公开你的身份……”云鹤走过来，大掌按在蓁蓁的头顶，慈爱地说着，“但从今往后，你就是爹唯一的掌上明珠，是云华派的掌门千金。爹可以名正言顺地保护你们母女两个了！”

看来他是打算前事不咎了。垂着眸，蓁蓁低低应了声：“嗯。”

“对了，你爹之前就琢磨着，说你今年也十八了，十八岁生辰正好是两个月后。到时你爹打算给你办个生辰宴，邀请江湖中的那些同道来参加，把你正式介绍给大家。”唐蕊见蓁蓁似乎无话可说，便又主动挑了话头，笑道，“娘虽然不喜铺张，也一把年纪了，不在乎名分不名分的，可却不能让你受了委屈。而且娘想着，你年纪也不小了，也该趁着这机会，见见如今江湖上的青年才俊，看看可有哪一个中意的……”

“啊？可是我已经——”话到嘴边，蓁蓁急忙吞了回去。她与纪然之成婚，除了玄影阁人与洛昭晦这种消息灵通者，大约无人知晓。这么看来，洛昭晦并没有把这事汇报给云鹤。既然如此，如今事态不明，她还是不要节外生枝了。

唐蕊没料到女儿反应这么大：“已经什么？”

“没、没什么……”蓁蓁挠挠头，讪笑，“只是娘不说，我都忘了自己已经十八了。不过女儿还不想嫁人，就简简单单过个生辰就好了……”

“果然还是小孩子心性。”云鹤接话，竟也帮着劝了嘴唐蕊，“女儿不想嫁，就别急。我云鹤的女儿，难道还愁无人求娶吗？不妨等这次生辰宴完了，再从长计议。”

闻言的唐蕊嗔了丈夫一眼，道：“好吧，你们总是一伙儿的——我又何尝舍得蓁儿嫁呢？左不过是觉得这生辰宴既然办了，参谋上几眼也是好的。”

“好了，好了，这各派中与蓁儿年龄相仿的精英也算屈指可数，到时我逐个指了给你看，由你把关，你看如何？”云鹤笑着妥协。

女儿都十八了，还能像云鹤这般哄着爱妻的男人，应该真没几个。蓁蓁看在眼里，心中如同打翻了五味瓶。羡慕他们的同时，想起了自己与纪然之成婚后的那段美好光阴。纪然之嘴里常不饶人，还爱损她，是比不上云鹤处处对唐蕊温柔小意，却也是默默地将事事都替她安排妥当，守着她无忧无虑。可如今，她该怎么办……

“蓁儿，怎么了？怎么哭了？！”唐蕊很满意丈夫的允诺，转而把目光重新放回女儿身上，却发觉女儿眼眶发红，眼底隐有泪光，立刻紧张起来。

这些日子以来，一个接一个的真相不断打击着蓁蓁，她甚至没有力气和时间哭，也找不到一个人的怀抱可以让她发泄痛哭。这下见了唐蕊一脸关切，蓁蓁终于情难自抑，索性扑到其怀中放声大哭：“娘——”

“到底怎么了这是？”唐蕊回抱住她，求助地看向云鹤。

看女儿哭得如此伤心，云鹤也立刻面染薄怒：“蓁儿，可是在外边受了人欺负？！玄影阁的人，还是洛昭晦那小子不老实？！”

“我没事，我就是想哭……”蓁蓁的肩头剧烈抖动着，“就是想哭一哭，舒服……”

“这——”唐蕊不知该如何安慰。

云鹤叹气着摇摇头：“在外面哪里比得上在家中顺心？想哭就哭吧。”

“嗯，谢谢爹……我、我还有些话想单独和娘说……”蓁蓁的脑袋还埋在唐蕊怀里，带着浓重的鼻音，抽噎着说。

“这丫头！罢了，你回来了，你娘这病也好了大半。好好照顾她，爹在教中还有事，先去忙了。”云鹤失笑，以为是女儿黏着娘亲有私房话要说，就又摸了摸她的脑袋后，先行离开了。

门一开一关，屋内只剩下母女二人了。

蓁蓁不舍地又赖在唐蕊怀中好一会儿，才吸吸鼻子，退开身：“对不起，突然没忍住，让娘见笑了。”

“蓁儿从前，从不会与娘说这样的话……你这次回来，大不一样了。”唐蕊面带忧虑地替她擦拭眼泪，“看起来懂事了，长大了，也稳重了。只是娘不知，这到底是好事，还是坏事……”

“可能是这些日子我在外边，看到、听到、经历到的，让我改变了吧。”蓁蓁抿唇，决定切入正题，“娘，有一件事，女儿想和您确认。请您一定不要骗我。”

“什么事？”唐蕊的目光闪烁了一下。

蓁蓁直直看进她的眼底：“我身体内的金瞳蛊王是哪里得来的？怎么得来的？十四年前，父亲做的那些事，您可知道……”

和母亲唐蕊的一番交谈，打破了蓁蓁最后的一点幻想。洛昭晦所言全都是事实，十四年前那关联了三派命运、成千上百人性命的惨案，正是云鹤一手炮制的。

她失魂落魄地离开明月轩，由婢女陪着，去到了云鹤早就替她腾出来的明珠楼。明珠楼就挨着明月轩，方便母女两人走动。明月与明珠——妻子是他心中的明月，而女儿是他掌上的明珠——云鹤用这种方式告诉门派上下的每一个人都不得怠慢了二人，可谓用心良苦。

之后在云华派中小住的半月，蓁蓁也发觉，云鹤爱妻爱女的程度，远远超出自己的想象。如果她不知道真相，或许会认为自己是这世界上最幸福的人：有琴瑟和鸣的父母，自己是他们全心全意呵护的唯一女儿。看得出云鹤每日打理门派中大小事务很繁忙，可无论如何一日三餐都要抽出时间与妻女共用，每晚睡前还会带着她们到云华派中最高的阁楼上去登高赏月，闲话家常。如非必要，他从不提门派之事，更不提江湖之事，偶尔谈及，也都是些逸闻趣事，聊以逗笑妻子。

一个时辰两个时辰可以装，一日两日可以装，然而云鹤对妻女的爱护与关怀从不曾有片刻的“懈怠”。蓁蓁总算相信，真的存在这样的人，他对爱的人百般好，可对不在意者的性命却视为草芥。

云鹤这个家今日的圆满，是用无数的家破人亡换来的。以血流漂橹为代价，安然享受着一家三口团聚的天伦之乐，蓁蓁只觉如坐针毡。她很想尽快找云鹤谈谈，可又告诉自己小不忍则乱大谋，要先在感情上与云鹤亲密起来，他才有可能更听得进自己的话。所以她等啊等，忍啊忍，终于等到了一个月后的一个好时机。

那日云鹤空闲，正亲手为女儿的生辰宴写着请帖。

蓁蓁端了茶送进他的书房：“爹。”

“还是女儿贴心！”云鹤笑呵呵地接过茶杯，喝了一口，才问，“怎么今天想到来爹的书房了？有事想让爹爹帮忙？”

“嗯，确实是有一件事。”蓁蓁把茶托放下，蹙眉，“但……我希望爹能听我说完，不要生气。”

云鹤讶异地“哦”了一声，面上笑容不减：“说吧。在爹面前，蓁儿想说什么就说什么，不用怕！”

“爹，这次女儿出门，长了不少见识，还知道了一些……有关十四年前蛊王谷、无涯斋与玄影阁三教所发生之事的真相。”

蓁蓁才说到这儿，云鹤就脸色大变，“啪”的一声握碎了手中的茶杯。但箭在弦上，不得不发，趁他还不曾出声打断，她硬着头皮接着往下说：“女儿知道当年所发生的一切都是出自父亲的一石三鸟之计。玄影阁的前阁主纪融根本就不想灭无涯斋，也不想杀光蛊王谷的所有人，是您抓了他的妻儿，逼得他——”

“住口！谁和你说的这些鬼话？！”云鹤拍案而起。

“您通过纪融之手，不需亲自出面就从蛊王谷那里夺到了金瞳蛊王给蓁儿服用，让蓁儿逃过早夭的宿命。蓁儿知道您是爱我的，可是这爱让蓁儿承受不起——”蓁蓁不顾他的暴喝，坚持说完这些日子打了百千遍的腹稿，“金瞳蛊王固然可以救蓁儿一命，但为何非得以杀人的方式得到呢？这三个门派的人何其无辜？父亲您难道从没有想过，这么多人都因蓁儿而死，我如何能心安理得地活在这世上？父亲又怎能在手染这么多无辜者鲜血之后，仍无一丝悔意地继续追杀纪融的遗孤，继续做这正派的统——”

“放肆！”云鹤又是一声大喝，绕到书桌前，振袖将房门关上，“这江湖上知道金瞳蛊王存在的人少之又少！且那是洛河为他那缠绵病榻的妻子耗费十年时间培育的蛊虫，世间只此一只，你以为他会愿意给了为父？！”

蓁蓁跪下：“救治女儿也不一定只有服食金瞳蛊王这一种法子。听闻洛河谷主仁心仁术，但凡伤病无一不肯救，父亲将他请来替女儿诊治也未尝不可！再者，人命的珍贵本就没有差别。既然洛河也是为了救他的妻子，那么就算他不愿把蛊王让给女儿，也是人之常情，父亲怎能因此造下如此多的杀孽！父亲，错了便是错了，十四年过去了，您该面对这一切，给那些无辜的死者一个交代——”

“啪”的一声，盛怒之下的云鹤一个巴掌将蓁蓁打翻在地，红了眼：“混账！你要你的父亲怎么给他们一个交代？以死谢罪吗？！我不知道你能不能安心地活着，我只知道若没有金瞳蛊王，你早就连命都没了！现在还能在这里和你的父亲堂而皇之地讲这些大道理？！”

捂着脸，蓁蓁扭头直视他，毫不示弱：“父亲难道就当真全是为了我吗？

如果只是为了我，又为何要牵扯进无涯斋与玄影阁？！您本就有意铲除这两派的势力——”

“你——”云鹤再次高高扬起巴掌。

认命地闭上眼，准备承受疼痛，蓁蓁知道自己这次失败了。她高估了父女之情对云鹤的影响。云鹤可以宠她爱她，却不会听她半分劝告，就如同十四年前，唐蕊也同样阻止云鹤不成，最终唯一能做的不过是偷偷放走纪然之母子罢了。

然而那一巴掌迟迟没有落下，她微讶地睁开眼，却见云鹤早已放下了手。

“父亲——”有一瞬，蓁蓁以为这是他回心转意的表现。

“蓁儿，你太让为父失望了。”云鹤揉着眉心，来回踱步，说着自欺欺人的话，“看来你在蛮荒那回帮助纪然之那魔头绝非偶然，你一定是受了他的蛊惑，才会来对你的父亲兴师问罪。”

蓁蓁的心又沉了下去：“父亲，您明明……”

“够了！在生辰宴开始前，你就在明珠楼中好好休息吧！”云鹤站定，怒色依旧，扬声喊了人进来，“来人！把小姐带回住处，没我的命令，不许她出屋走动！”

“小姐，”跟着蓁蓁前来的两名贴身婢女忙推门进来，扶起她往外走，“快起来……”

云鹤又低喝一句“慢着”，吓得两名婢女立刻停步回身。

“你们候在外头，可有听到什么？”他负手，走近两步，神情莫测。

在大户人家做婢女的，哪个没有些眼力？两人急忙摇头：“没、没有——我们站得远，什么都没听到……”

杀人灭口。蓁蓁从云鹤的眼底读到了这四个字，心下大惊，张臂挡在她们身前：“爹！您不能——”

“不能什么？”云鹤抿唇。

心知此时不能再硬碰硬惹恼了他，蓁蓁再次跪下，服软道：“爹，女儿知错了……无论如何，请爹看在女儿十八岁生辰将近的份儿上，就别……别责罚她们了。”她只敢用“责罚”二字，说得尽量委婉。

“……爹知道了。起来吧。”云鹤面上严峻的神色稍松，托着她的胳膊扶起，又对两旁的婢女交代道，“送小姐回去。记得备点热水给小姐沐浴，压压惊。小心伺候。”

“是！”两名婢女齐齐应下，然后一左一右搀扶着蓁蓁，脚步匆忙地离开了书房。

回去的一路，蓁蓁的双腿都使不上劲，到了寝室，泡了个热水澡后，才渐渐缓过来，意识到目下的情况不容乐观。她等于被云鹤禁足了。一来他当真恼怒于她这个女儿的表现，舍不得再打，就想用禁足来罚罚她，二来也是怕知道真相的她四处走动，给他带来不必要的麻烦。

可这禁足对她来说十分不利，必须要能自由活动，才有可能有所行动，这一次的生辰宴，云鹤宴请的武林同道不在少数，光是有名有姓发出去的请帖都上百张，再加上这些人的随行者，当真是集齐了大半个江湖。蓁蓁不相信，如此兴师动众，会只为给她一个小姑娘庆生。云鹤必然还有其他目的。而要探查他的目的，至少得能走出这间房门！

为今之计，也只能一方面让唐蕊劝劝云鹤消气，一方面她自己也要找机会向云鹤承认是受了奸人挑唆，已悔过了，降低他的戒心。一定要在生辰宴正式开始之前，重获行动上的自由。

将思绪理清之后，蓁蓁就从浴桶中起身更衣，绕出了屏风，却见两个生面孔的婢女迈着小碎步走了进来：“小姐，奴婢帮您梳发。”

“之前的那两个婢女呢？”蓁蓁心头一跳。

两个婢女对视一眼，答道：“她们好像被调走了……”

“调去哪里？”她追问。

“这个奴婢们也不知道。奴婢们只是奉命来伺候小姐。”二人摇摇头，神色不像有所隐瞒。

调走……是当真被调去了门派中的别处？还是被调去了地府？蓁蓁打了个哆嗦，不寒而栗。分明答应了她，却还是一转头就痛下毒手吗？那两个婢女纵使真的听到了什么，又哪里有胆量说出去？又能对谁说呢？如果她不是他的女儿，此刻早就身首异处了吧！

想到这些，她开始抑制不住地颤抖，说不出是出于害怕，还是出于愤怒。

“小姐您怎么了？哪里不舒服？”两名婢女见她发抖，急急上前扶住她，“要不要请大夫来看看？”

二人的话却意外给了蓁蓁一个难得的灵感。她当即低声道：“我……有些发冷。”

“会不会是着凉了？你服侍小姐先躺下，我去找人请大夫来——”其中一名婢女将蓁蓁交给另一人后，匆匆跑了出去。

“小姐，您快躺下，用被子捂一捂看能不能暖和起来！”

蓁蓁转眼就被婢女塞进被褥，裹得严严实实，但她反而打冷战打得越发厉害。起先她只是想借着生病的由来，换来云鹤的心软，可现下看来，她竟当真控制不住自己的身体发颤。冷意，是从心中冒出来的，然后窜进每一处穴道。

“我要睡一会儿……”

蜷缩在被窝中，蓁蓁感到眼皮发沉，只来得及交代这一句，就睡过去了。而等她睡醒时，就被告知要足不出户地在屋内养病。

听婢女说，大夫来诊过了，说是她惊悸过度，又略感风寒，才会如此。云鹤得知后来守了一夜，之后就将“禁足令”改为了“养病令”。不过待遇没变，一样是不能出屋，只是名头好听了些。不过能惊动云鹤，就达到了蓁蓁想要的效果。只要回头病差不多好了，她也就自然而然可以离开住处转悠了。

在蓁蓁养病期间，唐蕊几乎是日日来探望、照料，但她显然对父女发生过的冲突一无所知。蓁蓁怜她夹在中间两面为难，便也绝口不提，只和她闲聊逗趣，偶尔也挑出点在蛮荒的新奇见闻说与她听。蓁蓁在心中，其实已经同唐蕊建立起了母女之情，固然不曾累积多年，不够深厚，却也是说不出的眷恋。比起云鹤那掺杂过多旁骛的爱女之情压得她喘不过气来，唐蕊于其就像这纷乱武林中的一个避风港，充满温情与平静。

可蓁蓁清楚，自己不能过分贪恋这份温存。她不像唐蕊，在丈夫面前劝说几句后便不能继续坚持，她不能闭起眼睛、堵住耳朵，假装看不见听不见他的所作所为。所以她一直在等一个人来“探望”自己。

然而这个人可谓姗姗来迟，一直到了她抱病将养的日子快要结束了，才到访明珠楼。这个人正是洛昭晦。

“看样子你在等本座。你怎么断定本座还在云华派？”洛昭晦走到茶几边上，也不坐下，就站着给自己斟了一杯。

蓁蓁如今已全无病色，甚至被养得有些容光焕发：“你离开八方门时，做了不少部署，一看就是要长期在外逗留。”

“观察细致。看不出来，你还有当线人的天赋。”洛昭晦随口一夸，转而道，“听说，你在云鹤书房与他起了冲突？还被打了一巴掌？以养病为名被禁足至今？”

她一叹：“差不多吧。你怎么知道得这么清楚？这件事的来龙去脉好像被云鹤捂得很严实。”

洛昭晦放下茶杯，翻了翻自己的右掌：“云鹤想让什么人消失，可不都得经过本座的手？”

“你是说——那两名婢女？！”蓁蓁抽气，犹豫着问，“那她们……她们真的……”

“本座没有必要为了两只蝼蚁，与云鹤对着干。”他语气中对人命的轻蔑，令蓁蓁很不舒服，“不过看在她们尽心服侍过你的份儿上，本座特意嘱咐下面的人，给她们留体面的全尸。”

藏在袖口中的手紧紧握住，蓁蓁对他怒目而视。

“你这样看着本座没用，又不是本座想杀她们。”洛昭晦不与她对视，只是轻笑着把话锋一转，“本座以为，你对本座翘首以盼，不会是只为了问那两个婢女的下落吧？你可知道，这回你的生辰宴还有个别名？”

“什么？”别名？她一怔，也忘了方才的气恼。

洛昭晦也不卖关子：“择婿宴。云鹤已命人放出风声，称你已到婚嫁之龄，有意在这次的生辰宴上为你挑选青年才俊。那些想趁着此番前来庆祝生辰便能成为云鹤乘龙快婿的人，背地里就将这宴会称为择婿宴。”

“怎么会……此事是由母亲提起的，父亲看起来反倒不是特别热心。”蓁蓁纳罕。

“云鹤是什么样的人，难道还需要表里如一吗？他做事，也向来没有一事只为一个目的的道理。要想坐稳这正道统领的位置，就得在各个门派中铲除异己。此番传出有意择婿的消息，便是想试探，哪些门派愿意对他马首是瞻，哪些门派中立，哪些人又对他心存不服。”他看起来对云鹤的心思了如指掌。

蓁蓁摸着下巴沉吟：“除了想娶我的人，能看出与云华亲近的态度外，剩下那些中立或是不服的门派肯定都是无人有意为婿的。这两者要如何分辨？”

“很简单。你别忘了，当日你在蛮荒可是露过面的，而且在众目睽睽之下与纪然之……”洛昭晦说到这儿，笑意一敛，直接跳过，“那些门派的人必然也都在此次宴会的邀请之列。他们可都不是瞎的，怎会认不出你来？问题就在于，认出来了，是说还是不说。不说，便是中立。说了，就存心找云鹤的不痛快。态度如何，不就一目了然了？”

“你还真是了解他……”蓁蓁咬唇，这种被亲生父亲利用的滋味不太好受。这些日子相处下来，她分明能感受到云鹤的拳拳爱女之心，却偏偏就像洛昭晦所说的那样，他行事总是有着太多太多的企图。

洛昭晦勾唇：“本座就当做是夸奖吧。不过本座可要提醒你一句，不必再做规劝云鹤的无用功，你娘在他身边劝了多少年了，你以为是你如今嘴皮子上下一碰、兵不血刃就能解决的问题？再者，这次正派有这么大规模的聚集，纪然之是不可能没有相应动作的。血债血偿，你不得不在纪然之与你的亲生父亲之间做个抉择。”

“你这次回来，就是顶替洛江位置的，对不对？！”蓁蓁静静听完后，沉默片刻，才突然激动地攀住他的胳膊。

他颔首，用他那双长而冷的凤眸盯着她：“不错。”

“无论如何，我不能让父亲为了让十四年前的真相永远掩盖，为了他在武林一统的野心，再造下更多的杀孽。他要行事，必定要启用你的人来做。”蓁蓁抬眼，恳求万分，“只要你能帮忙——”

“不能。”洛昭晦没等她说完，就冷冷地吐出两个字来。

蓁蓁气结：“你——你难道还想着杀光所有人吗？！洛江已经死了，头颁也被你拿去喂了狗，这还不够吗？其他人并没有哪里真正对不起你啊！尤其那些与你素未谋面的人，更没有理由被牵扯进来！”

“我心中的恨还没有灭。就不够。”洛昭晦眸光阴沉。

她冷哼：“所以呢？只能用所有人的鲜血来浇灭吗？！”

“原本是这样的。但如今似乎多了一个办法。”洛昭晦顿了顿，抬手握住她的胳膊，定定地注视她，“或者用你。只要你跟我走，我心情好，就不会总想着杀人。”

“荒谬！”蓁蓁甩开他的手，背过身去。

怔忪片刻，将虚握在半空中的手收回，洛昭晦眼底骤寒，拂袖而去：“所以，你不应该来求一个荒谬的人。”

转回身，望着他离去的背影，蓁蓁心中徒生无奈：“真的无法阻止了吗……”

与洛昭晦不欢而散后，蓁蓁始终怏怏不乐。云鹤怒气消过了，听婢女来报女儿的精神状态不好，以为是将她给闷坏了，再加上生辰宴临近，正派人士陆续抵达云华，若总让她闭门不出，多少显得奇怪，便放她自由行走。

“禁足令”解除，不出去走走散心，蓁蓁也觉得着实对不住自己。因此她就挑了个阳光融暖的午后，遣退了婢女，一个人闲逛。

此时已然入冬，虽尚未落雪，但云华派位于北方，天气干燥寒凉。蓁蓁把自己用一件及膝的长披风裹起来，毛领子将脖子也围紧了，只露出一个小脑袋来。

时不时有受邀前来的正道人士从她身旁经过，都会多打量她几眼，猜测她的身份。有些轻佻一点的子弟，甚至会直接上前与蓁蓁搭话，八成是想成为云鹤的女婿。这让蓁蓁不胜其烦，准备打道回府。

“叶姑娘？”

才抬步，身侧便传来不确定的轻唤声，她扭头看去，却是熟人正站于不远处的廊下。

“蔺九道长！”蓁蓁双眼一亮，冲他挥挥手，“是我——”

小半年未见，蔺九风姿如初，眼神透亮，转下长廊，缓步来到她跟前：“适才一瞥之间，觉得姑娘身形有些眼熟，便试着唤了一声，没想到还真是叶姑娘。不过，叶姑娘不是跟着纪阁主回去了吗？怎会在此？”

“嗯，”蓁蓁吐了吐舌头，“因为我实际上是云姑娘，不是叶姑娘。”

“云姑娘？”蔺九重复一遍，恍然大悟，“原来你便是云掌门寻回的千金。世事果然奇妙。”

蓁蓁无奈地耸耸肩：“是很奇妙……我宁愿不是。对了，你知道最近纪然之那边怎么样吗？”

“蔺九与纪阁主也并不常联系。他近况如何，实不会告知于我。”蔺九先是摇摇头，又补充道，“不过他倒是查到了些关于当年那事的端倪。他传信言及，八方门门主晦是云鹤的人，那批出现在无涯斋的杀手也是云鹤秘密豢养的。”

“他查到的，都是对的。”蓁蓁这才想到，蔺九也是当年的受害者，故友重逢的喜悦也被一下冲散，心情变得沉重，“无涯斋、蛊王谷与玄影阁，都在我爹的算计之内。十四年前的那一桩事，是他一手谋划的。如今他也还在打削弱其余正道势力、彻底铲除玄影阁的主意。”

蔺九震惊：“云姑娘，你——”

“我虽是我爹的女儿，可是非对错，却分得清。这世上哪来永远的秘密？杀再多人也掩盖不了他犯下的罪行。真相，总有一天会浮出水面。”蓁蓁惨笑，“只是无涯斋与玄影阁固然本就是我爹的眼中钉肉中刺，可蛊王谷却是因我遭了无妄之灾。我也难辞其咎。”

“云姑娘何出此言？”他敛眉。

“我患有先天心疾，很可能活不过五岁。而有人告知我爹，蛊王谷谷主洛河养有一只金瞳蛊王可以救我命，于是……”

蓁蓁将事情的前因后果娓娓道来。蔺九听后也默然许久，才道：“既然云鹤早有盘算，那么姑娘的病也不过就是一根导火索而已。没有蛊王谷，也会是其他门派被用来当做声东击西的幌子。否则云鹤便做不到拖延时间，等待玄影阁与无涯斋两败俱伤后再带领各派前去支援。”

“这个道理，我也明白。只是……”只是还是感到无颜面对无洛。这后半句话蓁蓁并没有说出口，只是化为一声喟叹。

“还请云姑娘放宽心。蔺九相信，纪阁主是个透彻之人，又对你一片深情，必不会因此迁怒于你。”蔺九见她眉宇间仍是忧思重重，宽慰道。

许多心事，并非旁人一言便可开解，只是蓁蓁不愿拂了他的好意，当即扯出笑容：“嗯。希望事情结束后，时间可以冲淡一切。对了，无涯斋的仇，你打算……”

“自然是要为无涯斋讨回一个公道。云鹤不仅需要给死者一个交代，也需要给被他掀起血雨腥风的整个武林一个交代！”蔺九握紧手中宝剑，竟发出啸声，剑气浩然。

只是说罢，他又感不妥，对蓁蓁歉意一笑：“抱歉，当着云姑娘的面……”

蓁蓁垂眸：“不，没什么。你是对的……我想起房中还有些事，就先失陪了。”

“好，云姑娘保重。无论群雄如何看待姑娘，蔺九与归心观，永远欢迎姑娘前来做客。”蔺九笑意明朗，抱拳告别。

目送蔺九离开后，蓁蓁无法再强颜欢笑，折返回去的一路是垂头丧气的模样，踢着道上的一块碎石子，走一段，踢一下，再走上去，再踢，重复着这毫无意义的动作，感到前路一片迷茫。

踢到半路时，蓁蓁一个不慎，错了角度，把石子踢歪滚落到了廊下的草丛间不见了，心中极为不快，觉得石子都和她过不去。

正当她遍寻无果、准备从廊下起身时，却见一人慌里慌张从回廊穿过，还频频回首旁顾，显得鬼鬼祟祟的，于是蓁蓁急忙蹲下，以免被对方发现。

那是个中年男子，所着衣裳为浩气山庄的刻丝青龙袍，但腰间配饰似比寻常弟子要多而华贵，想来身份并不一般。

眼看他的身影即将消失在下一个拐角处，蓁蓁立刻决定悄悄跟上去，看看此人想要做什么。左右这云华派也算是她的地盘，在自己的地盘上跟踪个人，就算技艺不精被发现了，料来也无人敢动她分毫。

有模有样、左躲右藏地尾随了对方一段路后，蓁蓁发现他像是奔着伙房方向去的。宴会在即，如果有人在饮食上动手，那么……

想到这儿，蓁蓁神色一凛，又猫着身子快速迈进几步，继续跟踪。果然是距离伙房越来越近了，只差穿过一座拱桥。于是对方开始放慢速度，在拱桥上左顾右盼。见此情形，蓁蓁只得藏在附近一处房屋拐角后，屏息等着。默默数了十下，琢磨着对方太谨慎，也该确认无人跟踪了，她便悄悄地、小心翼翼地把脑袋探出拐角——

“呃！”

谁知还没来得及看清那人是否进了伙房，蓁蓁就被人从身后一记手刀打晕过去，往后跌进来人怀中。

打晕她的人，面戴标志着八方门门主身份的银色面具，可他将她拦腰抱起时的动作神色，却全然不似传闻中脾气古怪的门主晦。

他熟门熟路地抄无人小道把蓁蓁抱入一处空置的厢房内，轻放于榻上，然后取出针囊与养蛊的竹筒，摆上床榻边的几案。他抿唇盯着榻上的蓁蓁好一会儿后，才动手施针放蛊，蛊虫顺着针爬进她的眉心，惹得她微微蹙眉。拔出针后，他又从袖中掏出一个瓷瓶，倒了枚红色药丸给其服下。

这一切都做完后，他又细心地替她将被子掩好：

“蓁蓁，原谅我。为了不打草惊蛇，我必须暂时封住你的记忆。虫尸粉对不会武功之人本是无害，可你体质特殊，我还是将解药给你先行服下。等一切结束之后，我再帮你把金瞳蛊王培育完成……”

第十三章 云华殿上断恩仇

“小姐？小姐？您快醒醒——您怎么在这儿睡着了？”

思绪混沌，蓁蓁扶着额角，费劲地睁开眼，映入眼帘的是两名婢女焦急的脸庞。

“我……睡着了？”她撑起身，总觉得自己不应该在睡觉。

其中一名婢女也露出疑惑的神色：“是啊。这儿是空置好久的厢房，因为靠近伙房，所以很少安排人住的。您下午不是说一个人四处转转吗？出什么事了吗？”

出了什么事？是啊，她怎么可能无缘无故在这个陌生的地方睡着呢？蓁蓁咬唇，试图回想午后出门的点滴，她记得自己遇到了蔺九，交谈过后她就开始折返，再后来……再后来回忆好似断层，脑海中只剩一片鸿蒙。

“小姐，您还好吗？”

“没事……或许真的只是困了，就找个地方睡了吧。我们回去吧。”既然回想不起，蓁蓁念着多一事不如少一事，嘱咐二人，“你们不要惊动旁人，也别对我爹娘说起。”

“是。”二人福福身，将她扶起往外走，“对了，后日生辰宴上，掌门给您订做的新衣裳到了。您回去就试试吧——”

“对，对，可好看了！小姐穿上定是艳惊四座……”

让两名婢女交口称赞的，是一袭胭脂色的镂金百蝶穿花曳地长裙。色泽娇而不艳，长裙优雅之余又因领口与袖口的翻花设计而平添几分俏皮。

蓁蓁在婢女的帮助下穿上后，竟对着镜中的自己恍惚起来。若这衣裙的红色再正些，若这裙上的花纹换做鸳鸯，若再在头顶上戴一顶凤冠……这不就是与纪然之成婚当日的她吗？可当她再仔细一瞧镜像，不是正红，没有鸳鸯，更不存在凤冠。

今日，已非昔日。

双眸发涩，蓁蓁不愿再徒增感伤，很快便更衣换回常服，命婢女将其收好，等生辰宴时再取出穿戴。两名婢笑眯眯地应下，只当是她太过满意这长裙，才会慌忙换下它，唯恐穿戴久了起褶子。

只是她们的喜悦与期待，无法感染到蓁蓁。“你们先退下吧。生辰宴前，我都想一个人在屋子里。”她将两人屏退后，坐到梳妆台前，犹豫许久，终于从鬓间取下那支日日戴着的狗尾巴草银簪，拿到眼前，细细摩挲。

婢女们总问她，云鹤替她买了那么多的华胜，为何她却只独爱这一簪。她也总是在听到这个问题后，抬手抚摸着簪子，笑而不语。

不管是现在，还是将来，她都会一直戴着这簪子，等待与纪然之重逢的那一天。她已然没有别的办法，也没有立场公开向他倾诉自己的心意，只能用这簪子无声地告诉他——阴差阳错，她成为了云蓁不假，可她却也永远是他认识的那个叶蓁蓁。

是那个与他结发为夫妻、恩爱两不疑的叶蓁蓁！

烛火明灭，窗外飘落了冬季的第一场雪。一人眉眼温存地抚着一簪，抚过的却是这夜色的无边孤寒……

三日后，夜幕四合，笙歌方起。

位于云华派中心位置的云华殿内，各门派中翘楚都已列席坐定，相互寒暄半晌了，上座却迟迟不见人影。

如此怠慢，可谓是给了所有人一个无言的下马威。当然，这同时也是试探的一部分。有了这等待的积怒，才能借蓁蓁的登场，判断各人的态度。

酒菜上齐，殿上歌舞也已罢了两曲，云鹤才终于携着妻女从殿门大摇大摆地走入，立刻吸引了许多道艳羡的目光。

蓁蓁身着的那件胭脂色长裙便不消说了，唐蕊的衣裳颜色是与她相呼应的深红，其长度及踝，较为裹身，内敛而不张扬，称得她身材窈窕，不输妙龄女子。

“诸位抱歉，云某来迟了些，多多海涵，多多海涵——”他一路从中央走过，对着两旁抱拳客套，到台阶上站定后，便转换手势，对众人介绍起来，“这位是云某的元配夫人，唐氏。这位是云某的长女，云蓁。”

从见不得人的私生女到唯一的长女，多么讽刺的转变。蓁蓁的手被唐蕊握住，于是勉强冲在座的人报以一笑。

“云掌门客气，客气了——”有人率先举杯，“大家一起敬云掌门一杯，如何？”

云鹤豪爽一笑，领着妻女在阶上的上位入座，共同举杯：“多谢各位，妻女不胜酒力，老夫代她们先干为敬！”

“干了，干了……”

唐蕊与蓁蓁分坐在云鹤下首的两边，见状也象征性地把酒杯放到唇边，轻嘬了一下，并未饮下。众人见状，包含随行弟子在内，都纷纷从案上取了酒盏，共敬共饮。

而蓁蓁也趁着殿上之人都在饮酒时，环视下座，目光所及，瞟见了蔺九，瞥到了洛昭晦，也扫过了些略感熟悉的面孔，大约是在蛮荒大战中照过面的缘故。只是有一处位置，竟是空着的，也不知是哪派的人至今未到。

众人一道敬酒过后，就开始逐个走到阶上向云鹤一家祝贺、献礼，有的是名贵的奇珍异宝、有的是别出心裁的女儿家小玩意，显然都是费了一番心思的。

“今日云蓁姑娘十八岁生辰，小侄代表风云教献上小小贺礼，不成敬意……”

“恭喜云兄与妻女得以团聚啊！老弟再敬云兄一杯！”

“唐夫人当真风采照人，令嫒更是令人一见难忘！”

“云掌门的千金如此清丽动人，恐怕说亲的媒人明日就要踏破门槛喽——”

更有言谈间，有意无意提到蓁蓁婚事的各派掌门，他们自己的年纪是大了，可底下的得意弟子中却不乏与蓁蓁年纪相仿的。毕竟谁的弟子能娶到蓁蓁，就成了云鹤的亲家，相当于自家门派与云华结成了关系最密切的联盟。他们看到的，不是蓁蓁，而是蓁蓁身后的势力。如果她只是一个毫无身份背景的孤女叶蓁蓁，而非云蓁，那么在场的所有人恐怕无一会冲着她求娶。

但她希望，那个娶了叶蓁蓁的人，今夜不要出现在这里涉险。

“云姑娘，蔺九以茶代酒，敬姑娘一杯。”

正出神间，却见一只修长的手举着茶盏，递到自己面前。蓁蓁忙抬眸一瞧，对上蔺九清凉的朗目。

“多谢道长。”她莞尔接过，举到眼前一敬，然后仰头饮下。

“方外之人，没有什么贵重的礼物，仅有一护身符，可赠予云姑娘。”蔺九放下手中茶盏，从袖中掏出护身符，笑道，“不知蔺九是否有幸为姑娘戴上？”

虽感诧异，可蓁蓁还是点头应下：“好，有劳了……”

蔺九于是又靠近一步，双手环到她的后颈，唇与她的耳廓只有不到一寸的距离，令她不由僵直了身子。可下一瞬，蔺九的耳语声又使她眉头一皱：“一会儿宴上无论发生何事，都请姑娘静观其变，保全自身，莫要强出头。”

还来不及问他是何意，在耳畔喷洒着的气息便一下消散，同时心口前一凉，原是护身符已戴好了。蔺九退开，冲她微笑着颔首后，便拿起茶盏离开了。

她知道，蔺九这一笑是示意她尽管安心。可宴会上即将有大事发生，她怎能不如芒刺在背，坐立难安呢？蓁蓁扭头看向坐于最高处的云鹤，春风满面地接受着诸人的轮番敬酒，风光无限，心中更是发闷得紧。

这档口，蓁蓁在观察云鹤，却也有阶下之人在观察蓁蓁。从落座开始，她就隐约察觉有一道目光始终在自己身上徘徊，久久不去，如今这种感觉更加明显，直觉其不怀好意。

一味逃避不是办法，她从云鹤处调转视线，准备寻找那恼人的注目从何而来，却不料对方竟先一步出声发难了。

“云掌门，本堂主怎么觉得，令千金有些眼熟啊！与那个在蛮荒中和魔教头子当众卿卿我我的妖女，相貌有八九成相似啊——”

此话一出，四座皆静，面面相觑。

蓁蓁循声望去，那说话的男子，长相粗犷，坐于左侧第五，在江湖中的地位应是处于中流位置。男子身后还站着一男一女两名随从弟子。三人着左衽窄裉袄，上以盘金之法绣各类凶猛异兽，均是面目狰狞，见之生畏。

“大家别都不说话啊。在场多数也是参加过蛮荒那一战的，难道都没看出来？”那男人举着酒盏微微晃动，脸上写着的都是“挑事”二字，“本堂主可不信。”

“哈哈哈——”云鹤重重放下酒盏的声音清清楚楚地传入了每个人的耳里，皮笑肉不笑地道，“大伙儿说说看，两者哪里相像？老夫恐怕是老眼昏花了，是半点都没看出来。”

“依我看，两人没半点像啊。掌门千金的气质不知要比那妖女强上多少倍！”第一个附和的是方才风云教的年轻弟子，睁眼说瞎话的功力定比他的武艺要高强许多。

他的左右邻座也跟着点点头：“那日蛮荒之战混乱，也是在夜里，凭着火光未必看得清楚啊！云掌门的千金怎么可能会出现在魔教嘛！无稽之谈！”

与发难男子对面而坐的红衣女子竟还讥笑起来：“冯堂主，我看你们御兽堂的人认畜生的本事是一流，可这认起人来就太眼拙喽，哈哈哈——”

“臭娘们！别以为你是女人，本堂主就不敢卸了你！不过是靠着狐媚功夫和下三滥的手段从自己丈夫那里夺了山河帮的帮主之位，还真把自己当回事了！”御兽堂名副其实，说话间袖中就探出条吐信的毒蛇。

“你敢！”红衣女子身后的护卫立刻拔剑。

气氛到了剑拔弩张之时，便自然有和事佬出来相劝：“唉，今天是云掌门千金的生辰宴，怎能动粗见血？太不吉利了。大家饮上一杯，消消火气便罢了，是不是啊？”

“说得对啊。莫要伤了和气，总得给云掌门一个面子嘛……”

底下的人七嘴八舌，争执不休，几欲动手，云鹤却只是冷眼旁观，不置一词。

“鹤哥，这……”

直到唐蕊忧心地望向他，他才立刻变换了柔情笑意，将上身倾过去，冲她低语：“莫怕。江湖人难免脾气大，也就是口头上斗斗，不会真动手。这便让他们停下。”

宽慰完爱妻，他便直起身，扬声笑道：“哈哈哈，诸位都是受云某之邀汇集此处，若当真在这里动起手来，倒是云某待客不周了。不如再欣赏一曲歌舞？云某特地请来了一队西域舞姬，据闻是宫廷达官贵人们府上的常客，若是跳得好，就算揭过这一篇了，如何？”话毕，他抚掌三声，便有西域舞姬鱼贯而入，异域风情的乐声响起，确实令人耳目一新。而更让在场不论年龄少长的男侠客们望之失神的，自然还是这些舞姬们曼妙的水蛇腰身，与那纱衣下若隐若现的大好春光。

大冬天的，饶是这殿上烧足了炭火，暖和许多，可蓁蓁看着那清凉的装扮，还是替舞姬们感到冷。可也正因如此，这殿内的大部分男人才会把眼珠子给瞪出来，尤其是那御兽堂的冯堂主，一副色令智昏的模样，哪里还记得刚才所受的屈辱？那蛇也早就钻回了袖中！

蓁蓁不屑地撇撇嘴，又重点观察了几人的反应：洛昭晦还是那似笑非笑的神情，以手支颐，眼半闭，显然是不为所动；蔺九唇含淡笑，立于掌门蔺归的身后，双目熠熠，倒是真心在欣赏舞姬的异域舞姿；再看云鹤，目光时不时就落在唐蕊身上，压根不把这些舞姬放在眼里。他当真是对唐蕊不移此情啊……

如果云鹤不是云华派的掌门，只是个普通人，那该有多好。爱妻宠女，一家人享受最单纯的天伦之乐。她暗自感叹着，居然有几分想要借酒消愁的冲动，便把面前案上的酒盏拿起，饮了一大口。

放下酒盏，喉间火辣辣的，但好在早有防备，没被呛着。

“蓁儿，空腹莫要饮太多酒，先吃点东西垫垫？”云鹤竟也始终默默注意着她，见她饮酒，就低声叮嘱了句，可谓无微不至，“案上都是你爱吃的菜色与糕点。若是凉了就差人去换。”

“嗯，谢谢爹……”蓁蓁低声应着，眼角余光又瞥到那个仍空着的位置，便顺势问道，“对了，爹，那个位置没有人吗？”

云鹤冷哼一声：“哦。本应是浩气山庄庄主郑金丰之座，前几日他还好好的，今天傍晚居然告假说病了。随行来的弟子也都在他院中照料，无一人前来。”

看来郑金丰生病，云鹤并不信，并把这事当做了浩气山庄对他仍然不服的一个暗示。

“也罢，左右浩气山庄的那些后辈，爹是没有一个看得上的，也都配不上蓁儿你。”云鹤摆摆手，随后面露遗憾之色，“倒是那归心观的蔺九，一表人才，又是年轻一辈中的佼佼者，只可惜是个道士……”

“咳咳——”正咬下一口红豆糕的蓁蓁这回是呛着了，急忙压下几口茶水，“爹，你在胡说什么呢！叫人听到笑话！”

见女儿羞恼，云鹤低笑两声，宠溺之情溢于言表：“哈哈哈，不说了不说了！蓁儿自己看便是。爹与你娘，绝不会乱点鸳鸯谱，定要给你找个人品出众、两情相悦的良人——”

“谢谢爹……”短短时间内，这是蓁蓁第二次道谢了。她谢谢的是身为父亲的云鹤，可那个身为云华掌门的云鹤，却让她无法面对。

宴酣之乐，觥筹交错，起座喧哗。酒过三巡，已到了宴会的高潮。

“来！我提议，大家一起敬云蓁姑娘一杯。祝云姑娘……”

那带头举杯的中年男子说着，便要站起身祝酒，却毫无预兆地在众人注目下无力地跌坐回椅上，手中的杯盏也翻落离手，砸在案上！

“吴老弟你怎么了？！”坐在他左手边的也是一派掌门，诧异地要起身察看，却发觉自己的四肢不听使唤，绵软至极，“这——怎么回事？！”

他的话音未落，那些站在各派掌门、长老身后的弟子也都是腿脚一软，瘫坐在了地上，身体砸向地面，发出接二连三的闷响。

蓁蓁瞪大眼，眼睁睁看着殿上所有人东倒西歪，脑海中瞬间回响起蔺九方才的话！无论发生什么，都要静观其变吗？那蔺九呢？她朝归心观的席位望去，发现他看起来也中招了，正与另外一名归心观道士背靠背倚坐着，像是在闭目调息。

“奶奶的，我们这是中毒了啊——”御兽堂的那个冯堂主也是不得动弹，破口大骂，“我们都着了云鹤的道了！”

身体虽然无力，可妨碍不了目光的移动。他这一骂，所有人都想起了这次宴会的东道主，齐刷刷地往上座看去——云鹤竟也和他们一样瘫软在椅上！

“定是有魔教之人在饮食里做了手脚！”云鹤的胸膛因愤怒而剧烈起伏着，额角青筋暴起，强自起身，却是一阵头晕目眩，重重跌了回去，只得大喊，“殿上的弟子都上来保护夫人与小姐！再去一个人，去集合所有弟子——”

“来不及了！”

接着他话音杀入殿内的，正是一批身着玄影阁教服的蒙面人。

殿内守卫的百名云华弟子立刻上前抵抗，但由于事出突然，措手不及，这批玄影阁人又来势汹汹，才一交手便已落了下风。有几名想要趁乱溜出去召集人手的云华弟子也都被刀剑从身后贯穿，跌下殿门外的台阶。

“娘！”蓁蓁发现自己并无手脚无力的中毒症状，立刻离座跑到唐蕊身边守着。

“娘也没事，快去看看你爹怎么样了……”唐蕊也还能动，又领着蓁蓁跪坐到云鹤的椅边，“鹤哥，你怎么了？！”

“别怕，不是什么剧毒，只是让我们这些习武之人的经脉不畅，穴道闭塞而已。”云鹤还算沉得住气，“只要有一刻钟，便能冲破恢复！”

唐蕊扭头看向阶下，云华派弟子横七竖八地倒在血泊中，只剩下不到十人还在拼死抵抗，还想拖延一刻钟，绝对是痴心妄想！

“此番确不在我意料之中！阿蕊，你带蓁儿先走——”云鹤咬牙，“我椅子背后，有个机关，你往右搬动一下，椅后一尺的位置就会打开一条地道，通向云华派外……”

“不行！要走我们一起走！”唐蕊从来温声细语，这次却拔高了音量，十分决绝，“我和蓁儿可以架着你一起！”

心知妻子不会舍自己而去，云鹤又转而对蓁蓁：“蓁儿，爹不能在这种时候当着所有人的面先逃！你把你娘拉走！爹不会有事的！”

“我……”蓁蓁犹豫，心中一团乱麻。从蔺九示意她将会有事发生那一刻起，她就知道这场宴会无法善了，想要兵不血刃地清算十四年前的旧账也绝无可能。她不想在这种时候逃避，况且玄影阁的人来了，那么纪然之也一定会现身的……

“还犹豫什么？！快啊！”云鹤厉声催促，“你娘一点武功都不会，难道要在这里等死吗？！”

这一喝惊醒了蓁蓁。不错，唐蕊本与这场纷争无关，继续留在这里只会性命堪忧。自己应该先送唐蕊离开，再折返回来！

“娘，我们先走——”蓁蓁果断地掰开唐蕊握着云鹤的手，拉她起身，“云华这么多弟子，爹会没事的，我们……”

“一个都不许跑！”

谁料两人才起身，耳边就炸响暴喝。一名独眼的玄影阁人飞身跃上阶来，一把将两人贯倒在地，同时挥剑架上云鹤的脖子：“放下兵器，就饶你们一命！要是再负隅顽抗，休怪我让他人头落地！”

仅剩的三名云华弟子早已浑身浴血，如今见掌门被挟持，再无战意，手上一松，兵器锵的一声落地。

可束手就擒后，包围住他们的玄影阁人竟是一人一刀，刺穿了他们的身躯！

“你们！卑、鄙——”那三名云华弟子倒了下去，却死不瞑目。

怎么会……倒在地上的蓁蓁不敢置信地捂住嘴。这不是她所知道的玄影阁，纪然之怎么会允许这些弟子骗降后杀人？！

“现在怎么办？”把云华弟子都解决后，便看向头领请示。

“看不顺眼的，就杀了吧。”挟持云鹤的显然是这批人马的领头，那独眼龙冷笑道。

之后便是手起刀落，几声惨叫，倒下的全是与云鹤过从甚密的掌门与长老一辈的人物。

此番就算能化险为夷，自己在江湖中的势力也会大大削弱，云鹤又惊又怒：“下毒害人算什么本事？！有本事真刀真枪的比一比——”

“哼，自己最得力的爪牙突然全成了死人，也难怪云掌门会如此愤怒。不过云掌门不是最擅长阴谋暗算、下毒害人吗？怎么这会儿却突然想正大光明地比试了？”独眼龙的话音很大，足以令殿内每个人都听到，可就是语调有些生硬，像是在背台词。但蓁蓁无暇探究其中的古怪，只知他所言分明是意有所指！旁人或许听不懂，可云鹤一家三口，心里却都明明白白！

“大胆狂徒！休得胡言！”

就在云鹤张口想怒骂时，却有人替他呵斥了出来。

那声音从殿门口传来，人未到，声先至：“各位同道，郑某因病卧榻了几日，来迟了！”

尾音一落，十几名浩气山庄的弟子便冲入殿内，将玄影阁人在瞬息之间迅速掩杀。这些弟子下手之快之准之狠，导致在双方人数势均力敌的情况下，几乎使得对方还没反应过来，就已丢了性命，全无反抗！这让在场众人大为惊疑——这浩气山庄的弟子，何时有这等功力了？！

郑金丰显然也是一愣，但随即回神吩咐道：“快找找他们身上，有没有解药！”

“庄主，有！”有几名弟子挑开玄影阁人的衣服，从里头滑落出瓷瓶，递给郑金丰。

后者拿过来，只是取出一颗随意闻了闻，就草率断定道：“想来正是解药！快给诸位服下吧——”

“是！”

除了守在郑金丰身后，始终低着头的两名弟子外，其余弟子在玄影阁人的尸体中搜出解药后，就分成两边，挨个走过去，给中招的同道送药服下。

“多谢，多谢……”

“亏得郑庄主因病来迟，否则我们就全军覆没了……”

“是啊，是啊，这魔教真是无孔不入，用心歹毒！”

服下解药的众人稍作调息后，虽还不能立刻动武，却也有力气活动手脚了。

这时，阶上还挟持着云鹤的独眼龙冷不丁开口：“各位，我看你们是忘了，云鹤还在我手里吧？”剑刃就紧紧贴着云鹤的脖子在，任凭身法再快，也无法保证能先一步夺剑。一招不慎，云鹤恐怕就要脑袋搬家了。

“这位好汉，只要你放下剑，郑某可以保证你活着走出这座大殿！”郑金丰似乎很关切云鹤的安全，上前一大步，急急道，“但若你的剑拿不稳，伤了云掌门，郑某定要将你碎尸万段——”

独眼龙手上一用力，就有一道血线从云鹤的颈间流下：“别过来！再过来我就只能对不住了！”

“鹤哥！”唐蕊见了挣扎着从地上起来就扑过去夺剑，却被独眼龙一脚踹开，“啊——”

“娘！”蓁蓁跪起身，从后抱住她缓冲这一脚的劲道，与她一起倒地。

“阿蕊——”云鹤目眦尽裂，向前一撞，脖子上的伤口又深了几分，“你有本事冲我来啊！”

“好！一人做事一人当！既然云掌门有这个觉悟，那就不妨当着在场所有人的面说一说，十四年前，你怎么一手策划了无涯斋、蛊王谷与玄影阁三派惨案的！”

把底下正派人士或是诧异或是探究的神色收入眼底，云鹤只是面不改色道：“你这魔教狂徒，妖言惑众！没有做过的事，我云某就算是死也不会承认的。”

“死也不说？！那如果——”独眼龙的剑不离其位，倏地弯腰将唐蕊喉咙卡住，直接提起，任其双脚离地，笑意狠戾，“她死呢？！”

“住手！”云鹤刹那惊骇，竟是再没片刻犹豫，“你放开她！我说，我说！我全部都说——”

独眼龙冷哼一声，并不松开唐蕊，只是胳膊稍放下，让她能站立喘息：“敬酒不吃吃罚酒！老实点说，否则她一样要死！”

“娘，您怎么样？！”蓁蓁爬过去，一时间竟手脚发软，站不起来，只能跪在唐蕊脚边。

唐蕊双手按在独眼龙扼住喉咙的臂上，咳喘不止：“没事，咳咳……可是你爹……咳！”

“阿蕊，先别说话！休息一会，休息一会儿。”云鹤眼眶发红，“事已至此，当年我作下的孽，也该由我一力承当。只盼不要连累了你与蓁儿……”

“云掌门，莫要受小人威胁，承认了什么没做过的事啊！”郑金丰出言提醒，倒像是一片好意。

孰料云鹤却只是仰天长笑三声，进而一改往日谦虚有礼的面孔，言语之间极为嚣张跋扈道：“也罢！这十四年，我这正道之首的位置也坐腻了，不妨就把真相告诉你们！当年，你们所有人，都被我耍得团团转！你们也不动脑子想一想，玄影阁创派以来，除了行事作风跳脱常理外，何曾大开杀戒过？怎么会突然针对蛊王谷与无涯斋倾巢出动？灭掉蛊王谷与无涯斋的，其实是我。玄影阁也不过是个陪葬品罢了！”

“这，这，这——”

“什么？！我们当初都被利用了？！”

“不会吧？可当年我们分明亲眼看到是玄影阁的教众在攻打无涯斋——”

殿内霎时一片哗然，或怒或惊或疑，议论不休，莫衷一是。

“哈哈哈哈！”这边众人还在争论，云鹤又发出张狂的笑声，不屑道，“我话已至此，你们竟还如此天真！我绑了纪融的妻儿要挟他，他当然得按照我说的去做——先佯装举派大肆进攻蛊王谷，放出风声，实则是将全部教徒派去攻打无涯斋。那些随纪融同去蛊王谷的，是我培养多年的杀手罢了。蛊王谷与无涯斋相距遥远，这一出声东击西，等你们这群蠢货都被调虎离山之后，再向无涯斋驰援早来不及了！两败俱伤之后，我再带你们赶去，剿灭余党，顺便派出豢养的杀手混在其中，杀去几个各派长老精英，削弱他派势力，对我云华岂不快哉？！哈哈哈……”

“云鹤！没想到你居然是这般道貌岸然的家伙——”

“当年的无涯斋斋主萧逸，实乃奇门之术的天纵奇才，为人仗义随和，在江湖中声望颇高，哪里招惹了你，却要遭此灭顶之灾！”

云鹤冷笑：“就是因为他声望太高了，阻了我的路，不得不死。瞧，他死后，你们不都以我为尊了吗？”

“那蛊王谷呢？谷主洛河慈悲心肠，避世已久，又碍你何？！”又有人出声质问。

“他很好，”云鹤慢悠悠地说着，全无愧色，“只可惜这蛊王谷的地理位置被我挑中了，距离无涯斋足够远，只能自认倒霉。”

不提女儿心疾之事，而是一力担当，甚至故意用鄙夷的神情与挑衅的言语来激怒众人，让他们在愤怒之余，无心多想与无涯斋相聚千里远的其他门派分明不在少数，为何偏偏是蛊王谷。蓁蓁看得出，此时的云鹤已一心求死，想把最后一点秘密永远带到地下去，以此保全女儿。怔怔地望着云鹤，她心中百感交集，当年云鹤的爱女之情中掺杂了太多野心，到如今人之将死，反而纯粹了。

可她就能心安理得地缄默不言吗？蓁蓁深吸一口气，双手扶着旁边的椅子站起来，启唇：“我……”

“从前洛河谷主夫妇救过我一命，今日我就要替他报仇！”她的声音被御兽堂的那名随行女弟子的怒喝声盖住。

只见其拔出腰间双剑，一蹬几案，腾空向前跃出——

就在众人以为云鹤要毙命当场时，这名女弟子的身形一滞，竟猝然从半空中跌下，“砰”的一声砸在地上，呕出一口黑血来！

“朱雀？！”御兽堂的冯堂主大惊，起身就要上前查看，却也顿感气血逆行、浑身如同针扎，口中涌上一股甜腥，手捂心口，直直跪倒下去，撑不起身来，“可恶，我也……这毒比刚才的厉害百倍！”

在他倒下的同时，其余人也接连出现了呕血乃至晕厥的症状。

“怎么会……这不可能——”变故惊现，殿中央的郑金丰也慌了神，“不可能啊！明明是解药……”

“咳咳……这解药不对！”蔺九也忙盘坐下去，以内力逼毒，同时看向对面的八方门门主的坐席，“洛昭明，快给大家看看——”

无洛长老？蓁蓁诧异，尽管还戴了面具，但她确信今晚的是洛昭晦无疑。为什么蔺九却说……不对！洛昭晦是药人，百毒不侵，为何他方才看起来却和所有人一样中招了？难道只是做戏？

“洛昭明？哦，你是想找本座那不争气的兄长啊。他这会儿大概还被困在密室里无法脱身吧。你不会真以为，他冒用本座身份潜入云华派探查行事，当真能瞒天过海吧？哼，居然还妄想困住本座，顶替本座来这宴会，不自量力！”果然，洛昭晦全不受毒药影响，闻言后施施然起身，睥睨众人，“至于解药嘛，当然不对。因为本座又在解药里头，加了一味毒药。不过此毒一时半会儿，还要不了你们的命，还足够你们把这场戏看完。”

御兽堂的人自幼与毒蛇之流打交道，故而中毒后的情况比旁人要好些，能够言语：“看戏？你……你什么意思？”

“这你们就要问问郑金丰了。本座不过是顺水推舟罢了。”洛昭晦目光扫向郑金丰。

“我不知道你在说什么！一定是你！你明明也和大家一道饮酒用膳的，还服下了解药，你却无事！”郑金丰被其眼底的冷意逼退半步，余光见自己身后还有十几名弟子立着，这才又挺直了腰板，找回底气，“从一开始就是你做了手脚！整日戴着面具，不敢以真面目示人，能是什么好东西——”

“不是他，一开始分明是你——”

本是两人对峙，阶上却突然响起一道清亮的女子嗓音。那些内力深厚，尚可抑制体内毒素蔓延的正道诸人，一齐将目光投过去，却是已站稳身子的蓁蓁。

“郑金丰，我想起来了，就在宴会前日，你偷偷摸摸地去过伙房！一开始的毒多半是你下的！那些闯进来的所谓玄影阁弟子，根本也是你的人，对不对？！从头到尾都是你安排好的一出戏！”蓁蓁一口气厉声说完。

连番的变故与刺激，冲破了被封住的记忆，她记起了那日自己跟踪郑金丰却被人打晕的事！再串联起“玄影阁弟子”行事的反常之处，蓁蓁做出了大胆的猜想！

“一派胡言！你分明就是蛮荒那晚的妖女，竟敢冒充云兄的女儿！一个魔教奸细还想血口喷人——”郑金丰气急败坏，做了个斩杀的手势，“给我杀了她！”

结果他的身后既无人回应，也没人动手。

“你们傻了啊？！我让你们去杀——”郑金丰转过身去骂，却在那个始终站在自己身后的那名“弟子”骤然抬头后，神色大变，“你——”

利剑带着寒芒祭出，郑金丰顿感脖上一凉：“你是纪然之！”

顷刻间，他的所有“弟子”都扯下了浩气山庄的外裳，仰起头来，却原来是玄影阁的十二影卫！

“郑庄主，我的女人，还轮不到你来碰——当年，你浩气山庄杀我不少兄弟，今日就从你开始还起吧！”纪然之面无表情地说完，郑金丰的人头就飞了出去，砸在一旁的柱上，然后骨碌碌滚落在地，染了一地的血与尘……

正当众人惊骇不已时，他接着把剑丢向半空，旋身一踢剑柄，利刃破空而出，如箭矢夺命，眨眼功夫，便直接把挟持唐蕊的独眼龙钉死在了其身后的墙上！

没了钳制，唐蕊身子一软，被蓁蓁一个箭步抢上前去扶住，跪坐下来：“娘！您怎么样？！”

“没事，没事……”唐蕊无力地倚在女儿怀中，脸色发白，十分虚弱。

“阿蕊！”一刻钟虽还没过，但云鹤已能勉强动作，推开几案，从椅上挣扎滑落，手脚并用，颤颤巍巍地爬到唐蕊身边，是从未有过的狼狈。

这边一家三口总算“团聚”，另一边也终于有人从震惊中缓过劲儿来，只是几次反转变故，令其茫茫然起来：“这、这究竟是怎么回事？郑庄主的这些弟子既然是玄影阁的人，那刚才被杀的那些玄影阁弟子难道真的……”

“郑庄主毕竟刚救过我们，就这么死得不明不白……”

不知谁小声地接了一句，被洛昭晦听到。他兀自一笑：“不明不白？我说你们还真是愚蠢之极，难怪被云鹤蒙在鼓里这么多年。郑金丰多年来，屈居云鹤之下，心有不甘，此番得了我兄长‘指点’，知晓了云鹤干的那些丑事，便有了取而代之的谋算。”

“在生辰宴当天所要用的碟盘中都抹上无色无味的虫尸粉，自己则告病不来。这些虫尸粉沾染进食物入口，就会出现头晕目眩、不得动弹也无法运功的症状。这时，郑金丰再让死士假扮玄影阁人出现，先杀去几个平日与他有过节又与云鹤交好的掌门，这才带着弟子装作姗姗来迟，将‘玄影阁弟子’都剿灭。只留下挟持云鹤的那一个独眼死士，在众目睽睽之下，逼着云鹤说出自己十四年前的所作所为。如此一来，云鹤身败名裂，他却因救下同道而威望大涨。正派领袖之位就非他莫属了。”

这一切居然是无洛长老与郑金丰合谋做的？这不可能……她认识的无洛，不会这样下毒，枉顾人命！蓁蓁咬唇。

“不过本座那兄长心慈手软，给郑金丰的虫尸粉根本算不上什么毒药，无非是暂时限制住了诸位的行动而已。他还再三叮嘱郑金丰，不得滥杀，只要令云鹤认罪即可……但咱们的郑庄主怎会放过这铲除异己的大好机会呢？”洛昭晦又言，唇边是嗜血的笑意，“正巧，本座也喜好杀人，故而助其一臂之力，在察觉兄长的小动作后，便又靠着这张脸与这面具，把郑金丰手中的解药，调包成了毒药。顺便，联合了已掌握云华派布防图的玄影阁，将计就计，处理掉了郑金丰的弟子，好把诸位一网打尽。”

螳螂捕蝉黄雀在后，云鹤算在先，郑金丰算在后，却敌不过洛昭晦与纪然之的联手，让局势再次翻转。在场正派，任由宰割。

“一个两个的，怎么都是奸诈之辈！这郑金丰把我们给害惨了！”

“我们之前那么得罪玄影阁，如今纪然之就在这儿，我们又都中了毒，岂不是人为刀俎我为鱼肉……”

“我们也是受了云鹤蛊惑啊——要报仇也是杀云鹤！”

“对，对，纪阁主，有什么仇怨找云鹤报便是！我们也是被他耍了！”

这些人七嘴八舌的，竟与玄影阁同仇敌忾起来，嚷嚷着让纪然之找云鹤报仇。

“闭嘴！”纪然之不胜其烦，大喝一声，殿内瞬间沉寂。

只见他抽出身旁影九腰间的佩剑，剑尖拖在地上，一步，一步，踏着每个人的心跳，一阶一阶，踩着每个人的呼吸，缓缓站定在云鹤一家人面前。而洛昭晦只是在原地抱臂旁观，似乎并不打算插手。

这些日子以来日思夜想的人，就站在了自己面前，蓁蓁却不知该哭还是该笑，最终只是冲他扯出了一个比哭还难看的笑容。

纪然之低头，复杂地与她对视，握剑的手迟迟没有举起。没有人知道他在想什么，可蓁蓁猜得到。

真相大白之后，无论是蔺九还是洛昭明，都有资格杀云鹤报仇，甚至是洛昭晦，也可想动手便动手了。那么，既然云鹤的结局逃不过一死，纪然之是否还需要亲自动手结果云鹤？若由他下手，蓁蓁就不得不亲眼看着自己的丈夫杀死自己的父亲，情何以堪……

他怕这一剑下去，与蓁蓁之间，便划下了一道永远也迈不过去的坎。

这静止与沉默仿佛无穷无尽，谁都没有动，谁也都不曾发声。

“孩子……咳咳，我知道，阿鹤他，罪孽深重，早该偿了命去……只是，可以让我与阿鹤最后再说几句话吗？”

纪然之微微颔首，低声道：“夫人当日心善，放走我与母亲。虽然母亲最后仍是……但我不会伤害夫人。”因为被云鹤保护得很好，岁月不曾在唐蕊脸上留下太多痕迹，纪然之几乎是一眼就认出了她。那个当年放走他们、给他们解药的妇人。

“我知道，你是个好孩子……”唐蕊笑笑，像每一个祝福儿女婚事的长辈那样，“蓁儿都与我说了。把蓁儿托付给你，我放心。”

说罢，她一脸坚定地甩开蓁蓁的手，自己从地上站起来，又把腿脚还使不上劲的云鹤也扶了起来，步履维艰地，与丈夫走到另一侧角落后，才让他顺着墙，慢慢坐下，自己则跪坐在他的对面，抬手抚上他已染了霜白的鬓角。然后她依偎进丈夫的怀里，细细低语。

纪然之无意去听夫妻二人的诀别之语，只是弯腰，向仍坐在原地的蓁蓁伸出未握剑的左手：“地上凉，快起来吧。”

就像是从未分别过，每一次蓁蓁在新房的地上耍赖，他都是这样伸出手，眉眼温柔地道上一句“地上凉，快起来吧”。

这一刹那，眼眶发疼，泪如泉涌。

蓁蓁颤抖着将手搭上他宽厚的掌心，然后被他用力一握，带入久违的温暖怀抱。

“抱歉。之前，让你受委屈了。”她听到头顶传来他怜惜的轻语，依旧带着那份情人间的绵绵情意。

她在他怀里摇头：“不是的，你不知道……其实我……”蓁蓁不愿再如先前那般瞻前顾后，她要告诉他心疾与金瞳蛊王之事。她不能就这样装糊涂，欺瞒他一生！

然而，就在她艰难启齿的同时，角落传来“扑”的一声响动，是刀剑入肉的声音！

“娘？”蓁蓁从纪然之怀中退开，循声望去，瞪大的眼里写满震惊。

不止是蓁蓁，没有人能相信眼前的这一幕！

唐蕊用不知从哪里得来的匕首，亲手刺入了自己丈夫的胸膛！最诡异的是，那匕首完全没入心口，云鹤却没有半分被至亲至爱之人背叛的怒色，反而唇边带笑，笑得无比平静。

“鹤哥，这是当年你送给我的定情信物。如今，我们一起死在这把匕首之下，来世必能重逢……”唐蕊拔出匕首，血顷刻间溅了她满身满面。

在众人惊诧的抽气声中，她站起身，转向蓁蓁与纪然之二人，慈爱一笑，然后垂首，把深情的目光凝在已斜倒在地的云鹤面上，眸中闪过一道决绝：“别怕，我很快就来陪你了——”

下一瞬，带血的匕首吻过唐蕊纤细的脖颈，接着从她手中滑下，“叮”的一声落地。

“娘——！”蓁蓁大喊，用力挣开纪然之，跌跌撞撞地跑过去，用自己的身体接住了唐蕊，没有让她的身子直接砸在冰冷的大理石上，“娘！你为什么要这样？！明明一切都和你没有关系的——”

然而唐蕊不可能再回答蓁蓁了，割破喉管的那一刹，她就已咽了气。她合上了双目，温婉的面容上一派安详，就像走得没有一丝痛苦。

纪然之也早已丢下手中的剑，追上蓁蓁，在她身边蹲下，抿唇皱眉：“阿蓁……”

“对不起，如果我刚才没有犹豫，先带娘走……都是我！”蓁蓁抱着唐蕊，泣不成声，“都是我——”是她太自私了！她早该想到的，云鹤死了，唐蕊又怎会独活？！她应该更努力让唐蕊更疼爱自己这个女儿，这样或许，唐蕊就会不舍，就会愿意为了自己而活下来……可她却什么都没有来得及做……

“云蓁，冷静下来。”洛昭晦见势不妙，大踏步上前，单膝一跪，扣住她的脉，喝道，“不想死的话，你就不能再这么情绪激动了！”

“你滚开！”蓁蓁重重打开他的手，歇斯底里，没由来一阵晕眩前扑，好在纪然之及时伸手，拦腰将她往后一带，让她倒在自己怀中。

见她手拽着前襟，气喘不止，纪然之抬头，冲对面跪着的洛昭晦厉声问：“洛昭明在哪儿？！”

洛昭晦扯下面具，扭头扔给立在阶下待命的十二影卫：“你们谁，带着这个去老地方找鸩，让她把洛昭明放出来带到这儿来！要快——”

“是！”轻功最好的影七接过面具，飞奔出殿。

“阿蓁，这不怪你。是我没有看出夫人去意已决，没有及时拦住！”这边纪然之一手贴在蓁蓁的后心，源源不断地输送真气，“你慢慢地呼吸，不要吓我……”

可陡然间，他另一只撑地的胳膊却被人使劲一握：“纪、纪——”

竟是云鹤仗着功力深厚，还留了一口气，迟迟没有咽下！

“是我、我对不起你……她、她什么都不知道！”回光返照，没有多少时间，云鹤说得很急，面目因痛苦而狰狞。

纪然之默然片刻，最终只道了一句：“她在我眼里只是叶蓁蓁，无关其他。”

这是最好的承诺。云鹤安心地笑了，两眼不再死死盯着纪然之，而是仰面看向天顶，目光渐渐涣散：“呵，我这一生，杀孽颇多，应有此报。咳咳——只是本以为，越往上爬，越成为强者，就越不会如同当年一样除与阿蕊分别外别无选择。可到了最后，死亡，谁都没得选啊……”

一声喟叹绕梁，手无力垂落，云鹤这个把整个武林玩弄于股掌之间的一代奸雄，终于也该到地府去赎罪了。

可到了最后，死亡，谁都没得选啊……

蓁蓁心中大恸，云鹤临终的那一句慨叹，把她的五脏六腑都绞得剧痛不止，心脏开始不断地猛烈收缩，血液逆流，耳鼓作响，视线模糊。

“噗——”

最终，殷红，取代了一切。

尾声 落花时节又逢君

寒冬的风砭骨透心，可再冷，也不过九十个日夜。待到春暖花开之时，蓁蓁已能够自己出屋走动了。

她很少与洛昭明搭话，只有第一次醒来时，他主动告诉她，当日在云华殿上为了救她，不得已让纪然之得知了金瞳蛊王的事。她听完后只是低低应了一声，便又昏沉睡去。要在体内完成金瞳蛊王的培育，就必须让蓁蓁的身体成为一个最好的培育“器皿”，因此多半时候，她都在昏睡。

在蓁蓁昏睡期间，纪然之回了无间崖总坛。那些中毒正道人士都被后来赶到的洛昭明所救。洛昭晦不知为何竟放下了尽杀武林的“宏愿”，带着鸩与从洛江处接手来的杀手，回了祁城八方门。而蔺九等人则暂留云华派，帮助善后。

日子过得悠长而静谧，再也感受不到这江湖的纷纷扰扰。可蓁蓁还在明珠楼里住着，就总会想起唐蕊的音容笑貌，忆着云鹤对旁人的千般错处与对着她时的万般好处……

她曾答应过纪然之，陪他入这江湖。他一天不离开，她也不会逃避。可如今，他的心愿全都完成了，上一辈的恩怨终于被鲜血冲刷殆尽。而他们两人，还能回到当初，守住青丝变白发的那一天吗？蓁蓁不知道。她只清楚，或许自己是时候离开云华，离开这个江湖，到所谓的方外，去生活一段时间了。至于这一段时间是多长，她还未想好，可能是一个月，也可能是一年，又或者是一生。

与蔺九一道启程回归心观的那日，蓁蓁站在马车前，终于向洛昭明问了压在心底许久的话："无洛长老，你不恨我吗？为什么还要救我？"

"金瞳蛊王的存在与功效，江湖上应是无人知晓，仔细想来，父亲也从未对纪融谈及过蛊王，他又怎么可能为一件自己根本不知道的事物去下手？所以一定是有人告诉了纪融。可纪融夺蛊仍然缺乏动机，他的亲人中没有先天心疾者。"洛昭明没有回答她的问题，而是看向天边，"这个死结打在那儿许久，为此我甚至排查了各派中大人物的亲属有无此症状，却都一无所获。直到我知道，你原来是云鹤的私生女，便几乎笃定，是云鹤拿纪家母子性命威胁了纪融替其做事……后来，我冒充晦，潜进云华派，机缘巧合之下，救下了那两名婢女。她们所言，更是证实了我的猜测。"

原来那两名婢女没有死。不知道为什么，她们的劫后余生，让蓁蓁已如死灰的心，竟又恢复了一点点温度。

然后她感到洛昭明将视线重新放在自己身上，一如初遇时的温润。"蓁蓁，上一辈的事该结束了。当日生辰宴上，是我为了一己私心，与虎谋皮，让那些本无辜的人做了十四年前那场真相现世的陪葬品，铸成大错……所以余生，我想听从自己的心愿，游历行医，救治更多的人赎罪，也为自己好好活一活。"这就是他的答案，也是给她的劝慰。

闻言的蓁蓁只是轻轻点点头，便转身跳上马车，进了车厢。这之后马车绝尘而去，没有一句告别。

蔺九对蓁蓁很好，又或者说，归心观上下都对她礼遇有加。她换上了道姑的衣裳，每日跟着观中的正经弟子一起打打坐，听听道经，偶尔还用自己不怎么让人赏心悦目的字，抄写几卷经书，用来替唐蕊和那些无辜牵扯进来的死者祈福。

这样平静的日子过久了，这心也就跟着静下来了，很静很静，静到几乎忘了什么是哭，什么是笑。每天经历的事情都一样，她不需要做出任何不一样的表情。蓁蓁说不出这样的生活哪里不对，其他的道士们都这么过，为什么她却过得越发没有滋味。

“你不属于这里。”有一回，她找蔺九秉烛夜谈，蔺九替她下了断言。

可若不属于这里，她还能身在何方呢？蓁蓁不愿意去想，那个自己在梦中推开了一次又一次的，江南山庄的沉沉朱门。

岁月无波无澜，就转过夏日，入了深秋。

秋夜里的某个夜晚，仙风道骨的老掌门蔺归把蓁蓁叫去了自己的静室，并在她一进门时，就命她沏一杯茶端到自己面前。

“掌门请用。”蓁蓁老老实实地照做了，端着茶，微弯腰，双臂举至齐眉奉上。无论如何，对待自己的衣食父母，她还是十分恭敬的。

可正在打坐的老道却仿佛未闻，依旧状似悠哉闭目诵经，对她不理不睬。

蓁蓁以为这是对前几日她要求加餐的考验，便本着一颗巴结掌门的心，坚持不动地举着茶碗，等他反应。

可这一等，烛都烧矮了小半截。

她的双臂酸痛难忍，不禁再次出声：“掌门请……”

“这么一直拿着，累吗？”蔺归却突然打断了她，问。

蓁蓁一怔，如实答：“累……”

“那就该放下了。”

那晚之后，蔺归就把蓁蓁赶出了归心观的山门，说好听点，是让她离开这里去游历，去悟道。但她心里明镜儿似的，他就是不愿再养她这个饭量极佳的闲人了……

于是蓁蓁轻装出发，走过大江南北，看遍春花秋月，尝尽甘酸苦辣，体味聚散离合。她渐渐明白蔺九常与自己说起的，因悲而有喜，因恶而有善，因死而有生，正因为她还活着，才更不能困在前人的死局中。所以她开始厌倦羁旅，也不愿再客宿他乡，她向着一处渐感日思夜想的地方跋涉而去——

暮春的江南，落英缤纷。

从方外，到尘寰，这一凝眸，便又是一个冬夏。当日离开归心观，蓁蓁放下的只是手中的一碗茶。可而今，驻足在魂牵梦萦的山庄门前，她连心中的那一　执念，也一并放下了。

累了，那就该放下了。

深吸一口气，蓁蓁不再踌躇，就要上前叩门，谁知门却先一步从里打开，一个甜美可爱的小女孩儿兴奋地小跑出来，扑进她的双臂之中。刹那间，温馨满怀。

“哥哥说，蓁蓁姐姐去了好多地方玩！影七她们都可以跟着姐姐，然安却不行，然安要生气了！”

“影七跟着我？”原来他从未放弃过自己，原来软弱逃避的只有自己……蓁蓁动容，拍拍然安的小脑袋，正要开口哄，下一秒却仿佛心有所感地顿住，抬眸。

她微微眯起笑眼，凝望那挺拔俊逸、如画中来的男子跨过门槛，沐着晨光，踏着落花，向自己款款走近。

“还走吗？”

“不走了。又迈不开腿了。”

正是江南好风景，落花时节又逢君。

——正文完——

番外1

世间几多亡羊路

从记事起，洛昭晦就与一群杀手同吃同住。因为他的父亲洛江是这帮杀手的统领。

洛昭晦从没见过自己的母亲，哪怕连画像都没有。他偷偷翻找过父亲的房间，里头没有一样与母亲有关的物件。他所知道的，关于她的唯一一事就是，母亲是他克死的。

这是洛江每次心情不悦就把他往死里打时说的。

洛昭晦很羡慕那个叫做云蓁的小女孩。她的母亲永远笑意温柔，她的父亲视其为掌上明珠，派多少人在暗中保护都嫌不够。于是小时候的洛昭晦就常在想，是这个叫做云蓁的女孩特别幸运，还是自己比别人都要悲惨?

最终他在近乎隔天就要承受的打骂中，得出了一个结论：他是个克死母亲的扫把星，所以他活该如此。

这是洛昭晦一个人得出的结论，那帮杀手只知道训练、杀人，从不与他多说话。见他不受洛江待见，偶尔还会揍他，把他按在雨天泥泞的泥潭里羞辱他。洛昭晦知道，这是因为他们都对洛江有气、有怨却无处可撒，便还报在洛江的儿子身上。

第一次被揍时，洛昭晦还会哭，会找洛江求助。可他换来的却是洛江对他更加不留情的拳脚加身。他还记得洛江那时候边打边发出的咒骂，大概是

“被揍了就忍着，没一点用还惹事”。那时候才六岁的他恍然大悟了——原来父亲是因为自己没用，才不肯给自己一点儿疼爱！

虽然他不知道，那个小云蓁除了会调皮会笑外，还有什么用，但有了这个信念的洛昭晦，从那一天起就努力让自己变得有用起来。白天杀手训练时，他就趴在墙头偷看，到了夜里，他就自己折下树枝练习招式。他还会趁洛江不注意，溜进他那不许外人出入的密室里，观察那些蛊虫，幻想着有朝一日，父亲能教他如何培育、使用这些厉害的毒蛊。

这样的日子过了两年，洛昭晦于武艺一途初窥门道，耐揍了，被欺负时还能还手了，因此胆子也愈发大了，溜进密室的次数便愈来愈频繁。他能清楚地回忆起，那天午后他又一次撬开门锁，潜入密室的目的。他已经摸清了父亲放置蛊虫的规律，终于下定决心偷出只毒蛊来为自己所用。

可洛昭晦从未偷过东西，更别说从自己向来惧怕的父亲那里偷蛊虫了，所以当他进去准备下手时，才发现自己手抖得厉害。这一抖，一个木盒掉落在地，盒盖与盒身应声错开一条缝。他一骇，慌忙蹲下身去捡。谁料指尖才触及盒身，就感到刹那锐痛，似有什么咬开皮肤钻了进去！

“啊——”下一瞬，洛昭晦就剧烈抽搐着倒在了地上，带倒了一堆大小不一、颜色各异的盒子，里头的蛊虫纷纷爬出，挨个排着队往他身体里钻，“不、不要……爹！爹——救我——”

一时间，刀劈、火烧、入坠冰窟……无数全然不同的痛苦轮换着、交叠着侵袭洛昭晦小小的身躯。他挣扎着想要起身，爬到门边，却被疼痛折磨得浑身痉挛，难以控制自己的动作。

但好在，这密室中木盒落地劈里啪啦的响动并不小，再加上他的呼救声，总算引来了人。可那些杀手哪里敢贸然入内？还是耽误了些功夫，才把洛江请来。

洛江推门而入，第一眼关切的是他的蛊虫。看着密室里头一片凌乱，许多木盒都空了，当即大怒！只见他大步上前，把洛昭晦从地上提起来，连抽好几个大耳刮子：“你这孽障！克死你娘还不够，现在又来克老子？！老子的这些蛊虫每只都金贵得很！现在全跑了！”

倒是早已昏厥的洛昭晦，反而被重重的耳光给打回了些意识：“爹，救……蛊虫钻进我……”

“你说什么？”洛江的手停在半空。

洛昭晦眼中满是泪光，哀求他：“好多蛊虫都钻进……我的身体里……好痛——救救我，爹……救……”

“这些蛊虫里随便一只便可在眨眼间夺去一个成人的性命！而你居然，身中数蛊而不亡！”洛江突然兴奋地放声大笑，“哈哈哈！真是踏破铁鞋无觅处，得来全不费工夫！找了这么久的药人苗子，原来就在我身边！”

“爹……”洛昭晦的瞳孔开始涣散。

“儿子，你总算还有些用处！”

那一回，在意识的尽头，死亡的边缘，洛昭晦听到了有生以来，父亲对自己的第一次夸奖，也是最后一次。

也是从那一回起，洛江发现了自己儿子有上等药人的潜质，并正式让他与那帮杀手一起练功、执行任务。

药人生涯，苦不堪言，永远徘徊在鬼门关前。杀手一行，残忍严苛，谁都不知道能不能活到明天。然而洛昭晦从不叫苦，也不曾喊累，因为他发现自己对父亲有用后，父亲终于不再用充满厌恶与仇视的目光看着自己。尽管那眼神，距离洛昭晦所希冀的温情父爱，还相差甚远。

但不要紧，洛昭晦以为这会是一个好的开端。毕竟他的父亲因顽疾缠身，本就性情狂暴易怒，有时甚至会失去理智。故而，洛昭晦不敢奢望拥有一个像云鹤那样的慈父，但凡洛江能在愉悦之时叫他一声“儿子”，他便已是心满意足——倘若没有十一岁那年的一场“意外”的话。

那是一个雷雨夜，洛昭晦知道，父亲几日前就被云鹤派去无涯斋参与那个筹谋多年的行动，最快也要到后半夜才能回来。他不在乎会死多少人，他只在乎父亲回来看到他新培育出的蛊虫会有怎样的反应，会不会再夸奖自己一句。

但子夜时分，他等来的是一个几日前趁父亲不在而叛逃的杀手，抱着一个大肚子的女人，冲进他的房间。

“洛小哥，求你救救她！我们还来不及走，她就要生了！可羊水破了大半天，光流血，怎么也生不出来啊——”

这个阿四洛昭晦记得，曾替自己挨过一刀，是过命的交情。他叛逃时，自己也是睁一眼闭一眼，没向上边揭发。只是没想到，他会仍在附近逗留，还敢带着女人折返。

“我不会接生。”洛昭晦看着血从女人衣裙的下摆不断淌出，皱眉。

阿四抱着女人跪下来：“可你会蛊术！还会一点医术！求你试试吧！这方圆没有像样的大夫你是知道的！”

“我明白了，试试看吧……”洛昭晦只得同意，让其把女人扶到床上。此时的女人已没有力气喊痛，奄奄一息。

一道惊雷打下来，照亮了大半间屋子。洛昭晦走到养蛊的柜前，思忖着哪一只可以“以毒攻毒”。

也就在他抬手，准备取出其中一个木盒时，门从外被“砰”的一声推开了。

“爹！”洛昭晦欢喜地回头，只从穿夜行衣的身形就一眼认出了洛江。

洛江看起来很疲惫，拖着步子走进来，可扑鼻而来的血腥气却令他浑身一震：“哪里的血？！”

他的话音刚落，又是一声闷雷轰隆炸响，白光映出了榻上女人惨白的面容与下身鲜明对照的一滩血迹。

“爹，她……”洛昭晦本以为父亲会为自己的多管闲事而发怒，却不料父亲忽然抱住头，跑过去，扑通一声跪倒在床榻边。

“孩子他娘，我真的不是故意杀你的——当时你生孩子流了那么多血，我一直盯着那些血，突然就失去理智了！我谁都不认识，我只想杀人！”洛江说着，开始不停磕头，重重的，一下又一下，“对不起！对不起！你别来找我，别来找我……都是那两个孩子非要在你来找我的时候出世，怪他们，怪他们……”

之后在那间屋子里发生之事的具体经过，洛昭晦的记忆已经模糊了。他只知道最后的结果，洛江很快清醒，把阿四与那个女人都杀了，孩子也窒息在了母亲的腹中。洛江甚至还想把他也杀了，可最后那刀没有落下来，因为洛江舍不得，舍不得这柄为讨好云鹤而锻造多年的“利刃”。

洛江只是用刀抵着洛昭晦的心口让其发誓，发誓会忘掉这个雷雨夜里所听到的与看到的，发誓会永远效忠于自己。

然后洛昭晦笑了：“你是我父亲，所以我什么都会答应你。”

你是我父亲，所以我什么都会答应你，直到有一天，我能够杀了你。

对十一岁的洛昭晦来说，人生被顷刻间颠覆，过往的所有努力都变成了一个笑话。他的父亲从没把他当做儿子，只是当做转移罪孽、发泄怨恨的工具！洛昭晦从懂事起，就在渴求爱与温情，并为之不断追寻，哪怕是以破坏自己的身体为代价，可最后他得到了什么呢？只是一个可憎的真相！

这世上，唯一与他还算有些交情的阿四也死了。除阿四之外，再无一人把他当人看。那么，好，他也不会把世人的性命放在眼里。管它正道还是魔教，都和他的父亲一样统统该死！只有鲜血与死亡，杀戮与毁灭，才能让洛昭晦清醒地意识到，自己还活着，像一具行尸走肉般活着……

于是从那个雷雨夜之后，洛昭晦发狠般不断试药，不断外出执行暗杀任务，在生死之间游走的快意使他一天一天地支持下来。大概在两三年的时间里，他的表现很出色，因此很快得到了云鹤的青睐。

“你也知道，你父亲这些年神志是越来越不稳定，不适合再替我做事了。而你，比你父亲更加狠辣，也更为冷静，正是我现下所需的。”

“我要做什么？”

“把一个全新的门派建立起来，替我收集江湖上各大门派的情报，抓住他们的七寸之处——”

这个全新的门派，就是八方门。起先两三年，洛昭晦只能做一枚听话的“旗子”，专注做情报买卖，并且靠着八方门的情报网，查清了洛江的全部过往。后来他在八方门中根基渐稳，才开始瞒天过海，培植自己的势力，秘密豢养了一批只从属于自己的杀手。

几年间，云鹤对洛昭晦的控制力还在，却正慢慢被其削弱。等到了第八个年头，云鹤能得到的有关八方门动态的线报，就只有那些洛昭晦愿意让他知情的部分了。比如他那逃家失踪了几个月的云蓁，突然造访八方门一事，就被洛昭晦给瞒了下来。

洛昭晦倒是想看看这个娇生惯养的逃家女，是怎么与玄影阁人一路同行的。由此，他将其余人拒之门外，单独与那云蓁见了一面。他特意在屋内换了一种焚香，那是他十二岁时，为讨好云鹤，特意为其女儿调制的熏香，有助于缓解心疾。他用这焚香试探她，可她却一脸茫然莫名。她甚至改换了一个名字，叫做叶蓁蓁。

有趣。这是洛昭晦的第一个想法。他谎称要她的命，她担忧的却是情报会不会不值钱，以及他得到她性命后会不会交出情报。他觉得她更有趣了。从前在远处暗中保护她时，他怎么从来都没发现呢？于是蛮荒之行，他竟临时起意，要以自己那个兄长的身份混在玄影阁众人中，度过七七四十九天。

这四十九天是怎么过去的，后来的洛昭晦也说不清楚了，大概只记得那个云蓁笨笨傻傻的，整日缠着自己说些无聊的笑话，害得他耳根不得清净。彼时的洛昭晦心中万分嫌恶，可却不得不在多年之后承认，自己也曾经不断压下过那么一个念头——多么希望云蓁的那些话，那些笑容，全是给真的洛昭晦的，而不是给一个假的“洛昭明”的。

其实蛮荒混战中，当云蓁扑到他身上时，他起过杀心的。他不喜欢情绪被一个人过多左右的感觉。就像是幼时他总被洛江左右，换来的却是满身的伤痕、满心的阴郁。可鬼使神差的，他放弃了那一次机会，就如同之后的每一次，他非但不曾杀她，还救了她，想把她留在身边，哪怕她不常来自己的屋子，也会把有助于她身体舒适的焚香燃到转日天明。

醉酒的那晚，他更是失控而绝望地吻了她，在她怀中痛哭。洛昭晦从不相信，有人的怀抱真的能够温暖他那早已异变的血液，可云蓁做到了。于是他带她去看枫，甚至不止一次地告诉她，只要留在他身边，他可以放下过去的一切。与她远走高飞也好，与她就地隐居也罢，他都愿为她放下屠刀。

谁想颠覆江湖，谁想把正道魔教一网打尽，就让谁去吧！他洛昭晦只想抓住生命里这缕可能错过了就再也抓不住的阳光！

然而，这世间多歧路，云蓁与他，注定道不同。她坚持回到云华派去面对一切，于是他也去了，就在生辰宴上，亲眼目睹她的惶恐、挣扎与悲戚。

洛昭晦以为自己可以袖手旁观。可望着她煞白的脸色与痛楚的神情，他还是无法眼睁睁看她殒命："云蓁，冷静下来。不想死的话，你就不能再这么情绪激动了！"

"你滚开！"可她再一次毫不犹豫地推开了他。

而等洛昭明从密室赶来时，云蓁已经晕厥在纪然之怀中，还在大口大口地不断呕着血。

"金瞳蛊王已经失控，在加速耗竭蓁蓁的脏腑！"洛昭明把脉，满头大汗，"需要立刻让蛊王安定下来，在她体内完成培育！否则必死无疑！"

"那还等什么！快培育啊！"纪然之大吼。

"药引！没有药引，药早已配好只是差了一味药引！"洛昭明皱眉，看向倒在旁边的云鹤夫妇，"之所以始终没有，就是因为这药引乃至亲的心头血。逝者已矣，再对遗体——"

他的话没有说完，洛昭晦已经手起刀落，用地上那柄匕首刨开了云鹤的胸膛："鸩！取碗来——"

既然他的兄长是彻头彻尾的善人，那么这个恶人，就由他来做到底吧！

"此事不必告诉云蓁。若有一日她意外得知，就说是本座嗜血好杀，又喜以脏器入毒蛊，所以把云鹤给开膛破肚了！"

"洛昭晦，多谢。"

这一句谢，是纪然之说的，洛昭晦却笑了，就当做是，丈夫代妻子说的吧。

"云蓁，你欠本座的太多了。"

取血已毕，洛昭晦起身，握着那匕首，然后一步一步，带着满身血污，在所有人复杂的目光下走出了大殿。

相逢与相失，共是亡羊路。

在蛮荒时，洛昭晦留了云蓁一命，也留给了自己一个旖旎而美好的梦境。他本就一无所有，能获此一场空欢喜，到百年之后，平生一顾，倒是不算太糟糕。

番外二

浮生万象心独明

从蛮荒被孪生弟弟洛昭晦擒住起，这已是洛昭明被软禁在八方门中的第十日了。

洛昭晦的亲信暗卫名叫鸩，一个枯瘦的年轻女子。她始终盯着洛昭明的一举一动，让他无法脱身。他被迫每日戴上属于八方门门主的银色面具，在门内各建筑中走上一圈，“视察”门人执行任务的情况后，再回到终日不见阳光的八方楼顶楼的那个卧房之中。

据鸩说，平日里，洛昭晦常常会声称自己就快要发疯了，然后把她赶走，焚起香，将门户紧闭，让室内在白天里也变得一片昏暗，以此保持清醒。

“发疯？”洛昭明很诧异。

“是。但我从没见过门主所谓发疯的样子。”鸩面无表情地说着，“他只是一厢情愿想当个疯子，可注定一辈子都当不成。因为门主每时每刻都比任何一个正常人还要清醒。”

“你愿意跟着一个想当疯子的人？”

“没有这个不合格的疯子，我已经死了。”鸩说完就走了，不忘在门外落上锁。

洛昭明不知道，当年被他们生父带走的弟弟，为什么会变成一个旁人口中一心求疯的异类。此后的每一天，鸩给他送饭时，他都会设法与其谈论几句关于洛昭晦的事情。有时鸩说得多一点，有时只肯透露一句便一言不发地离开。

凭借这些支离破碎的信息，洛昭明拼凑出了弟弟的童年，充满毒打、折磨与欺凌，只有暗无天日的绝望。

鸩说，看到洛昭明，她才明白，什么叫做同人不同命。

是啊，两张一模一样的清俊面孔，一个留在蛊王谷，承袭最好的蛊术与医术，修成了仁心仁术；一个被生父带在身边，却只能终日在炼狱中挣扎，逼到了疯狂的边缘。

除了与鸩交谈外，在八方楼内的这个不辨晨昏的小屋里，洛昭明显得无所事事。时间像是静止了一样，过得极慢，又多得用不完。有时他会把弟弟的银色面具拿在手中抚摸，好似能从上面读出有关于弟弟的过往点滴。有时他又只是静坐沉思，追忆这些年自己又是怎么过来的……

幼时还在蛊王谷里时，洛河夫妇待洛昭明就如亲生骨肉。若不是十四年前的那场大劫，他想自己应该永远都不会知道，他们只是自己的叔婶。不过洛昭明还是习惯，把他们称为父亲与母亲。

父亲是师公最得意的弟子，不喜纷争，再加上母亲病弱，故而蛊王谷从父亲成为谷主起，就渐渐在江湖中淡了痕迹。在洛昭明的记忆中，父母亲极为恩爱，从不争吵，每年都会挑选春暖花开的日子出门踏青。但母亲时常缠绵病榻，多数时候都无法出远门，每到冬日更是气喘不止，可这并不妨碍她的爱子之心。父亲收藏了洛昭明三岁以前的每一件小裳，告诉他，这些都是母亲一针一线缝制出来的。后来洛昭明长大了，衣裳制式繁复起来，母亲渐渐力不从心，才改为偶尔替他缝补袖口与腰带。

洛昭明的母亲身子骨不好，教育孩子的重担便自然而然落在了父亲洛河的身上。在洛昭明看来，洛河是个好丈夫、好父亲，也是个好师父。他潜心蛊术与医术，一生皓首穷经，希望能将两者合二为一，让蛊术不再只是世人口中的“毒术”“邪术”。他更是为母亲花费十年心血培育世间至宝金瞳蛊王，希望有朝一日，能让她不再受心疾的折磨。他手把手地教导洛昭明如何培育蛊虫、善用蛊虫，教会洛昭明用金针解除百病……

不知道出于何种原因，鸩并没有对洛昭明进行搜身，使得他保留了贴身携带的针囊。他把针囊打开，平铺在几面上，取出一根，拈至眼前，仿佛是在细细端详，目光却又悠远飘渺。这针囊和囊中的金针，是洛昭明十岁那年生辰，父亲亲手传给他的。

那时父亲郑重的叮嘱犹在耳畔：“心正，则拿针之手稳，心明，则落针之处准；心若不正不明，便没有资格拿起为父赠予你的针！”

这些年，与纪然之兄妹朝夕相处，洛昭明不是没有挣扎摇摆过。可每当心中的恶念占据上风时，这句话便会如警钟般及时敲响，敲得他心惊胆战，冷汗直流。

然而午夜梦回时，他又会在梦中见到死不瞑目的父亲与含着泪全力将自己推入密道的母亲。他们一辈子温良纯善，每次出门沿途救助伤病人士不说，有的甚至还会带回蛊王谷让其将养。

玄影阁的纪融就是其中之一。父亲救了他，视他为好友，每年月圆日，便会启出树下的一坛酒，邀其对饮。可纪融又做了什么？洛昭明握着金针的手因为过分用力而开始颤抖。

就在他十岁那年生辰后不久，那场灭顶之灾突如其来。

纪融仗着熟悉谷中地形与阵法，偷偷潜入谷内，意欲盗取金瞳蛊王，却被当夜由于研究蛊虫培育之术太过劳累而睡在蛊虫育室内的父亲当场撞破。纪融没有料到，金瞳蛊王的培育条件远比一般蛊虫严苛数倍，故而并没有放在同一处。为逼问其下落，纪融对父亲大打出手。从室内打到室外，动静闹得大了，便惊动了谷中的所有人。

那晚的洛昭明睡得很沉，等到他被惊醒，赶过去时，看到的便是谷中弟子死于一群不明身份的黑衣杀手剑下，而母亲则被纪融挟持，明晃晃的刀口舔舐着脖颈上的鲜血。

“洛河！别再过来了！看在我们往日的交情上，把金瞳蛊王给我！别再让更多人丧命——”当晚的纪融歇斯底里地喊着，像个卑劣的亡命之徒，表情狰狞而焦躁不安。全不似洛昭明平日里接触到的那个笑起来永远充满豪情的纪叔叔。

洛昭明记得自己有一瞬间是吓傻了，不敢相信眼前所见，只是呆立在原地，眼睁睁看着父亲去密室取了金瞳蛊王，交给其中一个黑衣人。他知道，母亲的身体已耗得差不多了，没有金瞳蛊王便撑不过两年！再从头培育金瞳蛊王肯定来不及了！

冲动和血液一起上涌，不知道哪里来的勇气，洛昭明猛冲上去，用尽全部力气撞倒那个还没来得及收起装有金瞳蛊王木盒的黑衣人，一把夺过扔给父亲："父亲接着！"

木盒在空中抛出一个死亡的弧线，父亲用双手稳稳接住了，可喉管却被黑衣杀手从后头毫不留情地反手一刀割开……

时间定格，之后的一切洛昭明只要想起便会喘不过气来，哪怕已过去整整十四年！

父亲睁着眼，直挺挺地倒下去。他的手把盒子握得死死的，黑衣人掰不开，就索性将其双手直接斩下带走。

被洛昭明撞倒的黑衣人在这时候起身，狠狠一掌就要打下来，可母亲也同时挣开了纪融，扑到他的身上，生生挨下了致命的一击！那贯注的内力隔着母亲的身体依旧震得洛昭明呕出一口血，可他艰难地扭头看向母亲，发现血从她的嘴角缓缓淌出，一滴一滴落在他的衣上。

他不知道纪融和那些黑衣人是怎么离开的。只知道他们走之后，无数带着火的箭矢落进谷内，尤其是培育室的周围不知何时被浇了酒，瞬间便燃成火海一片！

是素来孱弱的母亲强撑一口气，带他来到书房，将桌上的砚台往右边一推，书柜向两旁打开，露出一条密道。

"昭明，娘……娘有话要对你说。你、你其实不是我的亲生儿子，你是我们的侄儿……"洛昭明感到母亲手中的温度在渐渐流逝，"你的父亲叫、叫洛江……你还有一个孪生弟弟，一出生就被你父亲带走了。"

"娘！别说了，我们出去再说！"他扶着她，走到密道口。

"离开这里，去找他们……不，还是不要去找，不要去找你的父亲……去找你的弟弟洛昭晦，这是你们的娘在你们还未出生时就取好的名字，刻好了木牌。当初你一出生，戴上的就是‘明’字牌，明为长晦为幼。所以如果，你弟弟还活着，就带他离开你父亲！娘要留下来陪你父亲了——”

他以为自己可以带母亲一起走，可母亲却爆发出最后一点力气，将他使劲推进密道口，从外面封上了门！

“别去报仇，好好活着！”

这是母亲留给洛昭明的最后一句话。

可他又怎么能不报仇？！

于是伤好之后，洛昭明一面继承父业培育蛊虫，游历四方，行医救人，希望能为故去的父母积德，一面寻找突然销声匿迹的魔教与当年被抢走的金瞳蛊王的下落。也是逃出生天后，他才得知，与蛊王谷一样惨遭毒手的，还有无涯斋。八年间，他也曾试着打探过自己弟弟与生父的消息，却一无所获。

直到十八岁那年，他周游至无间崖附近的一处大镇子，看到一个富贵人家贴出来的赏金寻医告示——家中幼女病重。洛昭明揭下，原以为不过是普通的看病问诊，却被蒙上黑布，一路带进了山中……

当黑布缓缓而落，他方知何谓“踏破铁鞋无觅处，得来全不费工夫”。

至此，洛昭明化名“无洛”，用自己游历期间培育了七年的血瞳蛊虫救了当时濒死的纪然安。无洛，无洛，他以此明志，大仇不报，他就没有资格姓洛。可纪融早在当年就被云鹤斩杀于离开蛊王谷的路上，却是他始料未及。那么纪融造下的杀孽，要让他尚未明事的小女儿来偿还吗？如此这般，他与恩将仇报、心狠手辣的纪融又有何区别？

洛昭明在无间崖多少年，内心就挣扎了多少年，哪怕自己不动手杀人，难道还要救杀父仇人的女儿吗？一开始的两年，他确实没有找出根治“百日疮”之法，可直到第三年，他终于研究出法门，却不曾告诉纪然之。他还是用老办法为然安续命，然后告诉自己，自己这是在等待时机，等他查明纪融当年为什么要夺取金瞳蛊王后，他一定会动手！哪怕对然安下不去手，那么就除掉纪然之，让玄影阁群龙无首、再不能做恶！

然而，年复一年，洛昭明都没有动手。他渐渐取得了纪然之的信任，成为长老，几乎掌管了玄影阁大大小小的内务，是除了十二影卫与杜长老外，玄影阁阁主最得力的臂助。他发现金瞳蛊王确实不在玄影阁内，纪然之不晓得此物存在的样子不似作假。就连杜长老和那些旧部弟子那里，他也好几次言语试探，居然也是全然不知。哪怕纪融最终身死，没能带回蛊王，致使其阴差阳错流落到旁人手里，但在行动之前不可能不对任何人提及前去蛊王谷的目标，尤其是对那一年已经十一岁的少阁主纪然之。这并不符合常理。

直到叶蓁蓁的出现，她误食血瞳蛊虫而安然无恙，正是靠那已在她体内十四年并与其同气血共命脉的金瞳蛊王。但让其服用蛊王者必然是只知其一，不知其二。这蛊王其实尚未完全培育成功，一旦使用，便是在透支使用者的生命，表面上强身健体，无论元气如何大伤，都能迅速恢复如初，实际上却是大大耗损全身脏器，使得寿命折损。

如叶蓁蓁这般有致命先天心疾者，用上这未培育完全的蛊王，相当于饮鸩止渴，就算不在幼年早夭，也断活不过二十岁。然而，对她使用蛊王者，绝非是要害她，相反是想保她性命。会这么做的人，只有可能是她的亲人。只需要知道她的身份，或许就能顺藤摸瓜，还原旧事。

可她的一句蛊虫吃坏了脑子，完全失去记忆，却再次断了线索。

洛昭明告诉自己不要紧，也不能表现得与往日不同，以免让纪然之看出端倪。只要她还留在玄影阁，在自己的视线范围内，总有一天，会有人来寻她，又或是她能想起些什么。她已命不久矣，他能为她做的不过是调配些修补精元的药，争取多活一日是一日。

因此起初，他对她的温柔与善意，无非出自医者对病患的悲悯之心。他以为自己与叶蓁蓁的交集仅此而已，却不想她会在目睹然安毒发后质问他，问他杀了她，血瞳蛊虫是不是真的会死。

当然不会。那确实只是洛昭明当初救下她的借口。

他从一开始拦住纪然之，是因为好奇她误食剧毒的蛊虫为何能毫发无伤，后来诊脉发现金瞳蛊王就在她体内，自然更要保她性命。血瞳蛊虫大约从进入她体内的那一刻起，便被金瞳蛊王所吞食，与之融为一体了。杀了她，血瞳蛊虫不会死，甚至还可以取出金瞳蛊王，但这么做对他没有任何意义。

只是洛昭明没想到，这个总是笑意明媚、大大咧咧的少女，竟想要以自己一命换纪然安一命。

初见之人尚能如此，他与然安相处六年，却迟迟不肯替其根治病痛……若父母得知，会责怪他吗？在地牢中，纪然之告诫他不要滥用那颗医者父母心，那么他在仇人之女身上花费的精力，岂不是最好的讽刺？若他不滥用，纪然安谈何活到今日？

就像是窗外渐渐昏暗的天色，洛昭明也开始看不清自己的心。犹豫六载，是该做个决断了。救或者不救，他让蓁蓁再给自己一些时间。

于是那一夜，洛昭明反反复复地摩挲着父亲赠给他的针囊，不断念着父亲的谆谆教诲。越是念着，心中的那盏灯就越是亮。若是父亲，他一定不会让蛊术与医术成为达到私欲的手段或是筹码！任何一个医者都没有权力这样做！

天光破晓的一刻，洛昭明豁然开朗，冲出屋去……

“吱呀——”

沉湎在回忆中的洛昭明被开门声一惊，略感诧异。今夜晚膳已然用过，鸩理应不会再出现。

他起身望向门口处，却见鸩搀扶着一人走了进来，在洛昭明身前站定。

来人裹着一身黑，大大的风帽挡住面容。

“兄长，不知在本座这八方楼中过得可还称意？”男子摘下风帽，露出一张和洛昭明如出一辙的脸。

“你受伤了？”洛昭明一眼就看出洛昭晦的脸色不对劲，像是受了内伤，又长途奔波所致。

洛昭晦抬手避开他：“不劳兄长费心诊治，要不了命。”

兄弟之间的气氛微妙，鸩很识趣地退了出去。

“坐吧！”洛昭晦说着，除去黑色外袍，随意一扔后落座，神情似笑非笑，“这将近两月叫兄长替本座守着这八方楼，当真是辛苦了。”

洛昭明摇摇头：“我不是在替你守八方楼，而是在替你接受监视。是谁在控制你？你无法摆脱吗？”越是在蛊术与医术上造诣精深者，越是心细如发。这些日子下来，他慢慢发现，他每日代替洛昭晦以门主身份露面时，总有几人看自己的眼光与旁的门徒不同。

“兄长明察秋毫，让本座相当惊喜。只是有些事情说出来，怕脏了光风霁月的无洛长老的耳朵，还是不要多问吧。”洛昭晦唇边是讥讽的快意，只差没有抚掌了，“在仇人的子女身边一待就是六年，最后还治好了那个早就该去地府报到的小丫头。像兄长这样的圣人，本座坐在你身边，还真是自惭形秽啊。”

“你对他们做了什么？”洛昭明眼前闪过好几张面孔，有蓁蓁的，有然安的，甚至有纪然之的……他每日被囚于此，江湖上发生了什么全然不知。

“放心。本座很乐意看看你彻底医好仇人之女后，要怎么面对洛河夫妇的在天之灵。哈哈哈哈……”洛昭晦仰头，笑声沙哑阴暗，可分明还在笑着，眼里忽又现出阴鸷之色，“只可恨那纪然之与蔺九坏本座的好事！”

洛昭明敛眉：“你究竟在筹谋什么？”

“不急。兄长早晚都会知道的……”

撂下这一句，洛昭晦便兀自盘膝坐到榻上，闭目开始运功疗伤。

这之后的日子，洛昭明过得比之前更加压抑。他不得不与自己这个陌生的弟弟同居一室。洛昭晦白日里从不与他交谈，要么调息疗养，要么喝酒焚香。前来送饭的鸩也没有再与洛昭明对话。

每到入夜，洛昭晦就会换上另外一种熏香，有大量的迷香成分。洛昭明初次闻到时，亏得反应迅速，抽金针落穴解了药性，否则定要昏迷个一天一夜。然而，他很快发现，自己的弟弟什么都不用做。即使在充斥着迷香的屋子里，躺在榻上的洛昭晦也还是睡不安稳，半夜频频梦魇醒来。醒来后又都会踱到桌边，饮一杯冷酒后再入睡。如此一夜过去，一壶冷酒就被其饮尽了。

门主每时每刻都比任何一个正常人还要清醒。洛昭明恍然间明白了鸩的意思。

连迷香都不能令其安睡，那么除了指望发疯忘掉一切，还能指望什么呢？

冰冻三尺非一日之寒。洛昭明意识到再继续与自己的弟弟耗在这个不见天日的地方，不会有任何助益。他要离开这里，他还有更重要的事情要去做。

既然当初来这里便是为了当替身，那么如今又何妨用“正主”的身份，以假乱真、脱身而去呢？

就这样，在确认弟弟正处于熟睡中的某个夜晚，洛昭明戴上银色面具，模仿着他的神态、嗓音与语调，堂而皇之地令人准备车马，逃离了囚居两月有余的八方门。

但逃出来后的他变得迷茫，不知何去何从，仇人之女已被他治好，他心中竟是无限的轻松，好似六年的重担终于放下。这份轻松令他感到无颜面对父母的在天之灵。江湖之大，却没有一处是他的归属。

当他突然道出根治之法时，心中就明白，纪然之必然会对自己起疑。可这些年来，他也自诩对纪然之颇为了解。这个玄影阁的现任阁主外冷内热，重情重义，担着魔教头子之名，却只是个有名无实的主儿。所以，纪然之会怀疑他、提防他，但又会依旧信任他、重用他，很矛盾，却又很真实。人非草木孰能无情，他洛昭明是，纪然之也是。如果不是这仇恨的鸿沟搁在两人中间，洛昭明断定他们必成知己好友、生死之交。

如果没有弟弟将自己调包，他继续待在玄影阁探查真相并不难。可弟弟明显已用“无洛”这个身份暗算过纪然之……

无奈之下的洛昭明选择回到蛊王谷，那个这些年他始终没有勇气正视的伤心之地。那里一片荒芜，烧焦的房屋废墟仍在，满谷的桃树却再没有重生。

他踏遍谷中的每一处，竟意外发现了在大火中留存下来的父亲的手札！尽管烧得只剩下半本，却也让他如得救赎，日夜研读。捧着书卷，凝视着上边熟悉的字迹，就像是父亲依旧在自己身边，严格地要求着他。有时在灯下读倦了，洛昭明便沉沉睡去，在睡梦中也是父亲的音容笑貌，不断叮嘱着他不要迷失本心，不要忘记自己当初为何学习蛊术与医术……

为何而学？又为何习针养蛊？最初的心愿，不过是希望能让母亲身体康健，能解脱更多饱受病痛折磨的人。他可以复仇，可以与仇人一决生死，却该用手中之剑，而非指尖之针！

如同迷航的孤舟找到了灯塔。洛昭明重新振作起来，想要追随父亲的脚步，完成父亲在蛊术一途上未了的遗憾。潜心一月，居然真钻研出了在人体内继续完成金瞳蛊王培育的办法。如此一来，蓁蓁便可继续活下来。

他犹记得在黄昏中，蓁蓁一字一句质问着自己，想要以命换命的神情，更难以忘记她双手双臂上密布的伤疤，全是为了与她非亲非故的然安能活下去。

蓁蓁是美好的。美好的事物，不该过早逝去。他心中早已对这份美好充满牵挂。他也希望能从她那里寻找到当年的真相。

洛昭明策马离开蛊王谷的那日，日光倾城，整座山谷恍若新生。来时随手在屋前栽下的那根小苗，竟拔出了高高的一截……

他希望，再见蓁蓁时，他能坦言相问。寻到真相时，他也能坦然以对。

浮生万象，混混沌沌。愿守此心，昭昭其明。

番外三

纪氏夫妇与豆腐

在江南山庄中做富商夫人的叶蓁蓁过着好吃懒做、与夫君秀恩爱、与小姑买买买的惬意小日子。起初，蓁蓁还以为纪然之将玄影阁阁主之位交给杜长老后会手头拮据，琢磨着若供不起这么大一个庄子的开销，不如卖了庄子，遣散家仆，去买座小宅子度日就行。谁知这新宅子都选得差不多了，连地契都准备好了，纪然之那厮才把各大票号的存银单子往她怀里一塞，向她证明了一个事实——她的夫君什么都缺，就是不缺钱！

“你怎么不早说！害我白忙活半天！”

“以为你有眼睛，看得出。”

“我就是瞎了眼才会嫁给你的！”

“……”

不过后来经影七披露，蓁蓁才搞懂，原来纪然之这个江南富商还真不是装出来的。早在几年前，他就假托了身份在江南一带经商，到如今，小到米店布庄，大到酒楼客栈，各类铺面多达二十几处，生意都不赖，收入颇丰，莫说是供应一个这样的山庄支出了，就是再供应两三个，也不在话下。于是在家仆眼中，那个每天守着金山还愁眉苦脸、硬要带领他们勒紧裤腰带过日子的纪夫人，总算在两个月后的某一天如梦初醒，过起了眉开眼笑、“铺张浪费”的生活。

纪然之虽不知晓这其中曲折，但夫人开心就好。

只是夫人似乎没开心多久，就又忧愁上了，成日的魂不守舍，唉声叹气，惴惴不安。听说他出门谈生意时，她还会突然召集人手，把山庄上下的老鼠和小飞虫都活捉起来，神神道道地审视它们，嘴里念念有词，最后一脸失落地让人把这些小家伙都给放了。

每次纪然之关切地询问，她却只是支支吾吾，不肯明说。他担心夫人身体，大夫也请了好几位，结果个个诊脉过后都只是笑眯眯地说了一句“贵夫人身体无碍，定能生大胖小子！”，这可愁坏了纪然之，不知从何下手，才能让夫人的状态好转起来。他也曾让影七与然安替自己探听口风，二人却都是无功而返。

那么叶蓁蓁究竟在愁什么呢？天机不可泄露，因为涉及到游戏的最高机密，那就是团灭反派的终极任务。所以她的忧心与日俱增，不知道目前剧情进展到哪一步了，会不会有一天突然就游戏结束，强制下线，再也见不到纪然之了……一想到这儿，她就食不知味，寝不安眠，总想着把系统君给找出来问个明白！可这山庄上下的老鼠与小飞虫她都“问候”了一遍，却不见哪个被系统君附身的。

无奈之下，蓁蓁只能到山庄外去碰碰运气了。

当然了，她每次外出都以与其他富商夫人小聚为名，不让纪然之跟着。至于纪然之要派影卫暗中保护她，她也阻止不了，反正也不是去干什么亏心事，无非是在街头巷尾，找找老鼠洞罢了……

不过在墙脚蹲久了，总会有好事者来搭讪：“这位姑娘可是有什么物件丢失？”

“没有。”蓁蓁吐出两个字，头也不抬。

“那姑娘是在找什么吗？”对方锲而不舍。

“走开走开！你挡住老鼠洞了——”她不耐烦。

“姑娘要找的不是老鼠，而是系统君吧。”对方没有挪步。

“你烦不——唉？！”蓁蓁猛地意识到什么，倏地一下站起身，“你怎么知道系统君？！”

眼前眉清目秀的英俊青年把手中折扇一展，潇洒地在身前扇着风：“因为我就是啊。”

“你、你也可以是人啊？”她瞠目。

“当然，本系统神通广大——”系统君说着，张开双臂，在她面前转了一圈，“怎么样？我特意选了这一副好皮囊来与你相见，不亏待你吧？”

蓁蓁很配合地拱手作揖：“是，是，是。系统君英俊潇洒、风流倜傥，真是迷倒万千少女啊——”

“一段时间不见，倒是学会拍马屁了！”系统君露出受用的神色，接着神秘一笑，“知道我这回为什么又现身见你吗？”

你每次现身好像都没好事，蓁蓁腹诽。

结果系统君竟然激动地一把握住她的双手，上下晃动，目光诚挚：“恭喜你！你已成功达成团灭反派的任务！”

“什么？！”蓁蓁吓得一把甩开他的手，“纪然之，还有洛昭晦分明都活着，哪里团灭了？！”

“谁说团灭就一定是要把反派们弄死？”系统君恨铁不成钢地摇摇头，“你难道都没发现，最近自己面对纪然之也能迈开腿了吗？”

蓁蓁略一回忆，还真有这么回事。纪然之有时候不害臊，非要当着旁人的面与她亲昵，她都能退后一步不让其得逞。

“你完成了对这些反派的心灵改造，让他们都金盆洗手了，不也是一种‘团灭’吗？殊途同归啊！”系统君见她若有所思，继续宣布结论道，“所以你可以下线回到现实啦！”

“我不要——”蓁蓁哭瞎，“有没有什么办法能不下线！”

系统君为难地摸摸下巴：“这个……”

“好系统君！无所不知、英明神武的系统君！你一定有办法的对不对？”蓁蓁忙双手抱住他的胳膊，笑得谄媚，“告诉我吧？”

“这个……”系统君依旧很为难地把手从下巴上移开，食指与拇指快速搓了搓。

蓁蓁“啪”的一声打下他的手：“有没有搞错？你堂堂一个系统，找我要钱？”

“游戏做出来，难道不就是要让玩家氪金的吗？”系统君一脸无辜地望着她。

“呵呵，我就喜欢你这样说话有理有据的系统——”能用钱解决的问题那都不叫问题，毕竟是花纪然之的钱，蓁蓁还是十分看得开的，“说吧，想要多少？一千两？两千两？”

摇摇食指，系统君义正辞严：“错，错，错！本系统怎么能公然收受玩家贿赂呢？”

“……所以你到底什么意思啊！”忍无可忍的蓁蓁对着他的耳朵大吼。

“唷！把我吼聋了，小心你以后叫天天不应，叫地地不灵！”系统君退开半步，捂着耳朵，“本系统的意思很简单，难得当一次人，你总得尽点土豪之谊，带我在江南这片享受享受奢靡人生嘛！”

“骗吃骗喝。”没好气地总结出四个字，蓁蓁粗暴地拽过他的后领，“走吧！你消费，我买单——”

于是接下来的几日，纪然之每天都能收到来自十二影卫轮番的“加急线报”。

“老爷，今日上午夫人与一白面书生搭话，且举止亲密！”

“老爷，今日午后夫人带书生去长兴茶楼包场听书，花了五百两！”

“老爷，今日午膳时分夫人带书生去了宏福酒楼，所有招牌菜都叫了个遍，花了一千五百两！”

“老爷，今日黄昏夫人又带那家伙在梨园包场看戏，打赏名角，又花了整整两千两！”

“老爷……”

到了第七天，纪然之终于拍案而起，怒喝道：“你们整天和我汇报这些有什么用？！直接把那小白脸给我绑回来啊！”

此言一出，影卫们有如醍醐灌顶：“属下遵命！”

“等等——”喊住他们，纪然之把久未出鞘的宝剑佩在了腰间，“我也亲自去一趟把夫人接回来。”

跟在纪然之身后走出书房，影卫们齐声一叹，望他们的夫人自求多福。

“阿嚏！”

正在多宝斋陪同系统君玩赏古董的蓁蓁冷不丁打了个喷嚏，后脊莫名有些发凉。

“放心，今天本系统不花你钱。这些古董本系统买了也没用。”系统君以为她是因为心疼钱，准备托病开溜。

“你这口腹之欲也都满足得差不多了，到底什么时候才能告诉我不被下线的法子啊？”她已经好几天都早出晚归了，再这样下去迟早要被纪然之发现端倪的。

系统君又拿起一枚玉佛端详起来：“唔，不急不急。本系统还没玩够呢。这江南这么大，光是这条街，都还没走个遍。”

“你——”蓁蓁气急，夺过他手中的玉佛放回原处，“照你这样说，没个一年半载还不成了？！你是不是还得乘画舫夜游个小半月啊！”

“对啊！我怎么忘了画舫夜游呢！”谁知某系统蹬鼻子上脸，顺竿爬，贱笑道，“本系统体谅你是有夫之妇，夜间不便陪伴出游，特许你出钱就可以了——”

见他言语之间，全无半分正经，蓁蓁心中顿觉委屈得紧，红了眼眶：“你是不是根本就没有办法？！你就是在耍我！呜呜呜……”

“哎哟，我的姑奶奶，你怎么说哭就哭啊？咱们这是正经游戏，我也是正经系统，不会白拿钱不办事的……”系统君吃了一惊，忙要伸手过去拍拍肩头安慰她。

可这指尖还离得大老远，一道蓬勃而凌厉的剑气竟从天而降，直劈过来！

好在系统君眼疾手快，脚底抹油，一个就地连滚带爬，躲过一劫，破窗而去！可他身后的古董柜却没那么幸运了，劈里啪啦一阵掀，柜子倒下，古董碎的碎，毁的毁，一片狼藉。

“哎哟！我的店！”掌柜的惊呼，“你知不知道我这里的古董都价值连——”

纪然之飞身落地，单手搂住蓁蓁，同时反手一剑削去了掌柜的一截黑须：

“安静。这些东西我还赔得起。”

剑刃再进半寸，割开的就是他的喉咙！掌柜的腿一软，跪倒在地，哪里还能说出话来。

“阿蓁！”利落收剑归鞘，纪然之双臂一揽，把她牢牢圈进怀中，“你怎么样？！发生什么事了？！”

蓁蓁抽噎着：“其、其实也没什么事情……刚、刚才那个人——”

“他跑不了，影卫已经守在多宝斋的四面了。”纪然之咬牙，“你放心，他惹你伤心，我定替你出气！”

果然他话音才落，系统君就被重重地丢到了两人脚边。

“扑哧。”蓁蓁低头看到他居然被揍得鼻青脸肿，顿时破涕而笑，心中乐开了花。

影七代表所有影卫指认：“老爷，就是这个小白脸整日缠着夫人！”

“有什么遗言，现在可以说了。”纪然之盯着他。

系统君还在不怕死地装深沉，低叹道：“我还有什么话可说呢……”

“很好，有点骨气。”纪然之冷笑，剑再次出鞘，寒光一闪，剑锋已逼至系统君的脖颈旁！

“别——”蓁蓁忙大喊。

然后剑果然停住了，同时停住的，还有整个游戏。

“呼，差点忘了自己可以开金手指。”系统君爬起来，拍拍身上的灰。

蓁蓁鄙夷地看他：“金手指不是给女主角的吗？”

“咱们什么交情，这就不用计较了。”他挑眉，“只可惜，没有机会画舫夜游了，唉……告诉你吧，其实我那天的话只说了一半。你确实完成了主线任务，却是以特殊方式完成的，因此也开启了本游戏的隐藏超级大福利——自由选择上下线时间！”

“你、你是说，我可以留在纪然之身边了？！”蓁蓁不敢置信，很想上去掐他一把看是不是真的，却因游戏处于暂停状态而动弹不得。

系统君动作夸张地点头：“对。想什么时候下线回家都可以，想再上线回来也行！”

“那……那我要怎么做？”蓁蓁喜极而泣，问。

“拿块豆腐拍死自己就可以，”系统君一脸欠揍，“是不是非常简单易懂？”

还有这种侮辱玩家智商的操作……她好不容易酝酿出的眼泪，流不出来了。

“你还真别不信。我这就去给你找块豆腐来试试——”说去就去，系统君转身跑出多宝斋，不多时，就捧着碗麻婆豆腐回来了。

蓁蓁神色微妙：“你就让我用这个？”

“正巧出门左拐闻到一酒馆里有人点了这道菜……”系统君干笑，“凑合用吧，只要是豆腐就成，生熟不忌。”

“不行。我突然消失的话，纪然之会担心的。我半夜再试试。”她抵制了诱惑。

“好吧，好吧，随你……”系统君耸肩，努努嘴指向纪然之，“那我先撤了。等我撤离到安全范围，游戏会继续进行，你可以先想想看怎么和他解释。”

说完，他也不等蓁蓁再开口，就端着麻婆豆腐，大摇大摆离开了。

之后，大约过了半盏茶，时空才得以重新运转。

“这……人呢？！”影卫们惊诧于竟有人能从纪然之的剑下逃脱，而且他们就守在旁边，也全然不知道发生了什么。

“我、我也没看清！他的身形好快！”蓁蓁附和。

而纪然之却只沉默片刻，接着若有所思地瞥了眼身边也假装极其吃惊的妻子一眼，抿唇，松开她，只留给众人一个背影——

“带夫人回去。”

很明显，纪然之生气了。众人回去时，已近晚膳时分。蓁蓁咬着勺子，在膳桌上犹豫半晌，结果一直到纪然之用罢离席，去书房办事，她都没能想到什么好的说辞。

接下来的漫漫长夜，蓁蓁左等右等都没等来纪然之。这导致一个人在寝室焦虑的她想出了个馊主意：留书一封解释，然后先下线避避风头，等纪然之冷静下来，再回来。而且她也能趁着这次机会回到现实看一看，是否真有系统君所说的时间差。如若不然，这么久时间过去，她的家里人可该急坏了……

“来人，给我准备碗夜宵。记得，要有豆腐的。”

于是，等纪然之终于忙完这几日因心情烦躁积压未处理的账目，打开寝室房门时，里头空无一人，只剩下一张信纸压在一碗豆腐丸子下。

信上的字迹他再熟悉不过，可把信反反复复读了好几遍，纪然之都无法完全理解那些所谓“上线”“下线”“操作”“系统君”之类的词儿。他唯一读懂的，只有一个信息，那就是叶蓁蓁丢下他跑了！而且是通过“撞豆腐”，跑到了一个他永远也找不到的地方。尽管她再三在信中向他保证，最迟两日就会回来。

纪然之没有派人去追查，因为他在隐隐约约觉得，那个忽然消失在自己剑下的小白脸靠的不是武功，而是另外一种神秘的力量。他甚至能感到时空有过一瞬的静止，虽然这根本就是无稽之谈！但这念头冒出来了，便压不下去。因此他并不是生蓁蓁的气，而是思及她与那人相处数日，绝非偶然，故而心中焦躁，便始终不曾言语。却不料，蓁蓁当晚就用事实证实了他模糊的猜想……

所以蓁蓁离开两天，纪然之就把自己关在屋里等了两天。

到了两天后的夜晚，蓁蓁安心地如约归来，凭空出现在寝室内。纪然之没有发怒，也没有笑，未置一词，只是久久地将她紧箍在双臂之间，直到她站着睡着。

再后来，“豆腐”便成了整个山庄的禁忌，一律不准采买。谁若是在夫人的苦苦央求下，替其做了与豆腐有关的菜肴，谁就得敢于承受老爷的雷霆之怒。

可豆腐这东西，平日里都在吃时，不觉珍贵，被禁止过后，蓁蓁反倒是异常怀念，故而还是会自己扮作丫鬟，偷溜出门，下馆子吃。

唯恐她独自外出出事，纪然之只得妥协，解除了对豆腐的禁令。只是每当有豆腐菜肴端上桌，他都会迅速下筷，一扫而空。

“纪然之，你怎么又吃我豆腐？！”

“因为想你一直留在我身边……”